講談社文庫

夜の眼

北方謙三

JN285601

講談社

目次

夜の眼

第一章　侵入者

1

新しいもの好き、というわけではなかった。

実用になりそうだと思ったから、一応備えておこうという気になったのだ。このところ、私は資料を使う仕事を増やしている。本の量が厖大《ぼうだい》になると、収拾がつかなくなるのだ。それがフロッピーというやつで済んでしまうなら、こんなに楽なことはなかった。

「しかしな、おまえ、いろいろと手順ってやつがあるんだぞ。それを頭に叩《たた》きこむ前に、癇《かん》癪《しゃく》を起こすに決まってる」

佐伯《さえき》は、掌《てのひら》で包んだブランデーグラスを、かすかに振っていた。

「売るやつが、そんなことを言うのか。俺《おれ》は、カメラはいじれるし、車や船のエンジンもいじる。好きなものについては、かなりのエキスパートになる自信はある」

「おまえが、パソコンを好きになるとは思えんよ。どれぐらい面倒なユーザーか考えたら、売るのはためらうね。ほら、やくざに車を売ったりするのを嫌がる、外車のディーラーがいるだろう。故障すると、ケチをつけられるってな」

「そんなに、故障するのか？」

「扱いを間違えて毀《こわ》しても、故障だと言い張るタイプだよ、おまえ」

佐伯とは、大学のクラスメイトだった。学生だったのは、もう二十五年以上も前になる。四十八歳にもなると、お互いがまるで違う人種に思えたりすることがよくあった。それが歳月だと言ってしまうのはたやすいが、若いころの佐伯の姿を思い出して、不意にはっとしたりすることもある。

「とにかく、入れてくれ」

「ワープロも使えないくせに、どうやってキーボードを叩くんだ。おまけに、最新型を寄越せだと。悪いことは言わないから、初心者用のワープロを、まず使え」

「おまえのところで入れないと言うなら、ライバル会社のものを買うぞ」

「まったく、どうしようもない人格になったな、おまえ」

笑って、こういうことが言える。そういう友人は、少なくなった。女のことをそっと話したりできる友人も、少なくなった。友人の数が少なくなった分だけ、別のものが増えた。

「しかし、どういう風の吹き回《まわ》しだ」

「若い連中が、原稿を直接印刷屋に送ったりするらしい。便利なのか不便なのか、よくわからん。俺の場合は、それで原稿を書こうっていうわけじゃなく、資料をすぐに検索できるようにしようってことなんだが」

「編集者のチェックも通らずに印刷屋に入る原稿を、若い作家は書けるのか？」

「まともな編集者は、直接印刷屋へ入ろうとチェックはするさ」

佐伯は、私の読者でもあった。面白かったとつまらんの、二つしか感想を言わない、わかりやすい読者である。

佐伯と会う店は、二軒あった。女の子がそばに来るクラブと、三十代後半のママがバーテンと若い女の子ひとりを雇ってやっている店だ。そのママに、五十代後半の男がついていることを知って、私も佐伯も安心したところがある。

「女の方は、相変らずか？」

「おまえが知らない間に、ひとりいた。いまは、別のだ」

「飽きたのか？」

「わからん。俺は自由業だから、そっちの方も自由にやる癖がついちまってる」

どこで仕事をするのも自由。どこでくたばるのも自由。私は、いつもそう思っている。会社勤めで、もっと上を狙《ねら》おうという佐伯には、結構不自由なことが多いのだろう、と想像してみるだけだ。それでも佐伯には、女房以外に十五年近く親しんだ女がいる。そんなに長く付き合うと、家庭を二つも持ったようなものなのだろう。あいつがとか、うちのやつがとか言う時、どちらのことなのか混乱してしまうこともしばしばだった。

何度か佐伯にも勧められたが、私は結局結婚しなかった。年間契約で借りたホテルの一室を仕事場にし、そこから車で十五分ぐらいの場所にある掃除付きのマンションが、自宅というわけだった。それで、不自由なことはなにもない。

「ところで、村岡が死んだ」

ぽつりと、佐伯が言う。電話をして会おうと言った時それは聞いていたが、私にはどうしても村岡という名のクラスメイトが思い出せなかった。

「俺は、葬式に行ったんだ」

「親しかったのか？」

「親しくなったのは、むしろ卒業してからだな。大学じゃ、目立たない男だった。肝臓が石みたいになって、血を吐いて死んだ。肝臓が硬くなると、静脈瘤ができて、食道の方へ突き出してくるらしい。それが破れると、大吐血さ」

「苦しむのは、一瞬でいいのか？」

「できるだけ苦しまずに死ぬのを、願ってるように聞えるぜ」

「知らないうちに死んでた。それに近いのがいいな。死ぬ瞬間だけ、ああ死ぬのか、と思いたい」

煙草《たばこ》をくわえると、千恵子が火を出してきた。すでに一年半、この店で続いている。ママの美津代は、ひとつだけあるブースで、三人の客の相手をしていた。

「そろそろ、こんな若い娘がいいと思う歳になってきたか、岸波《きしなみ》」

「子供だろう、千恵子はまだ」

「あら、十九で勤めて、二十一です。成人式も済んでるわ」

「三十になっても、子供ってのもいる。女ってのは、男が作るところもあってね。どういう男と付き合っているかだ」

「昼間、勤めていて、夜はこのお店で、彼を作る暇なんかないんです」

よく見ると、かわいい顔立ちをしている。ただ、色気というやつがなかった。まだ固い芯《しん》があるという感じだ。

「俺は最近、若い娘を見ると、妙な気分になる。苛《いじ》めたいというか、服従させてみたくなるというか、とにかく俺の眼の動きひとつで、俺の意志まで汲みとるように調教してみたくなったりするんだ」

「いやね、佐伯さん。ほんとのオヤジよ」

「会社でか、佐伯？」

「ああ。毎年、若い娘が入社してくる。眺めているだけで、言葉を交わすこともないが、頭の中がそういう欲望でいっぱいになっていることに気づいて、愕然《がくぜん》としたりするな」

私には、そういうところはなかった。少なくとも、具体的にそういう欲望を持ったことはない。

千恵子が、友人の就職の話をはじめた。佐伯は、コンピュータメーカーの重役である。私より、佐伯にむけられた話と思った方がよさそうだった。

2

仕事場の片隅に、パソコンが設置された。ホテルの一室である。どんな置き方をしても、違和感は拭《ぬぐ》いきれない。

設置に来たのは若い男女の二名で、ひと通りの使い方を説明し、紙袋に入った取扱説明書を手渡してきた。電話で相談を受けるシステムもあるらしく、その番号も教えられた。

部屋でひとりになると、得体の知れない侵入者がいる、という気分が強くなった。こんなものが、なんだというのだ。呟《つぶや》いてみる。呟くだけ、私は過剰に侵入者を意識しているようだった。

デスクの電話が鳴った。

「今夜は、マンションの方？」

静子だった。三十四の独身の女である。これまでに結婚したことがあるのか、以前どういう男と親しんできたのか、というようなことについては知らない。知ろうとしないのが、私のやり方だった。小さなデザイン事務所を自分でやっていて、お互いの仕事の都合をつけやすいというところがあり、私には恰好《かっこう》の相手だった。

「仕事場の方だ」

「そうなの。ちょっと寄っていいかな。一緒に食事をしたい気分なの」

「待ってる」

私は、パソコンの取扱説明書を前にして、溜息をついているところだった。そういうものが苦手というわけではないが、好きでもない。小さなクルーザーを持っていて、それにはGPSだのレーダーだのと付けてあるが、そういうものの説明書は熱心に読む。航海用の電子機器は、たやすく扱えるのだ。パソコンを扱えないはずはないと思うが、どうしても手がのびていかない。

私は週刊誌の厚さの二倍はありそうな説明書を、ベッドに寝そべってパラパラとめくっては放り出すことを、何度かくり返した。そのうち、うとうとしたようだ。チャイムで眼《め》が醒《さ》めた。窓の外はもう暗くなっていて、ベッドサイドのランプが点《つ》いているだけだった。

「寝てたって感じの顔ね」

静子は、釣竿を入れるような筒をひとつ抱えていた。仕事の図案などが入っているものだ。

船には弱くて、私のクルーザーも一度だけで懲《こ》りたようだ。釣りには、まったく関心を示さない。

「君も、仕事を抱えてるのか？」

「ううん。これ、明日一番で渡すことになってるもの。泊っていくつもりだったんだけど、構わない？」

「ああ。俺は、おかしなものをいじってるかもしれんが」

「どういうこと？」

パソコンの方に眼をやり、静子が呆《あき》れたように言った。

「これは本格的なものよ。初心者に使いこなせはしないわ」

パソコンの前に座り、静子がちょっと肩を竦《すく》める。デザイナーといっても、服などをデザインしているわけではなく、商品のパッケージデザインが専門なのだと言っていた。仕事で、パソコンを使うこともあるのかもしれない。

「最新型を取り寄せた。あらゆるものが、新しいほど扱いは簡単だ。車も、カメラも。ひとつコツを摑《つか》めば、たやすく使いこなせると俺は思っている」

「あながち、間違いだとは言えないけど、こんなに機能を持ったものなんか、必要ないでしょう。なにをはじめるつもりか、と思っちゃうわよ」

「資料を入れておく。それで、仕事場は本だらけにならずに済む」

「本を、機械の中に放りこめばいいってもんじゃないのよ。きちんと検索できるようにするためには、それなりに入力の手間もかかる。そんなことより、ゲームにでも使った方がずっと現実的だと思うな」

「とにかく、買っちまったんだ」

静子が、また肩を竦めた。それからベッドに倒れこむ。今日はスカートだが、ジーンズ姿の時も多い。脚が長く、顔はバタ臭いので、ジーンズはよく似合った。

「なにを食う、夕めし？」

「お寿司か、和食だな。このところ、アメリカンスタイルのステーキとかハンバーグとか、そんなものばかりなの」

「それで肥《ふと》らないってのは、羨《うらや》ましい。まあ、寿司にでもするか」

私が肥りはじめたのは、三十を越えたころからだった。いまは、尿酸値だの血圧だのと医者によく言われる。ステーキを食うのも、稀《まれ》になった。

「ねえ、電話待ってたのよ。あたしが安全日に入ったってこと、忘れてたでしょう？」

「忘れてた。この怪物が部屋に侵入してきてから、安全日どころか、原稿の締切日も忘れちまった。しばらく、君はこいつに嫉妬することになるぜ」

「どうかな。そのうち、この怪物を私に押しつけるようになるわ。そうでなかったら、埃《ほこり》まみれにして、拭っていいものかどうかメイドさんが悩むことになる」

私は、シャツの上にセーターを着こんだ。部屋には、ホテルの備品ではない簞笥《たんす》類も持ちこんでいる。ベッドはキングサイズで、二人で寝るにも充分な広さがあった。

歩いて五分ほどのところにある、馴染《なじ》みの寿司屋に出かけた。いろいろな女を連れていく店なので、その店のカウンターではそっちの話題は出ない。同じ席に、別の女が座っていたということを、静子が気づいているかどうかわからなかった。考えないようにする。そのやり方が、身についていた。

ホテルへ戻ると、最上階のバーでコニャックを三、四杯飲み、部屋に降りていった。

いつものことだった。半年から一年に一度ぐらいの割りで、女だけが入れ替る。それにも、私は馴《な》れきってしまっていた。

静子は、成熟を迎えかかった女だった。成熟は、老いとの表裏にある。その境目のあたりにいる女が、私の好みというところだろうか。ベッドの中では、多少のアブノーマルな行為でも、充分に絶頂に達する。

「ねえ、あなたもう四十八になったわよね」

バスを使い、バスローブの前をはだけて羽織った姿で、静子が言う。

「四十八の男って、週に何度ぐらいが標準なのかな？」

「それこそ、人によりけりってやつだろう。四十八になると、個人差は激しいと思うな」

「そうよね。そんなものよね」

「俺との回数が気になるのか？」

「そんなわけじゃないけど」

決まった女がいる間も、私はしばしば不特定の女と付き合う。いわゆる、つまみ食いというやつだ。それが悪いと思ったことはない。静子は静子で、別に若い男とでも付き合えばいいのだと思う。

「あなたの前に、四十八の男と付き合ってた。三十になったばかりのころよ。一年ぐらい付き合ったわ。その間に、抱かれたのは十度ってとこだった」

「そんな場合もあるだろう」

「気にはならないのね、一年にたった十度しか抱けない男のことなんて」

「一度、言ったことがあるだろう。お互いに、嫉妬なんてものとは関係ないところで、付き合いたい。面倒だ。著しくエネルギーを消費するね。それも、無駄なエネルギーを」

「そういう考え方だということは、知ってる。そういう男なんだと、あたしも割り切ってるつもりよ。あたしが面倒な女にならないかぎり、あなたもやさしい男だものね」

言葉に出して、こういうことを喋《しゃべ》る。それが何度も続けば、そろそろ別れる時期だと私は判断することにしている。静子が口に出したのは、はじめてのことだった。

「今度、ニューヨークへ行く話があるんだけどな」

「いいじゃないか」

「話を持ってきたやつが、気に入らない。一緒に付いてくると言い出すし」

「そういうところの擦《す》り抜け方なんてのは、身につけてるんだろう。特に、むこうはセクハラがうるさい土地柄だし」

「そうね」

男も女も、どこかで相手を嫉妬させようとする。それが、どの程度になるかが、問題なのだった。

「コンピュータ的なセックスというのが、あるのか、静子?」

私は話題を変えた。

「そうね、研究してみたら」

「君の躯《からだ》に、コンピュータを接続するわけにゃいかないだろう」

「通俗的なことを言うわね。もうちょっと概念的な話をしているのだと思った」

辛辣《しんらつ》な返しがきた。ただ、私は静子のこういうもの言いが気に入っていたのだ。静子の背後に回って、バスローブを剝《は》ぎ取る。静子は、徐々に躰をやわらかくしていく。いつもの通りだった。そこにある愉楽の質や量も、すでに見当がつくようになっている。意外性はないが、失望もない男女関係と言ってよかった。

終ったあと、私はひとりでシャワーを使い、バスタオルを腰に巻いた恰好で、コンピュータの前に立った。

いまの私には、電源を入れることしかできない。

「おい」

言ってベッドの方をふりむいたが、静子は腰にまで毛布をかけた恰好でうつぶせになり、気持よさそうに眠っていた。

3

取扱の説明に来たのは、設置に来た若い女の子の方だった。

「取説を、読まなかったんですか？」

「トリセツ？」

「説明書です」

「実際に読むとなると、一字一字精読しなけりゃならん。その中の大部分は、初期段階では必要ないものだろう。だから、必要なものだけ、口頭で説明して貰《もら》い、実際に操作して見せて貰った方がいい、と思って呼んでみたんだ」

電話でのユーザーサービスだけでなく、出張の教習もやる、と書いてあった。出張の方は、二時間単位で、有料である。

呼んだ時、子供のような女の子の方が来るとは思っていなかった。もう少し技術者らしい人間が来る、と思っていたのだ。いかにも専門家という感じの人間より、いいかもしれない。

女の子は、三井葉子《みついようこ》というネームプレートを胸に付けていた。

「三井君、まずワープロの機能を始動させてみてくれ」

「一応、辞書一冊分の言葉や漢字は、御註文《ごちゆうもん》通り入っています。あとは、キーボードの叩き方の訓練だけなんですが」

スイッチの入れ方も、私にはわかっていなかった。三井葉子の指さきに注目した。

「何を打てばいいんですか?」

私は、デスクの自分の著書を持ってきて、適当に開いた。三井葉子の指が、キーボードの上で動きはじめる。マニキュアもしていない、短く切り揃《そろ》えた爪《つめ》だった。華奢《きやしや》とも言っていい手で、動きだけがめまぐるしい。

ディスプレイの方に眼をやると、私の文章が横書きで映し出されていた。次々に字が増え、漢字に変ったりする。一頁《ページ》を打つのに、十分ほどかかった。原稿を書くのより速いかもしれない。

「四百字詰の原稿用紙で、何枚になる?」

「一行二十字に直せばいいんです」

「簡単に、できるのかね?」

「難しい操作は、なにもないんです。あの、これはワープロじゃなくてパソコンで、ワープロの機能はごく一部にすぎないんですけど」

「わかってるが、ワープロも扱ったことはないんだ」

「えっ」

「機械で打ち出した字で、小説なんか書けるとは思っていなかった」

「ああ、作家の先生ですよね。どこかで聞いたことがある名前だと思ってました」

「しかし、こんなパソコンを入れちまって」

宝の持ち腐れだ、と笑っている佐伯の顔が思い浮かんだ。

「これに、資料なんかも、入れることができるんだろう？」

「できますけど」

こんな初心者と出会ったことはないに違いない。三井葉子は、ちょっと困惑したような表情をしていた。

「ひと休みして、お茶でも飲むか」

「でも」

「一応、俺が基本的にやればいいことを、お茶でも飲みながらメモにしてくれ。スイッチを入れる順番だとか」

私は、ルームサービスでコーヒーを二つ取った。待つ間、私は応接セットの椅子《いす》で煙草をくわえ、三井葉子はパソコンの前の椅子から動かなかった。パソコンを載せた台も椅子も、一緒に買ったものである。

コーヒーが運ばれてきた時、三井葉子はようやくソファの方へ来た。

「スイッチの順番と、ワープロの使い方を、まずメモに書いてくれ。それで、印刷されて出てくるんだな」

「そちらは、プリンターを使わなくっちゃ。そのやり方も、書いておきます」

「君のところでは、そういうことを教えるシステムはないのかね？」

「パソコンのトラブルにサポートするのはありますけど。ワープロなんて、習うより、自分で練習することですよ」

「なるほど。そんなもんか」

「中学生でも、使えます」

「中学生が使えても、大人《おとな》は使えないというものもある。君は、どういう勉強をしてきたんだ」

「高校を卒業して、専門学校で一年。それでパソコンも使えるようになったけど、ほんとは、人に教えるほどの実力はないんです」

「できりゃ、教えられるさ」

三井葉子は、コーヒーに砂糖とミルクを入れ、何度かスプーンで掻《か》き回した。

「俺に、個人教授してくれないか。まずは、ワープロだけでいい」

「ワープロは、練習です」

二十歳ぐらいだろうか。まだ、仕草にあどけなさが残っている。

「いくつだ、三井君？」

「二十歳です」

「俺は、四十八だ。二十歳でできるものも、四十八じゃできないことがある。インストラクターが要るな」

「でも、うちの店には、そんなシステムはありません」

佐伯の会社の、直営の販売店のはずだ。ただ、私のようなユーザーは、想定されていないのだろう。もっと面倒なトラブルが多いに違いない。

「君は、恋人はいるのか？」

「四月に、山形から出てきたばかりですから。いまは、仕事に馴れるために頑張らなくっちゃ」

「給料は、いくらだ。不躾《ぶしつけ》な質問だが」

「十三万円ぐらい」

言葉に、かすかに訛《なまり》があるような気がした。気になるほどではない。小柄で、よく動く眼がいっそう少女らしい印象を強調している。

「時給三千円で、アルバイトをしないか」

「えっ」

そんなものが相場だろう、という気がした。驚いた三井葉子の顔が、高いと言っているのか安いと言っているのか、とっさには判断できなかった。

「条件があるなら、自分で言ってくれ」

私は、自分がこの少女にかすかな情欲を感じているのに気づいた。いつものように女を口説《く》き落《ど》とそうとする時の、なまなましさはない。しかし、隠微《いんび》な情念だった。若い娘を思う通りにしたい、と佐伯が言っていたことを、やけに明瞭に思い浮かべていた。

「アルバイトさせて貰うなら、あたしの実力じゃ時給千円でも高いぐらい」

どこか、世間の常識からはずれてしまったところが、私にはある。それは自覚していた。最新型のパソコンを、欲しくなったらなんとなく買ってしまうというのも、そうだ。

「じゃ、時給千五百円でどうだ。特殊技能なんだし」

「ワープロが、特殊技能だなんて」

「私には、特殊技能だね。学校みたいなところに通えばいいんだろうが、その時間はない。個人教授を受けるしかないな。一日、二時間ぐらいだ。交通費は別に払う」

交通費などという言葉が出たところは、私にしては上出来だった。

「ほんとに、千五百円いただいていいんですか？」

「安くて、手を抜かれるよりはいい」

「わかりました。一生懸命やります」

癖のないショートヘアの頭を、三井葉子はペコリと下げた。それも、高校生のような仕草だった。

コーヒーを飲み干し、三井葉子がパソコンの方へ行った。私は、脚から尻《しり》にかけて視線を這《は》わせた。幼いが、内側から弾けてくるような若さがある、と私は思った。肌は、白くきれいだが、やはり大人のものとは違う。

「ワープロの操作の順番を、一応書いておきますから」

「このアルバイト、私と君の秘密にしてくれ。ワープロのワの字もわからない男だと、人に知られたくない」

私が言うと、三井葉子は前に躰を折り曲げて笑った。女を落とす手管《てくだ》を使いかけている自分に、私はちょっと驚きを感じた。たかが子供だ。私は自分に言い聞かせた。

「それに、私はほんとうにワープロを使えるようになりたい」

「プリントアウトのやり方も、書いておきます」

ふり返って、三井葉子が言う。歯並みがきれいで、印象的な白さだった。

俺はワープロを使いたいんだ、と私はもう一度自分に言い聞かせた。佐伯には、大学に行っている娘がいる。佐伯の娘と思い定めれば、おかしな気が起きようはずもない。

次の講習の日時を約束して、三井葉子は帰っていった。

私はそれから、三十分ほどパソコンの前に座っていた。打ち出される字は、極端に遅く、漢字への変換もなかなかうまく行かない。違う漢字が出てくることに馴染めず、私は苛立ちはじめ、椅子から腰をあげた。

翌日も、私は三十分続かず、椅子から腰をあげた。手で書く方が、ずっと速い。

それでも、部屋に見知らぬ侵入者がいるという気分は、少しずつ薄れていった。

「どこかで、食事しない？」

夕方、静子から電話が入った。食事だけという意味で言っている。泊まる時は、仕事場か私のマンションの、どちらかへ行くと必ず言うのだ。私が、静子の部屋に泊まることはない。

「いいところに、電話をくれた」

明日は、三井葉子が最初のアルバイトに来る日だった。夜、七時半からである。

「こっちへ来いよ」

「大丈夫なの？」

「週に三度までは、仕事に影響なしだ。それに」

熟れた女の躰で、疲れきってしまいたい。そう思っていたが、言わなかった。

「それに、なによ？」

「どうも、パソコンをうまく扱えなくて、苛々してるんだ」

「あたしに、インストラクションでもさせるつもり？」

「まさか。独力でやる。ただ、気分転換がしてみたいだけさ」

「わかったわ。じゃ、少し遅い時間に。残ってる仕事を、全部片付けてしまうから」

静子に生理が来るのは、二、三日後のはずだ。静子も抱かれたがっているだろう。

大人二人で、侵入者を撃退すればいい、と私は思った。

デスクに座る。万年筆のキャップをはずすと、気持は落ち着いた。

第二章　煙

1

万年筆にインクを入れる作業が、ちょっとした儀式のようになっていた。

一作書き終えるごとに、私は万年筆のインクを出して、微温湯《ぬるまゆ》で洗う。だからインクを入れるのはまず書きはじめる儀式で、それから回を重ねるたびに、作品は結末に近づいていくというわけだった。

万年筆は、同じ型のものを二本使っていて、二作以上同時進行することはないから、それで充分と言えた。エッセイなどは、鉛筆で書く。それでも、買って一度か二度使っただけの万年筆を、三十本は持っていた。カートリッジ式のものは、一本もない。

使っている万年筆に、インクを隙間なく入れると、一本は原稿用紙で二十一枚強書け、もう一本は二十七枚弱書ける。ペン先の違いが、その差になる。そんなことにこだわっているわけではないが、一日に二度万年筆にインクを入れると、かなり仕事をしたという気分になるのも事実だった。

若いころは、よく万年筆を叩《たた》き毀《こわ》した。書けないのを、万年筆のせいにしてしまうのである。そのころは、小説を書くのが職業ではなかった。職業とするようになってからは、書けないから苛立《いらだ》つということはなくなった。契約というかたちで、締切というものがある。眼をつぶっても書いてしまう方法を、いつの間にか身につけていた。

都会的な、洒落《しゃれ》た恋愛小説を書く作家といわれて、十五年になる。独身であることも手伝って、多数の女と恋愛を重ねている、とも思われている。恋愛に関する、エッセイやインタビューの依頼も多い。

情事は重ねてきた。恋愛と情事がどう違うのかということについて、私はインタビューなどでずいぶん意見を言ってきたが、他人は納得しても私自身は納得していなかった。私の気持の中でそれは、別のもののようにきれいに分れてはいないのだ。

きのうから書き続けている短篇が、終りにさしかかっていた。インクは、一度補給しただけである。なんとか、結末まで保《も》ちそうだった。

四十歳になろうとする男が、十年前に別れた女と再会するというストーリーで、私の頭の中では再会物というふうに秘かに分類されていて、設定を変えた作品がかなりの数になる。

批評家にそんなふうに分類されたことはないので、うまく騙《だま》しおおせてはいるのだろう。もともと長篇が多く、短篇は義理の付き合いがほとんどだった。

書くことに、没頭しはじめていた。十枚ほどを、私は余計なことをなにも考えずに一気に書き、気づいた時は書き終えていた。

インクは、まだ二、三枚は書ける程度は残っている。私は、一度最初から読み返し、三ヵ所手直しして、ファックスにセットした。それが出版社に送られている間に、万年筆を洗面所の微温湯で洗い、煙草を一本喫《す》い、コーヒーを淹《い》れた。

仕事部屋はホテルの一室だが、デスクから衣類箪笥《いるいだんす》、ファックスまで持ちこんでいるので、ホテルらしくなくなっていた。壁には、カレンダーもかけてある。

そして、もうひとつパソコンが増えたのだ。最新型のもので、ソフトも揃《そろ》えたのだが、私はまだワープロ機能さえ使いこなしていなかった。

コーヒーを飲む間に、原稿は送り終えた。折り返すように担当編集者から電話があり、ゲラの日時などを打合わせた。

窓の外は、いつの間にか暗くなっている。レースのカーテンだけ引いた。外が暗くなると、窓ガラスが鏡のようになって、落ち着かない気分になるのだ。

時計を見た。食事に行く時間はなさそうだった。私はパソコンの前に座り、スイッチを入れ、ワープロの稽古《けいこ》をはじめた。いかにも稽古という感じで、三行も打つと集中力が失せてくる。こんなもので、小説など書けるか、と声に出して呟《つぶや》いていた。確かに字は打てるが、万年筆を握っている時のように、集中することはできそうもなかった。

チャイムが鳴った。

時間ぴったりだった。ドアを開けると、三井葉子が頭を下げて入ってくる。女子高生が、校長室にでも入るような感じだった。ここへ通いはじめて五回目だが、その仕草は変らない。

「遅刻するかと思っちゃった」

言葉遣いだけは、いくらか砕けてきた。私も、はじめは三井君と呼んでいたが、前回から葉子ちゃんと呼ぶようになった。

「残業か？」

「そうなの。例の主任」

仕事熱心な上司が、退社直前に残業を命じると、この間こぼしていた。

「さてと、宿題はできてるかしら？」

「時間がなかった。さっきまで、原稿を書いていてね。ついさっきまでだ。したがって、めしも食っていない。腹ごしらえをしてから、講習にしてくれないか」

「あたしも、食事はしてないけど」

残業で、ワープロ講習のアルバイトを遅刻しかかった女の子が、食事などしているわけがなかった。それも計算して言ったことだ。

「近所に、馴染《なじ》みの寿司屋がある。そこへ行こう」

「でも」

「こんなんでワープロなんかいじらされると、葉子ちゃんを食っちまいそうだ」

葉子が、声をあげて笑う。微妙な冗談だが、言葉通りにしか伝わらなかったようだ。

「俺が誘ったんだから、勿論《もちろん》御馳走するよ」

「時給千五百円も、貰いすぎなのに」

「食事の時間の時給まで、誰が払う。御馳走するだけだ」

「当たり前です。あたし、申し訳なさすぎると言ってるのに」

「俺を飢死にさせる方が、もっと申し訳ないと思ってくれ」

葉子が、また白い歯を見せて笑った。若いころから、私は歯並びがきれいな女が好きだった。笑って覗《のぞ》いた歯が本物でなかったり虫食いだったりすると、いささか興が醒める。

クローゼットから、上着を出して着こんだ。部屋を出た私に、葉子は大人《おとな》しく付いてくる。

ホテルから寿司屋まで、歩いて三、四分の距離だった。

「なんて読むんですか？」

寿司屋の暖簾《のれん》を見て、葉子が言う。

「かぶらと書いてある。鏑矢《かぶらや》というのを知らないか？」

「わかりません」

なぜ鏑なのか、考えたことはなかった。固有名詞の意味を考えても、仕方がないという気がしてしまう。

「由来は、カウンターの中の親父に訊《き》くんだな」

「いいんです、読み方がわかれば」

カウンターの中には、親父も入れて職人が三人いた。みんな腕は悪くない。親父の前の席に腰を降ろし、私はビールを頼んだ。葉子は、多少なら酒が飲めると言っていたので、なにを飲むかも訊かなかった。

「講習の前に、お酒飲んじゃうの？」

「先生と生徒が、合意の上で飲むんだ。誰も文句はないだろう」

葉子は、それ以上はなにも言わず、ビールのグラスに口をつけた。

料理は、大抵は職人に任せる。最初に出されたのは、鱲子《からすみ》だった。

「おねえさん、嫌いなものは？」

カウンターの中から、親父が言う。

「別にありません」

「じゃ、適当に作らせて貰いますよ」

まず刺身で、次にはトロの表面をあぶったものに大根おろしを添えたものだ。親父の考えることは、大抵はわかる。

「いつも、なにを食ってるんだ？」

「夕ごはんは、自炊です。お昼は、ハンバーガーとか、そんなものだけど」

「残業したあと、食事を作ったりするのは大変だろう？」

「でも、安くあがります」

ひとり暮しの女の子は、そんなものかもしれない。給料が、手取りで十三万ぐらいだと言っていたことを、私は思い出した。部屋代などを払えば、大して残りはしないだろう。

「充分に、栄養を補給しておけよ。若いころは、食い溜めができる」

「ほんとに？」

「俺はできた。食い溜めかどうかは別として、腹の皮が破れるまで食ってやる、とは思ったもんだ」

葉子の前で、自分のことを俺と言った。いままでは、私だった。次には、葉子を呼び捨てにするようになる。

「先生の小説のファンという人が、あたしの上司にいました」

出された刺身に箸《はし》をつけながら、葉子が言った。私はビールを飲み干し、日本酒を註文《ちゅうもん》した。

「まあな。一応は作家で食ってるんだ。どこかに読者はいるさ」

「あたし、実は御名前を知らなかったんです。だから、知らないって言ったら、馬鹿にされました。貸すから読みなさいって」

「女性読者か」

「サポート業務では、ベテランの人ですよ。三十六歳で、独身なんです」

「どういう意味だ。俺に結婚でも勧めてるのか?」

「え、結婚って」

しばらく、葉子は意味を考えているようだった。私は葉子の盃《さかずき》に酒を注《つ》いだ。

「独身なんですか、先生?」

「そういうことだ。だからいまは、独身の男と女が食事をしているんだぞ」

葉子は、まだ考える表情で、盃に手をのばした。空いた葉子の盃に、私はすぐに次を注いだ。結婚はしたが、なんらかの理由でいまは独身だというふうに、葉子は考えているようだった。

「結婚したい、と思う女が見つからなかった」

「そうなんですか」

「選り好みをしてたわけじゃないがね。結婚というものを、重大に考え過ぎたのかもしれない。葉子も、相手が見つかったら、さっさと結婚しちまうことだな。意味なんてものは、あとから考えりゃいい」

「あたし、自分が結婚する姿なんて、一度も想像したことありません。想像できないんです」

葉子は、高校を卒業するまで、山形で父親と暮していたという。母親は、葉子が幼いころに、ほかの男と再婚したらしい。そんな話を、私はパソコンの講習の合間に訊き出していた。それからひとり暮しをはじめ、酒場でアルバイトをしながら専門学校に一年通い、東京に出てきたのだ。父親との関係がどういうものかという詳しい話は、しようとしなかった。

トロを軽くあぶったものが出てきた。ステーキの感覚だが、牛肉よりも私の肉体にはずっといいらしい。

葉子の父親はいくつなのだろう、と私はふと考えた。訊きはしなかった。大して意味のあることではない。

仕事場へ戻ったら、私は自分の作品を葉子にワープロで打たせるだろう。前回も、前々回にもそうしていて、今夜あたりで短篇が一本打ち終るはずだ。

男と女の、情事なのか恋愛なのかわからない関係を描いた作品だった。それを教材に使おうと言ったのは、私の方である。ほんとうは私が打つはずなのだが、半頁《ページ》ほどで指が動かなくなる。仕方なく、葉子が見本を示すという恰好になるのだ。

ワープロで打つことが精読することになるのかどうか、私にはまだよくわからなかった。

2

七回目の講習の時に、また食事に行った。フランス料理で、ワインを一本空け、仕事場へ戻った時は、私はかなり酔っていた。というより、そういうふりをした。顔には出るが、それ以上に乱れることはない。実際、ワインのあとにコニャックをボトル半分ぐらい飲んでも、大した変化はないのだ。

「葉子、代打ちだ。また、代打ち」

私は、ベッドに身を投げ出して言った。仕事場と言ってもホテルの一室で、葉子はきわめて危険な状態に七回も身を置いているが、警戒する素ぶりはなかった。

「先生、駄目よ、きちんとやらなくっちゃ」

「そりゃ、やる気だけはあるが、酔っ払っちまってる」

「じゃ、あたしどうすればいいの？」

「だから、代打ちだ。今日の分のテキスト、葉子が打ってくれりゃいい」

「そんなんじゃ、意味がないわ」

「なんだ、葉子はこんなに酔ってる俺に、無理矢理打たせようってのか。それは、ちょっと残酷だと思わないか？」

葉子の返事はなかった。私は眼を閉じた。実際、このところ睡眠不足で、いささか疲れ気味ではあるのだ。

まどろんだ。ほんのわずかな時間だと思ったが、時計を見ると、三十分近く経《た》っていた。葉子は、椅子《いす》に腰を降ろしたままだ。

「すまん。寝ちまったようだ。起こしてくれればよかったのに」

「気持よさそうに眠ってたから。先生、ほんとに疲れてるみたい」

私は、上体だけ起こした。ベッドにはカバーがかけてあり、妙な生々しさはない。

「今夜の講習、次に回しますか？」

「それじゃ、せっかく来てくれた葉子に悪いな。だから、葉子が打ってみてくれ。そばで見ているだけでも、なんとなくわかるものがある」

「打つのは構わないけど、講習は次回ってことにするわ。打つだけで、アルバイト料を貰うわけにはいかないから」

「生真面目《きまじめ》なやつだな、葉子は。それなりの時間をとった。アルバイト料を貰う権利は、充分にあると思うがね」

「そんなわけにはいきません」

「わかった。じゃ、今夜は一緒に酒でも飲もうか。俺は眼が醒めちまった。もう一度飲まないと眠れそうにないし、ちょっとばかりストレスも発散させたい」

「気がむかないか、ホテルのバーじゃ」

「でも」

「先生は、大丈夫なんですか？」

「酒のキャリアは、三十年以上だ。葉子に心配されることはない」

私は、ちょっと寝癖がついた髪を、掌で押さえた。四十八という年齢にしては、髪の量は多い方だ。ただ、白髪がひどく増えた。

ホテルの最上階に、洒落たバーがある。もうひとつ酒を飲ませる場所があるが、そこは音楽もあってかなりうるさい。バーの方が、私は気に入っていた。ボトルも、コニャックとウイスキーとカンパリを入れてある。

「君は、一年間スナックでアルバイトをした、と言ってたな。酒の飲み方は、そこで覚えただろう」

「というより、結構こわいものだってわかった。カクテルなんか飲まされると、びっくりするぐらい酔っ払ってる」

「ほう、じゃ、カクテルに挑戦してみるか？」

私はコニャックを飲みはじめていた。

「いや。ウイスキーの水割りがいいんだけど、これは？」

「ブナハーベンという、アイラ・モルトだ」

「そんなこと言われても」

「ウイスキーだよ。スコッチさ。葉子が知ってるスコッチより、ちょっとごつい感じかもしれないが」

顔馴染みのバーテンが近づいてきて、シングルモルトの説明をはじめた。葉子が頷《うなず》きながら聞いている。ことさら、変った酒をキープしているわけではなかった。海の匂いのする酒。そう感じただけだ。コニャックは、ごくありふれたものをキープしている。

「先生の家って、ホテルの近く？」

「車で十五分ぐらいのところにある、マンションだよ」

「お掃除とか、そんなのは？」

「掃除付きのマンションでね。俺がやることと言ったら、下着を洗濯機に放りこみ、次に乾燥機に放りこむ。それぐらいかな。汚れた食器も、洗ってくれることになってる」

「世界が違うんだわ、あたしと」

「同じさ。同じ人間だ。いくつもある分れ道の、どこかひとつが違っていれば、俺は労働者だったかもしれないし、サラリーマンだったかもしれない」

「そんな言い方、説得力ないわ」

「そうだな」

小説を書き、本を出版し続けていられるのは運がいいと喋《しゃべ》ったことがあり、現に出版している人間がそんなことを言うべきではない、と友人からたしなめられた。運という言葉を、謙虚な意味で使ったつもりだったが、その通りには受けとめられなかったようだ。場合によっては、微妙な言葉になってしまうものが、かなりある。

「葉子は、いまどんなとこに住んでる?」

「ワンルームと言えば聞こえはいいけど、六畳の中に、ユニットバスもキッチンもある五万円の部屋よ。あたしから見れば、マンションのほかに、ホテルも借りてる先生は、やっぱり違う世界の人だな」

水割りを飲みはじめてから、葉子の口調はいっそう砕けてきた。

「いま、一番やりたいことは?」

「運転免許。それがあると、設置の仕事もひとりでできるようになるし。先生、自分で運転するんでしょう?」

「するよ」

車に凝っていたのは十年ほど前のことで、やたらに速いイタリア製のスポーツカーを乗り回していた。いまは、上品に走るイギリス車である。

三杯目のコニャックを、私は口に運んでいた。ガス入りのミネラルウォーターを、チェイサー代りにしている。自分のやり方は、押し通すべきだ。雑誌のインタビューなどで、チェイサーの話をしている間に、いつの間にか正しい飲み方だと自分で思えるようになった。

私は、カウンターにある葉子の手を握った。驚いた気配がかすかに伝わってきたが、拒絶しようとはしない。次に私がなにをやるか、測るような感じだけがあった。

「肌は白いし、きれいな指をしている。なぜ、爪《つめ》の手入れをしない？」

「スナックに勤めていたころは、マニキュアをしてたけど、いまは忙しいし、それに指さきを使う仕事だから」

「指さきを使うから、マニキュアぐらいはするもんさ。化粧もしていないな」

葉子の顔には、かすかに産毛《うぶげ》が見える。陽の光の中では、もっとはっきりするだろう。健康的な感じで悪くはないが、化粧をするとまた感じが変るはずだった。

「派手な顔になって、はずかしいの。いかにも夜の仕事をしてますって感じが、ひどくいやだった」

「学校に行くための、アルバイトだったんだろうが」

「ほんとは、ちょっと悲しかったな。あと一年、学校に行かせてくれと父親に頼んだんだけど、高校を出たら自分で生活しろって。兄もそうしているし。あたしが家を出たらすぐに、女の人が入れ替りのように入ったわ」

「ふうん、親父の方も再婚か」

「籍は入れていないみたい。あたしが高校を卒業するまで待っていてくれたんだと、いまはなんとなく思えるけど、はじめはいやな感じだった。グレてやろうかと思った」

「似合わないな」

「そうだよね。もっと短いスカートを穿《は》けってママに言われて、それが苦痛だったから。それでも、思い切って茶髪にした。就職試験を受ける時は、短くするつもりだったから」

「長かったのか、葉子の髪は」

私が軽く髪に触れても、葉子はいやがらなかった。呼び捨てにするのは、なんとなく当たり前の感じになっている。

「アルバイトさせて貰って、とても助かってるけど、こんなんでいいのかなと思っちゃう」

三時間で、四千五百円。交通費も含めると五千円。私の昼食の代金といったところだ。

「こっちが頼んでやって貰ってることだ。進歩が遅いのは、俺のせいでね。それでも、ワープロで手紙ぐらいなら書けるようになった」

「あたしは、ワープロの講習じゃなくて、パソコンの講習を頼まれたの」

「ワープロができなきゃ、どうしようもないだろうが」

「そうよね。ワープロもできない人が、あんなパソコンを買うなんて考えたことがなかったけど、先生を見てるとわかるような気がする。欲しくなると、なにも考えずに買ってしまうんだ、きっと」

「当たりだな」

「使いこなせると、便利なんだけどな。小説を書くのにも、役立つと思う」

私は、ちょっと肩を竦めた。買おうと思ったころは、確かに役に立つだろうという気がしたが、ワープロも満足に使いこなせない自分を見ていると、果してそれがいつになるのか見当もつかない、という半分投げやりな感情に包まれる。

「まあ、気長にやろう」

「そうだね。先生にそう言われると、あたしも楽な気持になれる」

「できの悪い生徒のことで、悩んでいたのか、おい？」

「そりゃ、ちゃんとお金を頂いているんだし」

私は、煙草に火をつけた。すでに、五杯目か六杯目のコニャックになっている。葉子も、三杯は飲んでいるはずだ。

百六十五、六センチ。肌は白く、脚はすらりとしてきれいで、バストとヒップは意外に豊かかもしれない。美人と言っていい顔立ちで、はじめに来る印象は健康的な少女という感じだ。

なんとなく、そんなことを考えた。着ているものは質素で、それも悪くない。悪くないが、この女に着飾らせたらどうなるだろう、という気分にもなってくる。

「三井葉子か」

「なに？」

「いい名前だ」

「そんなこと、考えたこともなかった」

「いい女になってみろ、名前に負けないような」

「いい女にはなりたいけど、どんなのがいい女なのか、考える方が先なのよね」

「まったくだ」

「先生にとって、いい女って?」

「相性の合う女ってことなんだろうな、多分。ここがこうでというような、決まったかたちはないね。付き合いの中で、いい女だと思えればいい、というところかな」

「いい男は?」

「それこそ、よくわからんよ。いい男ってのを、ずっと考え続けて生きてきたということになるのかな」

「結局、みんな考えるだけで終ってしまうんだわ。あたしも、多分そうだと思う」

葉子は、いくらか酔いを見せはじめていた。それは色気にはならず、子供っぽさにもならず、行きどころを失って不安定に宙に浮いているという感じだった。

「東京に出て仕事ができることになった時は、不安だけど嬉しかった。現実に来てみると、生活に追われるだけよね。狭い部屋で縮こまって寝ていると、よくそう思う。もっと遠くだと、同じお金でもうちょっと広い部屋も借りられるけど、そうすると通うのに遠くなってしまう。山形にいた時と、まるで感覚が違うのよね。山形じゃ、遠いと言ってもせいぜい三十分だった。東京じゃ、三十分は近いと言われる」

私は、煙草に火をつけた。

バーテンが近づいてきて、葉子の水割りを作った。

「煙草、喫ってもいい、先生?」

「駄目だ」

「喫ったことがないわけじゃないよ。部屋でひとりでお酒を飲む時は、大抵二本ぐらいは喫うんだから」

「それでいい」

「なにが?」

「ガキは、煙草なんかは隠れて喫うもんだ」

一瞬びっくりしたような表情をした葉子が、躰を折り曲げて笑いはじめた。

「その一杯で、終りにしろよ。子供はもう寝る時間だ」

いつまでも笑い続ける葉子の頭に手をやり、軽く揺さぶった。

「そうします」

投げ出すような口調で、葉子が言う。私は、一万円札を一枚、葉子の手に握らせた。

「なに、これ?」

「タクシー代だ」

「まだ、電車があるわ」

「タクシーで帰れ。酔っ払った女の子が、電車なんかに乗るもんじゃない」

「でも」

「タクシーだ。そうやって帰すのが、一緒に飲んだ男の義務ってやつだ」

「へえっ、そんなもの」

「そんなものだよ」

私は、煙草を消した。葉子が、水割りを呷《あお》るようにして飲んだ。

3

春の海が穏やかだというのは誤解で、意外に荒れている日が多い。移動性の高気圧が頻繁に通過するから、凪《な》いでは荒れるということをくり返すのだ。

私はマリーナから船を出すと、針路を二百十度にとり、クルーの岩井に舵輪《だりん》を渡した。マリーナは三浦半島の横須賀と久里浜の間の、観音崎《かんのんざき》と呼ばれる岬の近くにあり、針路通りに進めば、十五分とちょっとで剣崎《けんざき》をかわして外洋に出る。

GPSとレーダーは、出航時から作動させていた。コースは本船航路と重なり、数十万トンのタンカーと行き合うこともある。

「二千四百回転」

エンジン回転をあげた。三千まで回り、二千四百は巡航の最大回転である。それで対水速力は三十ノット出る。

ちょうど移動性高気圧が日本列島を覆ってきたところで、天気は夜まで保ちそうだった。明日になると、風が吹きはじめる。

「空母ですよ、船長」

岩井が言った。横須賀を母港としている、米海軍の原子力空母だった。巨大で異様な塊《かたまり》が、海上を進んでくるという感じがある。

豆粒のような私の船は、空母の脇を走り抜けていく。飛行甲板で動いている兵隊の姿が見える。飛行機は、すべて格納されているようだ。横須賀には自衛隊の基地もあり、コンボイで航行している艦隊にもよく出会う。

「軍艦っての、なんであんな灰色なんですかね」

「視認しにくい色ってことが、あるんだろうな、多分」

「白い色に近いけど、まるで違いますよね。自分はあんまり好きじゃありません」

岩井は、大学の四年だった。ヨット部の学生で、船ならどんなものにでも乗りたい、と常々言っている。軍艦が嫌いだというのは、ちょっと意外だった。

剣崎をかわすと、いくらかうねりはあるが、小さな波はなくなった。スピードの割りに、船は安定している。

「水温が、もうちょっとだな」

十八度というところだった。二十度を超えなければ、トローリングの適温とは言えない。ただ、なにが起きるかわからないのが、釣りというやつだった。

春には、月に一度か二度、船を出す。梅雨明《つゆあ》けのシーズンになると、週に一度になる。ゴルフや麻雀《マージャン》はやらない代りに、こういう遊びは徹底してやるところがあった。

ものを書いているという生活から、まるで違う方向に跳びたい。それは欲求というより、衝動に近いものだった。年に二ヵ月ばかり海外へ行っているのも、シニアの自動車レースに出場するのも同じだった。

「岩井は、二十一だよな」

「今年、二十二になりますけど。マリン関係の仕事をしたいと思ってますが、こう景気が悪くちゃ、自分を雇ってくれるところはなさそうです」

「どこのマリーナも、契約艇が少なくなって困ってるらしいしな」

剣崎をかわすと、船の姿は少なくなる。喋る余裕も出てくるのだ。

「船長、ちょっと肥《ふと》りましたか?」

「そうかな」

「トレーニングしてないで、食いまくってるって感じです」

　スポーツクラブへ通うのを、私はしばらくやめていた。その代りが、ワープロのレッスンなのだった。

　スポーツクラブでは、ウェイトトレーニングや水泳などではなく、ボクシングをやっている。いきなりサンドバッグなどを打って肋骨《ろっこつ》を折ったりする人間もいるが、私の躰はその前の拳法とウェイトトレーニングで鍛えられていた。だから、はじめからサンドバッグを打ち、いまでは三ラウンドのミット打ちもこなす。週二回で、一年半続けていた。

「ワープロ、打てるか、岩井？」

「あれ、船長は手書きでしょう？」

「できるかどうか、訊いてるだけだ」

「できますよ」

「おまえのような、運動だけしかやってないやつがか？」

「あれ、運動神経もあります。打つだけならですが。自分は、覚え方が早かったですよ」

「運動神経か」

「内容の方は、当然別ですが」

「コンピュータは使えるか？」

「友だちに、ゲームに凝ってるやつがいまして、俺もゲームならなんとか」

　トローリングの仕掛けを作ったりすることが、岩井は得手《えて》ではない。ルアーヘッドにスカートを付けるという単純なことでも、しばしばビニールのスカートを破ってしまう。鉤《はり》などを扱わせると、すぐに指さきに傷をいくつも作る。

それでも、ワープロのキーは叩けるし、パソコンのゲームもできるというのか。

「飛ばせ、岩井。二千八百回転」

「どうしたんですか？」

「ポイントに、早く着きたい。魚がいそうな気がする」

岩井が、ちょっと肩を竦め、スロットルレバーを前に倒した。躰に加速感が伝わってくる。

私は、小さなルアーを使った、新しい仕掛けを作りはじめた。高速で突っ走っても、まず危険はない海況で、大きな障害物があるとレーダーがアラームを鳴らす。

仕掛けを作ると、私は後部甲板《アフトデッキ》に降りて、それを竿《さお》にセットし、いつでも流せるようにした。

ファイティングチェアに腰を降ろす。私の船はスポーツフィッシャーマンと呼ばれるタイプで、キャビンの居住性より、アフトデッキの作業性を重視してある。居心地も、アフトデッキが一番いいのだ。

航跡が、長く続いている。ほとんど蛇行はしていない。たえず、細かい舵《かじ》の操作をしているからだった。平穏な海でも、真直ぐに船を走らせるのは意外に難しい。潮流の強弱や風で、船首《バウ》は微妙に振れる。

ぼんやりと、海を眺めていた。俺は、三井葉子をどうにかしたがっているのか、とふと考えた。パソコンの個人教授を依頼した時から、そういう気持があったのかどうか、判然とはしない。いまでも、パソコンの技術をなんとか身につけようとし、ワープロさえままならないことに苛立っているだけだ、という気もする。

それでも、私は三週間ほどスポーツジムを休んでいた。少々原稿が忙しい時にも、週に一回は行っていたのだ。

船の速度が落ちた。ポイントに到着したらしい。海の上にはなんの目標もないが、運転席ではGPSがそれを教えているはずだ。

フライブリッジにあがり、私は魚探を覗きこんだ。魚群など、見えはしない。

「鳥もいませんよ」

岩井が言う。鳥が集まっていれば、海面近くに小魚がいて、それを追っている大型魚もいるということになる。

「大きなのが、一匹だけで悠然と泳いでいることだってあり得る」

魚探は、船の真下を探って映し出すだけである。海全体の状況がわかるものではない。双眼鏡を覗いてみたが、鳥が集まっている場所はやはりなかった。回游魚などが、この季節にいるわけはない、という眼で岩井は私を見ている。

「とにかく、流してみるぞ」

私は意地を張った。もっと陸に近づき、底釣りでもした方が釣果《ちょうか》があがることはわかっているが、釣れるとわかっている釣りほどつまらないものはない、とも思っていた。ルアーを流す。アウトリガーにもセットして、合計四本である。作ったばかりの仕掛けも流した。流せば、あとは待つだけである。船をどう動かすかは、岩井も心得ている。

トローリングは、ぼんやりしているのにちょうどよかった。当たりを待って竿を出す釣りとは違う。魚がルアーに食いつけば、リールのクリックが音をたてて知らせる。

人によっては、トローリングは退屈だとも言う。私は、ぼんやりとしている時間が好きだった。

ファイティングチェアでうとうととしていると、いきなりクリックが鳴った。流木をひっかけても、クリックは鳴る。眼を開け、私は反射的にリールのドラッグを締めつけたが、頭に浮かんだのは、流れていたゴミでもひっかけたのだろうということだった。

少し巻いてみる。抵抗に、微妙な強弱があった。私は、ドラッグの締めつけを調整しながら、ゆっくりと巻きとっていた。時々、ラインが出ていく。魚が暴れる感触も、竿にはっきりと伝わってきた。

「魚だ。ゴミじゃないですよ」

フライブリッジから身を乗り出し、岩井が叫《さけ》んだ。岩井も、はじめはゴミをひっかけたと思っていたのだろう。

大物ではない。せいぜい四、五キロの魚だろう。私はドラッグを増締めし、一気にラインを巻き取った。岩井がフライブリッジから降りてきて、リーダーを摑《つか》み、魚を海面から引き抜いて甲板に放り出した。

鰤《ぶり》だった。跳ね回る魚の鰓《えら》のところに、岩井が腰から抜いたナイフを刺す。それで魚の血が抜けるのだ。

「釣れたな」

「まったく、釣りはなにが起きるかわかりませんね」

「そうだ、人生みたいなもんさ」

岩井が、肩を竦めて苦笑した。なにかあると、すぐに人生になぞらえたことを言う私の癖には、辟易《へきえき》しているのだろう。

「魚の中にも、変ったやつがいるんですね」

「もうちょっと感動しろよ、岩井。かなりの事件だぜ、これは」

「感動というより、興奮してましたよ。トローリングってのは、こういうことがあるんですね」

鰤はまだ暴れていたが、そのたびに鰓の出血が大きくなるので、動きは次第に鈍くなっていった。急所を切っているので、ほんとうは死んでいるはずだ。それでも、躰だけは動いてしまう。

人間もそうなのだろうかと、なんとなく私は考えた。

流していたほかのルアーを巻き取れ、と私は岩井に言った。

「いいんですか？」

「幸運に対しては、謙虚になるもんだぜ」

「偶然に対しては？」

「偶然の一部が、幸運だというだけの話さ」

岩井が、また肩を竦めた。

4

静子は、私が躰を離しても、まだかすかに下肢を痙攣《けいれん》させていた。

私はバスローブを羽織ると、キッチンへ行って飲みかけのワインをグラスに注いだ。このところ、酒は赤ワインを飲むことが多い。健康にいい酒だと、友人の医者に勧められたのだ。小型のワインセラーを買って、フランス産とイタリア産を中心に、三十本ほど寝かせてある。高価と言えるほどのワインはなかった。

リビングのソファで、ワインを二杯ほど飲み、ビデオを観はじめた時に、ようやく静子が寝室から出てきた。二ＬＤＫのマンションで、リビング、ダイニングが二十畳ほどある。あとは、寝室と書庫に使っていた。

「シャワー、使ってくる」

静子が、バスルームに入っていった。

私が観ているのは、香港《ホンコン》映画のビデオで、馬鹿馬鹿しさが悪くなかった。セックスのあとに観るには、恰好のアクション映画だ。すでに、派手な撃ち合いがはじまっていた。

「相変らず撃ち合いか。恋愛小説を書いている作家とは思えない趣味よね」

「スポーツクラブじゃ、ボクシングをやってるし、トローリングもやる」

「そんなことが好きな、アメリカの作家もいたわね」

「ヘミングウェイは、恋愛小説を書いていた、と言うと怒る評論家がいるだろうが、俺はそう思っている」

静子は、バスタオルを巻いただけの恰好で、私のそばに座り、ワイングラスに手をのばした。身なりも顔もバタ臭いくせに、ほんとうは日本酒が好きな女だった。

「ニューヨーク、どうだったんだ？」

「なにも訊かないから、忘れてたのかと思ったわ」

「パッケージデザインの仕事なんてのが、ニューヨークにあるのかね？」

「あそこには、なんでもあるわね」

私は、ビデオの音量を絞った。こんなことも気軽にできるのが、香港映画のいいところだ。

「一緒に行った男に、やっぱり口説かれたのか?」

「まあね」

「思わせぶりだな」

「仕事を餌《えさ》に、女を口説こうって男を、撃退する方法なんて、いくらでもあるわよ」

静子の髪は、ちょっと濡《ぬ》れていた。化粧を落とすと、三十四という年齢が浮き出してくる。ここ二、三年が、微妙な年齢ということだろう。

「ねえ、あなたあたしと結婚する気はある?」

冗談だと思いながら、私は身構えるような気分にもなった。

「女が言うことを聞かない時、結婚しようとまで言う?」

「狂気の沙汰《さた》だな」

「最後には、あいつ結婚しようなんて言ったわ。あの手この手で口説いて、最後には結婚しようなんて、どういうつもりかって笑ってしまった。最初に躰を許してりゃ、結婚のけの字も出てこなかっただろうし」

「ニューヨークを棒に振った。そう思っているだろうな、そいつ」

「あたしは、やるだけの仕事はしてきたわ」

「女の方が強いな、どう考えても」

「男は、弱くて、卑怯《ひきよう》」

私は、ビデオ画面の方へ眼をやった。暗い路地で、男が二人喋っている。

静子が、煙草に火をつけた。私は、グラスにワインを満たした。パルメジャーノというチーズを口に入れる。固いチーズで、ほんとうは摺《す》りおろして粉チーズにするものらしい。不思議に、赤ワインとよく合った。

「そいつ、いくつだ？」

「五十一」

「俺より、三つ上か」

「二つや三つの違いが、違いじゃない歳でしょう、もう」

「五十だと思うと、なんとなくがっくりするような気がする」

「そういう男は、もう二度がっくりしてるな。三十になった時と、四十になった時。五十になっても、三十になった時と同じよ」

「女ほど、深刻じゃないってことだな」

「いやなところで、反撃してくるのね。女の方が、最近じゃいい歳のとり方をするわ」

静子が歳をとっていく姿を見ることはないだろう、という言葉を私は呑《の》みこんだ。付き合いはじめて、ほぼ十一ヵ月になる。そろそろ別れた方がいい、と私の心のどこかでアラームが鳴っていた。女との付き合いは、長くても一年と決めている。

「魅力的なところは、ある男よ」

「ほう」

「あなたのことを言ってるの。だけど、ひどいエゴイストだとも思うな。自分が傷つくのを、一番嫌っているわ」

「結婚してくれと、俺が言わないことで恨み事でも言っているのか」

「まさか」

静子が、マルボロ・メンソールの煙を吐いている。私が別れる潮時だと考えはじめていることを、静子は気がついているのかもしれない、と思った。それなら、それでいい。これからいろいろな駆《か》け引きがある場合もあれば、すぱっと切れる場合もある。

「しつこく口説かれながら、ニューヨークで考えたわよ。あなたは、一度も口説いたことがない。誘った、というより、提案したという感じだった。あれは、なんだったんだろうってね」

「あれがつまり、俺の口説き方なんだがね」

「あたしも、そう思ってたけど」

私はワインを飲んだ。早く酔ってしまおうと、どこかで思っている。逃げているわけではなく、ただ酔いで鈍くなろうとしているだけだ。私の手からワイングラスをとり、静子が残りを飲み干した。

「ちょっと心配してるのよ」

「なにを？」

私は、またグラスにワインを満たした。

「ボロ布のようになって、ふっと自分の年齢をふり返って、それで人生が終ってしまったような気分になる。そういうことが、あなたにはこれからありそうよ」

ならば、それを書くだけのことだ、と私は思った。ワインを口に運ぶ。かすかな渋味がしばらく口に残っていた。ボトルには、もうほとんど残っていない。

「ニューヨークから戻ったと思ったら、やたらに皮肉っぽくなったみたいだな」

「そうじゃないわ」

静子は、躰に巻いたバスタオルを、ちょっと気にしているようだった。

「心配になったのよ、いくらか本気で」

「そうなのか」

「まずいなって思った。本気で心配したって、どうなることでもないし。それなのに心配しているのは、情が移ったってやつかな」

「いままで、情ってやつはなかったのか？」

私は、自分が酔っていて、鈍くなっているのだと思いこもうとした。

「あなたにあったぐらいの情は、あたしにもあったわ」

私は煙草に火をつけた。ビデオの画面に眼をやったが、どういうストーリーかはもうわからなくなっている。また撃ち合いがはじまっていた。

「微妙な年齢よね、あなた。自分が若いとは、思えなくなっているだろうし」

「君も、微妙なところにいる」

「あたしはいいの。結婚する気がない女って、歳をとるのをこわがったりはしないのよ。むしろ、少しずつほっとしていくところがあるわ」

「そんなものか」

「それが、あなたのような男の心配をしてしまった。ちょっと問題だと、考えこんでしまったわけ」

微妙な駈け引きがはじまっているのか、ほんとうに心配されているのか、私には判断がつかなかった。心配されたことに単純に感謝するほど、私は純粋ではなかった。女との関係では、いつの間にか汚れすぎてしまった、という自覚に近いものもある。

「年齢の話は、やめにしないか」

「そうよね。久しぶりのセックスのあとにやるような話じゃなかったわ」

「心配されたということについては、考えてみる」

大人の関係が、静子とはもうしばらく続くかもしれない、という気がした。それが錯覚だという思いも、一方にはある。

葉子の姿を思い浮かべた。欲情がそうさせたわけではなさそうだった。若さというやつを、傷つけてやりたい。理由もなにもなく、ただ傷つけたい。そういう気分になっている。もともとあったものを、ようやく具体的に自覚したというだけのことなのか。

「ミット打ちが、結構つらい」

「なに、それ?」

「スポーツクラブのメニューさ。インストラクターは、大学のボクシング部の学生だ」

「見栄を張ってるってこと?」

「体力に関してはな。三ラウンドを、二ラウンドにして貰おうと、いま思った。縄跳びやシャドーなんかも、少なくする」

「年齢の話、やめようと言ったばかりよ」

静子が、また煙草に火をつけた。

私はビデオを切り、巻戻しのスイッチを押した。

不意に、静子にキスをしたくなった。メンソールの味がする。そういうキスだ。

私は動かず、静子が吐く煙が、宙に束の間《つかま》わだかまって拡散していくのを、ぼんやり眺めていた。

第三章　変調

1

　ミットの動きを、追えなくなった。まだ一ラウンドの途中である。パンチが流れ、躰が泳ぎ、すでに息もあがっていた。

　トレーナーが、ミットの動きを止めた。ようやく、私は三発ほどそこに打ちこんだ。四発目が出ていかない。筋肉が動かないというより、息があがっているのだ。

「これで、やめましょう」

　一ラウンド終えたところで、トレーナーが言った。どこかの大学のボクシング部から、アルバイトで来ているのだ。頷きながら、私はどこの大学だったか思い出そうとしたが、出てこなかった。

異常に汗をかいている。軽い体操で呼吸を整えた。それからシャワーを使った。会員制のスポーツクラブで、大抵の設備は揃っている。入会したころは、ウェイトトレーニングのあと泳ぐというのがパターンだったが、やがて拳法や空手の型を習ったりするようになった。いまは、ボクシング一辺倒である。

サウナもやめにした。サウナでかくぐらいの汗を、一ラウンドのミット打ちとその前のシャドーでかいたような気がする。

談話室でオレンジジュースを頼み、煙草に火をつけた。三週間ほど、運動から遠ざかっていた。柄にもなくはじめたパソコンの練習も、ここしばらくは休んでいる。

心肺機能が低下したのか、疲労が溜《たま》っているのか、よくわからなかった。私の年齢になると、息があがってからの無理は禁物である。友人の医師にも、しつこいほどそれは言われていた。

原稿用紙にむかう日が、六日続いた。一日の睡眠時間は三時間ほどで、それも深く眠れはしなかった。眠っている間も、書いている夢を見る。眠る時間もまちまちで、目蓋《まぶた》が垂れさがってどうにもならなくなったら、ベッドに潜りこむのだ。昼も夜もわからなかった。ただ、食うものだけは食う。

そうやって、私はこのひと月半ほど取り組んでいた長篇の、終りの二百枚ほどを書いた。脱稿したのは、今朝《けさ》である。脱稿の高揚した気分が、私の脚をスポーツクラブへ運ばせた。

ほんとうは、酒を飲んで寝てしまいたいところだったが、酔っても眠れはしないだろうと思ったのだ。

着替えると、私は駐車場に降りていった。いつもより、車が多い。土曜日であることに、私ははじめて気づいた。仕事に夢中になると、曜日の感覚も失せる。

車の中から電話した。

「三井です」

声を聞いた瞬間、私は微妙な気分に襲われた。なにかを思い出しかけたという感じだが、はっきりしない。それにこだわるには、交通量が多すぎた。流れてはいるので、渋滞より神経を使い、車線を変更した時は微妙な気分は消えていた。

「しばらく、レッスンを休んじまったな。今朝、長い仕事が終ってね。時間が空いてる。休日で悪いが、出張してくれないか？」

「今朝、仕事が終ったんですか？」

「どうも、気持が高揚していて眠れそうもない。パソコンなんかをやると、眠れるかもしれないと思ってね」

「先生が大丈夫なら、あたし行きます」

時間を打合わせた。夕食を一緒にしようとも言った。

ホテルの部屋に戻ると、私は六百枚ほどの原稿を読みはじめた。編集者には、午後四時に取りに来るように伝えてある。ファックスで送るには、多すぎる分量だった。

書きあげた原稿に、私はほとんど手を入れない。せいぜい、語尾をいじるぐらいだ。それでも、原稿の時とゲラの時の二度は、神経を集中させて読む。

二時間で、二百枚ほど読んだ。出来のよし悪《あ》しを判別するために、読んでいるのではない。表現を、というより言葉を、チェックしているのである。ルームサービスで運ばせたコーヒーを飲みながら、さらに百枚ほど読み、椅子《いす》から立ちあがって躰をのばした。背筋が、ポキポキと音をたてる。

四時十分前に、六百枚を読み終えた。厚い原稿用紙の束に、しばらくぼんやりと眼をやっていた。よく書いたものだ。長篇を書きあげるたびに、そう思う。原稿用紙のノンブルがひと桁《けた》の時、ふた桁の前半の時、これがほんとうに五百とか六百とかの数字になるのかという思いに駈《か》られる。ようやく三桁に達した時は、疲れ果てたような気分だ。それでも書き続ける。何枚かということが、いつか気にならなくなる。気づくと、五百を超えていたりするのだ。不思議な気分に襲われる。

電話が鳴った。

ロビーに編集者が来ていた。私は六百枚の原稿の束を抱え、部屋を出た。

ティーラウンジで待っていた編集者が、立ちあがる。まだ若く、二年前に私の担当になっていたが、長い仕事をするのははじめてだった。

「三日か四日後に、感じたことを手紙に書かせていただきます」

挨拶《あいさつ》が済むと、編集者はそう言った。そういう熱心さが、私は嫌いではない。なにも言わずに本にしてくれればいい、という友人の作家もいるが、私はうるさくない程度には、編集者の話を聞きたいというタイプだった。

「手書きの原稿って、いいですね。ずっしりした感じがします」

「読むのに苦労するさ」

「苦労してみたいです、正直なところ。解読して、さらに深く理解できる。編集者の仕事って、そんなものだろうと想像して入社したんですから」

「まあいいさ。俺の原稿は、それほど読みにくいってもんじゃない」

若い担当者に、私はいかなる評価も持っているわけではなかった。評価が出てくるのは、きちんとした仕事がひとつ終った時だ。

「近いうちに、ひと晩あけてください、という編集長からの伝言です」

私は、ただ頷いた。煙草を一本喫い、コーヒーを飲み干すと、席を立った。

ホテルへ届けられる郵便物が、かなり溜っていた。マンションの管理人室の段ボール箱には、この数倍があるだろう。

封を切り、ちょっと中を覗いては、片っ端から屑籠《くずかご》に放りこんだ。私信と、返事が必要なものだけは別にしておく。三年ほど前に別れた女からの、封書があった。結婚をして、子供もできたという知らせだった。なぜそんなことを私に知らせてきたのかは、わからない。

チャイムが鳴った。いつの間にか、六時になっていた。三井です、という声がドアの外から聞えた。

葉子は、ジーンズにトレーナーという恰好《かっこう》で、黒いリュックサックを肩にかけていた。若い女の子たちの間で流行《はや》っているようだが、ブランド品ではなかった。

「久しぶりってほどでもないが、この間のレッスンの時から、パソコンの電源は一度も入れていない」

「パソコンじゃなく、ワープロ。先生は、まだワープロもマスターしてない段階なんだから」

「どっちでもいい。とにかくめしだ。朝、トーストを食ったきりでね」

ホテルの中のレストランの、フランス料理にした。出かけるのが面倒だ、というのが大きな理由だった。ワインを二本選ぶ。二人で飲むには、いくらか多すぎる量かもしれないが、私の高揚は酒の選び方にまで出ていた。

「先生、元気なのか疲れているのか、よくわからない。顔はとっても疲れてるように見えるのに、喋ることもやることも元気だわ」

一週間、髭《ひげ》を剃《そ》っていなかった。それほどめずらしいことではない。

「葉子は、元気だったか？」

「いつもと変りません。だから元気なんだわ、きっと」

「恋人は？」

「どういう意味？」

「きのうから恋をしていても、おかしくない。十日ばかり、会っていなかったろう？」

「八日です。それに結構駈け回っていて、自動車教習所にも行ってたし」

「取れそうか、免許は？」

「仮免までは、行ってます」

前菜が運ばれてきた。ワインは、悪くない。一本目から、ボルドーの赤だ。

「葉子から見ると、俺はおじさんに見えるのか？」

「先生、年齢不詳ね。わりとわがままで、気紛《きまぐ》れだし、おかしなことにむきになるし」

「俺が、なにかむきになったかな」

「小説は、絶対万年筆で書かなくちゃならないって言ってみたり。そのくせ、ワープロを使えるようにしろって、命令するみたいにあたしに言うでしょう。使えるか使えないかは、本人の努力次第なのに、そっちの方はしようとしない」

「出来の悪い生徒で、悪かったよ」

食欲があるのかどうか、よくわからなかった。ワインで、エスカルゴを胃に流しこんでいる感じもある。スープも、ステーキも同じだった。

私につられたのか、それとも土曜日だという解放感があるのか、葉子もいつもよりはワインを飲んでいた。食後のチーズを終えた時には、すでに二本のワインは空いていた。葉子がケーキを食べている間、私はコニャックを舐《な》めるようにして飲んだ。

「これからレッスンって、大丈夫、先生？」

席を立った時、葉子が言った。

「問題ない。あんな無機的な作業は、酔ってる頭の方がよく入るかもしれん」

「だといいけど」

部屋に戻る間に、私は二度足をもつれさせ、葉子に支えられた。

まだ、眠れそうではなかった。躰は眠りを求めているが、心の方が求めていない。私は椅子に腰を降ろし、葉子を見つめた。怪訝《けげん》な表情で、葉子が見返してくる。

「葉子、おまえはバージンというわけじゃないよな？」

「えっ？」

「男の、二人や三人は知っているんだろう？」

「そんなこと」

「別に答えなくてもいい。俺は、おまえが欲しいな」

「なに言ってるの、先生。それより、レッスンをはじめますよ」

「パソコンなんて、くそくらえだな。おまえは、ちゃんとした恋人ができるまで、俺のそばにいろ」

「ひどいな、そんな言い方。まるで物を扱ってるみたい」

「物を扱うのに、言葉を使ったりはしない」

「帰りますよ、あたし」

「帰らないさ。俺が帰るなと本気で言えば、おまえは帰ったりしない」

「ほんとに帰ったら？」

「俺の自尊心が、ズタズタになるだけのことだ」

私は煙草に火をつけた。ワインの酔いが回っているわけではなかった。

葉子は、膝《ひざ》の上で組んだ手の指さきに、力をこめていた。眼は、テーブルの上と私の顔を交互に見ていた。

「バーでアルバイトをしていた時、よく口説かれました。先生みたいな」

「中年男にか」

私が笑うと、葉子もちょっと顔を綻《ほころ》ばせた。ほほえんだのだろうが、顔が歪《ゆが》んだようにしか見えなかった。

「恋人は？」

「いました。あたしがバーでアルバイトをすると言ったら、怒ってしまって。いま地元の大学生ですけど」

「つまらないことを気にするやつだ。別れて正解だったよ」

「別れたなんて」

「いました、と過去形で言った」

まだ、その男に心を残しているのかもしれない。としても、新しい男ができるまでだ。女というのは、そういうものだろう。

私は、煙草を灰皿で揉《も》み消した。その間も、葉子から一度も視線をはずさなかった。立ちあがる。弾かれたように、葉子も立った。

テーブルを回るようにして葉子に近づいても、逃げ出すそぶりは見せなかった。肩を摑んで引き寄せようとすると、抗《あらが》ってみせただけだ。私は、強引だった。相手が誰であろうと、一度動きはじめると決して途中でやめようとはしない。それが、女の立場を救うことでもあった。

唇を押しつけようとすると、顎《あご》を引いてよけた。

「おまえが、ひとりきりだというのはわかっている。俺も同じさ。ひとりきり同士が、しばらく一緒にいようと言っているだけだ」

「だって」

「いつも、だっての人生なんて、馬鹿げてるぞ、葉子。縁は逃がさないようにしろ」

部屋から飛び出していこうとしない。ということは、脈がある。いつも都合のいい解釈をするのが、男というやつだ。もう一度、強引に唇を押しつけた。葉子の躰が、かすかにふるえている。舌を押しこんだ。歯がきれいな女には、私はそれができる。神経質すぎると自分でも思うが、前歯が義歯の女とはお座なりなキスしかできない。

葉子の歯が開いた。舌と舌が触れ合う。最初の段階は、それでよしとする。次に会おうと言って応じてくれれば、女は抱かれる覚悟はしている。私のやり方だった。しかし、私はそれだけでやめなかった。左手を葉子の首に回し、右手で胸に触れた。はっきりと、葉子の手に拒絶の力がこめられるのがわかった。見た感じより、大きな乳房だ。私は、それだけを考えた。

「おまえの人生と俺の人生に、これから縁があるかどうかだな」

唇を離し、私は言った。もう一度、唇を押しつける。乳房を摑む。そのまま、ベッドまで押していった。

「じっとしてろ、葉子。命令しているんじゃないぞ。頼んでるんだ」

ベッドに押し倒した時から、私はトレーナーをまくりあげ、ブラジャーの上から乳房を摑んでいた。顔を離す。葉子は眼を閉じていた。それだけで、本気で抗おうとはしてこない。引き抜くようにジーンズを脱がせ、トレーナーを剝《は》ぎ取るのに、大した手間はかからなかった。内側から弾き返してくるような、若々しい肉体だった。幼さもたっぷり残っている。

全裸にした。片手で薄い恥毛に触れながら、私は自分の服を脱いだ。毛の質の細い、ちょっと頼りなげな感じの恥毛だった。

「先生」

「黙ってろ、葉子」

「お願い、明り、消してください」

ベッドサイドのスイッチに、私は黙って手をのばした。

2

眼を開いた。

遮光カーテンが閉められていて、部屋にはわずかな光が洩《も》れてくるだけだった。キングサイズのベッドには、私ひとりだけだった。葉子は、ジーンズにトレーナーという恰好で、椅子に腰を降ろしていた。

「なにしてる、葉子。こっちへ来なさい」

葉子の中に射精し、煙草を一本喫い、束《つか》の間《ま》言葉を交わして、そのまま眠ってしまったようだった。私は、全裸だった。

「なにをしてる。こっちへ来い」

葉子が腰をあげ、私のそばに来るとベッドに腰を降ろした。

「疲れてるのね、先生。死んだみたいに眠ってた。ほんとに、死んでしまったんじゃないかと思ったぐらい」

「まだ痛いか？」

「えっ？」

「あそこに、なにか挟まっているような気がするだろう」

処女ではなかったが、それほど経験を積んでいるとも思えなかった。

寝そべったまま煙草に火をつけ、私は葉子の胸に片手をのばした。葉子は私の手を押し返そうとしたが、強い拒絶の意志が感じられる力ではなかった。

乳房が大きく張りがあったこと、恥毛が薄かったこと、反応が稚拙だったこと。私が憶えているのはそれぐらいだった。

寝起きが悪い方ではないが、まだ頭はぼんやりしていた。

「あたし、先生の恋人になったの？」

恋人という言葉の響きが、聞き馴《な》れないもののような気がした。

「縁があったってことだな」

私は煙を吐きながら言った。

「ちょっと歳が違いすぎる恋人だが」

とりあえず、私は恋人という言葉を受け入れることにした。葉子には、それ以外の言葉が受け入れにくいだろうと思ったからだ。

「前の恋人は、地元の大学に行ったという小僧か？」

「そう」

「大して深い関係ではなかったようだな。自分でどう思ってるかは知らないが」

「東京へ来てからも、時々思い出してた」

「おまえにとっては、その程度の存在だ。かつて恋人だったと語れる程度のな。そして、やがて語ることさえしなくなる。そんなもんさ」

灰皿で煙草を消した。午前十時を回ったところだ。私は十時間近く、ぐっすり眠ったようだった。

ベッドから這い出した。素っ裸の私を見て、葉子は眼をそらした。私はスウェットの上下を着こむと、カーテンを開けた。光が、部屋の中に満ち溢れてくる。葉子の表情は、光の中でもほとんど変らなかった。夜も化粧をしないからだ。光の中で、頬《ほお》の産毛《うぶげ》が金色に輝く薄い膜のように見えた。

私は首を回し、それから肩を動かした。柔軟体操である。起き出した時には、これをやる習慣だった。背中、腰、膝を少しずつ動かしていく。全身の筋肉がほぐれると、腰を降ろして開脚し、前屈をやる。

「葉子、背中を押してくれ」

前屈の姿勢のまま、私は言った。男と女のはじまりは、あまり深刻なものにすべきではない。

葉子が、私の後ろに立った。背中を押してくる。

「もっと、体重をかけてだ」

毎日柔軟体操をやっているので、私の躰は年齢の割りには柔らかだった。前屈をやっていると、額が膝頭に届く。躰を曲げたまま、私はすぐそばにある葉子の靴を見ていた。安物である上に、かなりくたびれている。

「先生、躰が柔らかい」

「いつか、若い恋人ができることもあるだろうと思って、毎日鍛えてたのさ。無駄じゃなかったみたいだ」

上体を起こし、立ちあがると、私は軽く腰の運動をした。それからシャワーを使い、髭を当たった。バスタオルを腰に巻いた恰好で出てくると、葉子はまた視線をそらした。

「ブランチにしようか、葉子」

軽く、葉子が頷いた。

「それから、買物だ。おまえの靴を買おう」

「靴？」

「おしゃれは、足もとからさ」

私はブリーフを穿き、シャツとズボンを着こんだ。デッキシューズに、素足を突っこむ。そういうスタイルにはまだちょっと早いが、季節を先取りするという鼻持ちならない嗜好《しこう》が私にはある。

ホテルのレストランへ行った。スパゲティとサラダだけの、軽い食事である。

「ほんの少しでいい。爪をのばせ。それからマニキュアをするんだ」

「なぜ?」

「おまえを、いい女にしてみたいという気分でね。なれるから、言ってる」

「バーでアルバイトをしてた時は、長い爪にマニキュアを塗ったわ。東京に出てきてから、そんなことはやめようと思ったの」

「そういう気負いが、出過ぎている手なんだ。逆に、目立つね。抵抗があるなら、透明のマニキュアでもいい。女の子が、自分をきれいに見せようというのは自然なことで、それに逆らうのは無理が目立つということさ」

葉子が、自分の爪に眼をやった。

教えなければならないことが、いくらでもありそうだった。そうするものと思っているのか、スプーンを使いながらスパゲティをフォークに巻きつけている。スプーンを使うのは、無作法に近い。ナプキンの使い方も、どこか優雅さを欠いている。

少しずつ、教えていけばいいことだった。

「とにかく、今日は靴を買おう」

「買って貰うわけにはいかないわ」

「冗談を言ってるのかな。俺は、おまえをいい女にしたいんだ」

「でも」

「おまえの給料では、そんな靴が精一杯だろう。世の中には、いい品物というものがある。それをプレゼントするのは、抱いた男の権利ってやつだぜ」

男にものをねだることには、まったく馴れていない。馴れていないだけで、馴ればどうなるかというところまでは、予測できなかった。

「パソコンのレッスン、どうなるの？」

「続けてくれ。俺は、パソコンぐらい使えるようになりたい。条件は、いままで通りだ」

「わかったわ。でも、もうちょっと熱心に練習してね」

「あまり練習しなくても、使えるようにしてくれ。それが、俺の希望だ」

「また無理なことを言う」

「しかし、ワープロの使い方は、これでもいくらか覚えたぜ。別に、慌《あわ》てちゃいないんだ」

スパゲティを平らげると、私はコーヒーを二つ頼んだ。よく眠ったせいか、体調は悪くない。葉子は、コーヒーに砂糖を入れていた。甘いものが欲しければ、リキュールにすればいい。それも、いずれ教えることになるだろう。

車は、地下の駐車場でうずくまっていた。行きつけのスタンドで定期的に洗っているので、それほど汚れてはいない。ブリティッシュグリーンのジャガーXJ12である。四十五を過ぎたころから、ジャガーに乗るようになった。それまでは、イタリア車一辺倒で、スピードもかなり出した。

「免許は、いつごろ取れそうだ？」

「あとひと月ってとこかな。教習所に通う時間がないの」

「二週間で取ってみろ。仮免まで行ってるなら、それほど難しいことじゃない」

一分ほどアイドリングをして、私は車を出した。イタリア車と違い、ヒタヒタと滑らかに走る。それが心地よいという年齢に私はなっていた。

「二十歳か」

「なに？」

「免許を取ったら、この車を運転させてやるぞ」

「いやよ。ぶっつけたら大変だもの。会社のライトバンでいい」

「ぶっつけてうまくなる。運転ってのはそんなもんさ」

「これ、ジャガーでしょう。走っているのを、一度見たことがあるわ。普通のジャガーと、ちょっと違うのね」

「十二気筒の、スポーツタイプだ。踏みこめば、そこそこ走る」

「会社のライトバンとは、乗心地がずいぶん違うわ」

「免許は、オートマ限定か？」

「そう」

「マニュアルに切り替えろ。若いうちは、マニュアルにするもんだ」

「いまから？」

「いまだからさ。とにかく、マニュアルに一年は乗る。それで、オートマもマニュアルも乗りこなせるようになる」

青山通りに出た。靴屋の前で車を停める。

店に入って並んでいる品物を見ると、葉子はすぐに出ようと言った。値札の数字が、葉子の感覚では信じられないものなのだろう。輸入のブランド物だけが、大袈裟《おおげさ》に並べられた店だった。

「待てよ。ジーンズに似合う靴がある。まず、あれを履《は》いてみろ」

私が指さすと、店員がサイズを訊いてきた。濃い茶の、ハーフブーツである。運ばれてきた靴に、葉子は恐る恐るという感じで足を突っこんだ。いま履いている靴より踵《かかと》がいくらか高く、不意に背がのびたように見えた。

「悪くないな。足に合うか？」

「うん、ぴったり。でも」

「もう少しドレッシーな靴も、買っておこう」

さらに四足、私は持ってこさせた。その中で、黒とベージュの二足を私は選んだ。カードで支払いをする。十万を、ちょっと超える額だった。私のデッキシューズを見て、店員がお世辞を言う。無造作に履いているし、どこにもブランドの印などついていないが、悪いものではなかった。ただ、ほめ方にはいやらしさがある。

「自分で持てよ、葉子」

サインを済ませると、私は言った。店員が、舗道まで見送りに出てきた。

「こんなに買っても」

「黙ってなさい。いま、俺にできることは、おまえの外見を整えることだ。もう一軒、行くぞ」

車を出した。

輸入物だけを扱う、高級な下着屋が、すぐ近くにある。そこに入って行くと、私は中年の女店員を呼んだ。

「この子のサイズを測って、合う下着を出してください。フランス製のものがいい」

女店員が頷いた。葉子の体型では、日本製ではそれほど洒落《しゃれ》たものはないはずだ。特に、ブラジャーが合わないだろう。

「試着して、ぴったりなものがあったら呼びなさい。車の中で待ってる」

女性用の下着屋に、ひとりで立っているのも悪くない、という気がした。ただ、葉子はそういうことにも戸惑うだろう。

十五分ほど経った時、店から葉子が駈け出してきた。私は車を降りた。

「ぴったりのサイズがございます」

女店員が、数字を言った。

「白と黒。同じサイズでデザインが違うものを、五組ずつ出してください。それからキャミソールのようなものも」

十万近い買物になった。下着だから、靴ほどかさばってはいない。

「びっくりした。こんなにぴったり合う下着があるなんて、思いもしなかった」

「捜すところで捜せば、あるのさ」

「でも、高いわ。あたしの下着の、五倍はするお値段」

「今日はこれぐらいにしておこう。靴はすぐに履けないかもしれんが、下着は早速着てみるといい。まず、見えないところから、しゃんとしろ」

駅のそばまで走り、両手に荷物をぶらさげた葉子を降ろした。

マンションの方へ戻った。

段ボール一杯の郵便物を片付け、静子に電話を入れた。

「長篇が、あがったのね」

「ああ。夕めしぐらいは、一緒に食える。マンションの方だ」

「あたしの方も、時間は空いてる。六時に、そっちへ行くわ」

電話を切っても、スポーツクラブへ行こうという気にはならなかった。きのうは高揚していた気分が鎮静し、逆に沈みこんだような気分になりはじめていた。いつものことだった。しばらく、ソファでうとうととした。書きあげた小説のことが、何度か頭に浮かんだ。不安というのではない。自信があるわけでもない。書き終えたあとの、習性のようなものだった。

三時過ぎに起き出し、ちょっとばかり外を歩いたが、人が多いのですぐに戻ってきた。日曜日だった。

リビングの隅の椅子に腰を降ろし、本を読みはじめる。読もうと思っている本は、棚に積みあげてあった。それが、ある程度以上の高さになることはない。月に二日か三日、無性に本が読みたくなることがあり、それでひと月分の補充は消える。読みたいと思っている数と、読める数が都合よく一致しているというところだった。

三時間で、一冊と三分の一ほどを読んだ。つまらないと思えば、すぐに新しい本に替える。

チャイムが鳴った。

静子もジーンズを穿いていた。靴やセーターのセンスは、さすがに葉子とは違う。年季というやつが感じられる。

「長いの、やっと終ったのね。意外に、小綺麗にしてるじゃない」

「髭を当たっただけだがね」

「男って、そんなんでやつれたり、元気に見せたりできていいわね。あたしなんか、根《こん》をつめて仕事をすると、すぐに肌に出るわ」

しばらく、他愛ない話をした。静子が淫《みだ》らな気配を発するのはベッドの中だけで、ふだんは仕草などは男っぽい。

「おでんかなにか食べたいな」

マンションの近くに、うまいおでん屋がある。月に一度ぐらいは、顔を出している店だった。狭い店で、予約なしでは入れないことがある。

電話を入れ、カウンターの席を二つとった。静子は、煙草をくわえてレコードのジャケットを見ている。世の中の音楽がCDに変り、プレイヤーの針なども手に入りにくくなっていた。私のところには、三十本ほどの買い置きがあった。

「最近、車ではなにを聴いてるの？」

「ブルースかな。それもうんと古いやつ。デルタ・ブルースってやつだ」

静子が肩を竦める。新しい音楽が好きなのだ。ヒットしている唄のテープを作ってきて、車のグローブボックスに入れたりしている。

「若い女の子には、嫌われるな」

「ジャズの、スタンダード・ナンバーぐらいは、付き合ってくれるさ。最近のやつは、俺にはうるさいだけにしか聴えない」

「あなたが若いころに熱中してたビートルズなんかも、大人にはうるさいと言われていたんじゃなくて」

「確かに、そうさ」

私は上着を着こんだ。

おでん屋は、歩いて五分ほどのところである。途中に鰻屋《うなぎや》があり、その店にもよく行った。

静子との時間は、いつものように淡々と過ぎていった。もう、一年近い付き合いになる。

私が最初に静子にやらせたのは、基礎体温を測ることだった。ピルを飲みたがらなかったのだ。

食事を終えて戻り、お互いにシャワーを使い、なんとなくという感じでベッドに入った。馴染《なじ》んだ躰だった。しばらく愛撫を続けたが、私は不能のままで、途中で諦《あきら》めて躰を離した。私のものに、静子が口を近づけてくる。

いつの間にか、私は眠っていた。

「疲れてるのね、やっぱり」

耳もとで声がした。返事の代りに、私はちょっとだけ首を動かした。深い眠りに入ったようだ。

眼醒《めざ》めたのは、午前四時を回ったころだった。私も静子も裸のままで、なんとなく私は可能になり、ごくあたり前のやり方で静子を抱いたが、射精する前に萎《な》えていた。

3

葉子に電話をしたのは、木曜の夜だった。

ずっと電話を待ち続けていたのか、それとも私との間を考え直す気になったか、最初の声でほぼ判断できた。

「明日、帰りに寄れよ。また、泊っていくといい」

「わかったわ」

「長篇を書き終ると、人に会ったりしなきゃならなくて、逆に忙しくてな」

言い訳も一応言っておくが、この四日間、私は暇だった。たとえ忙しくても、その気になれば電話ぐらいはできる。私の使う手管《てくだ》だった。四日電話をしないというのが、ほぼ適当なところだと読んだのだ。

「ごはん、一緒に食べてもいいの？」

「当たり前だ。それから、黒い靴を履いてきてくれ。下着も黒だ」

「どうして？」

「それに合った服を、土曜日に捜しに行こうと思ってる」

「そんなに、買って貰ってばかりというわけにはいかない」

「なぜ？」

「この間、買っていただいた分だけで、あたしの二ヵ月分の給料に近いの。いくらなんでもという気になるわ。違う世界のことみたいな気持になっちゃう」

「まあ、健康な考えだろう。そういうことに馴れてくれとも思わない。ただ、違う世界じゃない。現実に、おまえは俺に抱かれているんだから。俺がしてやりたいことをする。それを受け入れる。そういう関係になったってことなんだよ」

電話を切ると、私は原稿用紙にむかい、頼まれていたエッセイを二本書きあげた。それから上着をひっかけて、部屋を出た。

銀座のクラブである。私と同じ業界の人間は、ほとんど出入りしない店だった。口説いている女がひとり、そこにいた。

派手な女である。外見はそうだが、意外に大人《おとな》しやかな女だろう、と私は見当をつけていた。口説きはじめて、三度目である。今夜あたりに、誘い出すか約束を取りつけるかすれば、脈はあるはずだ。

酒場では、甘い口説き文句を、臆面もなく使う。それが、冗談なのか本気なのか、判断できないような使い方だ。まず、女にそれを確かめたいという気持を起こさせる。私が、酒場で覚えた手管のひとつだった。

圭子というその女に、私は機会を見ては囁《ささや》き続けた。同伴などせずに、休日に会おうと誘っているのである。

「図々しい男よね。そんなの、何度か同伴してくれてから言うことじゃない」

「同伴の報酬に会ってくれるってんじゃ、普通の男と同じだ」

「それじゃ、いやなの？」

「いやだね」

「高くつくわよ」

「つまらんことを言うやつだ。俺は、クラブのホステスである君を口説いてるわけじゃない。たまたま、出会ったのがこの店だったってだけのことじゃないか」

圭子は、多分三十歳ぐらいだろう。ほんとうに高くつく女は、自分から高くつくなどとは言わない。私は遊びたいだけであり、圭子も多分そうだと私は思っていた。六十を過ぎた男がついているという噂《うわさ》が女の子たちの間にあるが、それは信用できない。男のスタッフも、口は堅い。それを、札束で無理にこじ開けようとは思っていなかった。

「君に魅《ひ》かれている。俺は、それはそれで縁だと思ってるんだ」

「縁ね」

「縁かもしれない、と思えるものが、いくつも俺を通りすぎていった。それは、後悔としていつまでも残る。だから、通りすぎさせない努力はすることにしているんだ」

「口は、上手《じょうず》よね」

遊ぶには、手頃な相手。それでも踏むべき手続きというやつはある。女の自尊心も、傷つけられない。

なにをやっているのだ、と時々思う。こんなことで、女のなにかがわかるのか、と最近はよく自問もくり返す。それでも、目をつけた女が、大抵二人や三人はいるのだった。

圭子からは、二週間後の日曜が暇だ、という言葉を引き出した。二週間の間に、何度か電話をするにしても、もう一度ぐらいは店に来る必要がありそうだった。

十二時を回ったころ、私はホテルの部屋に戻ってきた。編集者から、長文のファックスが入っていた。原稿を読んだ感想である。

ほめ言葉が並んでいた。それはそれで、読んでいて不快なものではない。こういうほめ言葉に馴れて、やがて批判は受けつけないもの書きになるかもしれない、という気分もどこかにある。

風呂に入り、一時間ほど本を読んで、眠った。

眼醒めると、いつもの習慣通りに躰を動かし、三組の客に下のティーラウンジで会った。それぞれが仕事の話で、私の手帳のスケジュールがいくつか増えた。

夕方になると、私は自分がいそいそという気分になっていることに気づいた。明らかに、私は葉子を心待ちにしていた。

読みかけの本に、集中しようとした。何度も時計に眼をやってしまう自分に、ことさら舌打ちをしてみたりする。

チャイムが鳴ったのは、七時過ぎだった。

ドアを開け、私は立っていた葉子を抱きすくめると、唇を押しつけた。葉子はかすかに抗ったが、舌を入れると歯を開いた。

「びっくりした。部屋を間違ったんじゃないかと思った」

「遅かったじゃないか」

「帰り際に、主任に用事を言いつけられたの。断るわけにはいかないし」

「時間外だったら、断れ、そんなもの」

葉子が、椅子に腰を降ろした。

口紅、マニキュア。ほんのちょっとだけだが、化粧をして私を訪ねようという気にはなったようだ。

「ルームサービスにしよう。出かけるのが面倒でな」

「疲れてるの、また？」

「わからん。人の中に出ていくのはたくさんだ、という気分でね。続けざまに客に会っていたんだ」

「書くよりも、疲れてるんじゃない？」

「心配か。俺は、四十八だしな」

「先生、年齢不詳よ。なんとなく、そんな感じがする」

「おまえも、疲れてるだろう。風呂を使っていいぞ。その間に、ルームサービスになにを頼むか考えよう」

「うん、そうする」

「下着は？」

「先生が言った通りのを、着てる。靴も」

「見せてみろ、ちょっと」

「えっ」

「恥かしいか？」

「当たり前よ。でも、こんなに着心地のいい下着があるとは思わなかった」

葉子は、上着だけをクローゼットのハンガーにかけると、ショルダーバッグを持ったままバスルームに入っていった。施錠《せじょう》する音が聞える。

私は、ルームサービスメニューを、ぼんやりと眺めていた。適当に選び、註文をし、運んで来てほしい時間も伝えた。

テレビをつける。滅多につけることのないテレビだ。ニュースをやっていた。

バスルームからは、湯を使う音がかすかに聞えてきていた。テレビの音声をあげて、その音を消し、私は読みかけの本に手をのばした。続けざまに煙草を喫う。

バスルームから出てきた葉子は、パジャマを着ていた。それを見て、私は笑いはじめた。

「いけなかった。パジャマに着替えちゃ」

「いや、用意がいいなと思っただけだ。それに、ちょっとかわいいパジャマじゃないか」

湯あがりの女の匂い。それは私のところまでしっかり漂ってきた。

「化粧品も、持ってきたのか？」

「乳液とか、そんなものだけ」

「爪を、見せてみろ」

葉子がそばへ来る。湯あがりの女の匂いが、さらに強くなった。その匂いが私に与えてくる刺激を、私は愉《たの》しんでいた。

薄い、ピンクのマニキュアだった。少女に似合いそうな色だ、と私は思った。

「料理は適当に頼んである。ワインも持ってくるが、その前にビールを一杯飲もう」

「先生、パソコンのレッスンは？」

「おまえ、パジャマ姿のまま、それをやるつもりか？」

「ごめんなさい」

葉子が下をむく。

「夕方、汗をかくような仕事をしたんで、匂うんじゃないかと気になって、ついお風呂に入ってしまったわ」

「別に謝らなくていい。お互いに、プライベートな時間というわけさ。レッスンは明日まとめてやろう。冷蔵庫から、ビールを出してくれ」

不自然なところはあっても、葉子は私を受け入れている。その不自然さも、やがて消えるだろう。

葉子が、私の前にグラスを置き、ビールを注いだ。

「ほんとなのかな」

葉子が言う。

「先生の部屋に、パジャマを抱えて泊りに来てるなんて、嘘みたいな気がする」

「飲めよ、ビール」

「あたし、リラックスできると思ってパジャマに着替えちゃったけど、はしたないことをしたのかしら」

「いいさ」

「先生は、セーターを着てる」

「なんなら、裸になってやろうか」

私が言うと、葉子が笑った。

ビールを飲み終えたころ、チャイムが鳴り、ルームサービスです、という声が聞えた。

ドアのところで私はサインをし、ワゴンごと受け取った。

「あたしって、ほんとになにも知らない子よね。ルームサービスが来るのにパジャマに着替えたりして、なにも考えてないんだ」

「なにを言ってる？」

「馬鹿だなと思って。先生にも、そう思われただろうな」

「つまらないこと言ってないで、料理をテーブルに並べろ。俺はワインの栓を抜く。気の利いたやつだ。デキャンタのボトルも持って来ているぞ」

デキャンタという言葉も、なぜそうするかということも、葉子は知らなかった。解説をしながら、食事をはじめた。ナイフとフォークの使い方も、解説した。

「外で、あたしと食事をすると、恥をかくんだ、先生」

「知らないことを、恥じる必要はない。俺が教えられることは、教えてやるよ」

「あたし、子供でしょう？」

「俺は、おじさんか？」

料理はともかく、ワインは悪くなかった。葉子が、ナプキンで口を押さえて、笑い声を洩らした。

「俺が二十歳のころは、酒は安物のウイスキーだけだったし、肉はまずいくつにも切ってから、フォークだけを使って食った。ワインなんて、口にしたこともなかったよ」

「もういい。これが嘘なら嘘でいいわ。夢みたいなものだったら、それを愉しむことにする」

「それでいい」

葉子が、会社の話をはじめた。会社と部屋の往復が、生活のほとんどなのだろう。あまり、上司の悪口などは言わない。

「明日は、下着に合った服を買いに行く。バッグなんかもだ。それから、俺が知っている美容院に行け。化粧のやり方も教えてくれる。そこは、週一度ずつ通っていいようにしてあるからな」

美容院など、私は知りはしなかった。これまで私が親しんできた女は、みんな行きつけの店ぐらいは持っていたのだ。

女性誌の編集をやっている友人に、美容院は紹介して貰った。どうするかは、そこの美容師に任せるしかない。

「明日は、おまえの部屋にも行くぞ」

「いや、嘘でしょう」

「どんなところに住んでいるかぐらい、一応見ておきたい」

新しい部屋を、借りてやろうと思っていた。それは、もう少し時間が経ってからでいい。

食事を終えると、私はコーヒーを淹れた。頼めば、ルームサービスでコーヒーメーカーも持ってきてくれる。

食器を部屋の外に出し、私は葉巻をくわえた。シガーカッターを、葉子は面白がった。香りが、部屋に満ちた。

「ねえ、先生。あたしたち、どうなるの？」

葉子がそう言ったのは、ベッドに引きこんでパジャマを脱がせようとした時だった。

「男と女がどうなるかなんて、なってみなけりゃわからんさ」

パジャマを脱がせた。葉子は、私の顔を見つめていた。まだ熟《う》れていない、しかし充分に豊かさを感じさせる躰に、私は掌を這わせた。

「明り」

言いかけた葉子の唇を、私は唇で塞《ふさ》いだ。

第四章　夏の光

1

たまに飛沫《しぶき》があがるぐらいで、船は快調に走っていた。梅雨明けのころ、海面は静かでほとんど平水のようになる。大島をかわしてから、三十分ほど経《た》っていた。

私は、アフトデッキのファイティングチェアで、ビールを飲みながら佐伯と喋っていた。佐伯は、私が買ったパソコンのことを気にしている。不良品だったかというようなことではなく、私が使いこなしているかどうかについてだ。

「まあまあだ」

「というのは、どの程度だ？」

「おまえが気にすることはない。インストラクターにも来てもらってるし」

「ということは、一応トレーニングをする気はあるんだな」

「まあな」

「俺たちの世代が、一番理屈っぽくて、そのくせ覚えが悪いんだそうだ。うちの若い女子社員たちが、よくそう言ってるよ」

「理屈っぽいというのは、まあわかるな。覚えは悪くない。理屈の呪縛《じゅばく》を解かずに、とにかく操作だけ教えようとするから、頭に入らないんだ。筋の通っている世代なんだって、女子社員には言ってやれ」

「妙なことを言うと、セクハラと言われる」

「重役だろう、おまえ」

「小説家が羨しいな。重役は万能だと思っているのか。重役の給料じゃ、船どころかジャガーも買えないんだぜ」

佐伯は、若い重役だった。四十六で、重役になった。次の次ぐらいの社長候補だ、という噂も聞いたことがある。

「とにかく、わからないことがあったら、電話をしてこい。うちから、専門家を派遣する。ソフトによっちゃ、非常に扱いにくくなるのが、うちのパソコンだと言われていてね」

ワープロ機能も完璧には使いこなせないとは、佐伯には言えなかった。そんなことでも言おうものなら、毎日自動車学校の教習員のような人間を派遣してくるだろう。

「俺はあれを、執筆に使う気はあまりないんだ。資料の検索とか、そんなことに使おうと思ってる」

そういう使用の仕方が一番適当だろう、と静子に言われていた。葉子の方は、まずワープロを使えるようにすることが頭にあり、小説家としてどういう利用方法があるかは、まだ考えることができないという状態だった。

「しかしおまえの小説に、資料の検索なんてことが必要なのか？」

「まったく資料を使っていない、なんて思わないでくれよ。それに、今後のこともある」

ユーザーである私が、言い訳をしているような気分になった。腰をあげ、周辺の海域に眼をやってみる。

「右に見えるのが、大島か？」

「ありゃ新島《にいじま》さ。それに、船じゃ右と言わずスターボードと言う。左はポート」

「気取るな。右は右だろう」

言われてしまえば、そうだった。右は、右と言えばいい。

遊漁船によく乗るので、船には強いと佐伯は言っていた。遊漁船より、磯《いそ》釣りに行くことが多いらしい。一緒に飲むと、時々釣りの話になった。

「まず、式根島《しきねじま》のそばに行こう。それから神津島《こうづしま》の南西、恩馳島《おんばせじま》との間の海域」

ポイントは、出港前に海図で教えてあった。トローリングではない。海底にいる大物を釣りたい、と佐伯が言い出したのだ。

私と佐伯は、フライブリッジに昇った。舵《かじ》は岩井が握っている。巡航の二千二百回転。なんの問題もなかった。GPSには新島周辺の海域が映し出され、レーダーはしっかり島影をとらえていた。

「ハード・スターボード」

私が言う。岩井が復唱する。岩井は大学のヨット部で、復唱などは大声である。佐伯が苦笑している。

「二百七十度」

また岩井が復唱する。船が、かすかに右へ傾く。私は、魚探を、ナビゲーションモードから、魚探モードに切り替えた。まだ水深は五百メートル以上あり、魚探のモニターに底の形状は出ていない。

「ポイントまで、あと五浬《かいり》です」

レーダーとGPSを覗きこみ、岩井が言う。魚探は、水深四百から底が映るようにしてあった。ただ、巡航スピードで走っていると、当てにならない。

佐伯が、めずらしそうに運転席の計器を覗きこんでいる。コンピューターメーカーの重役だからといって、機械類にくわしいというわけではないだろう。営業畑から昇進してきた男だ。

「三浬まで近づいたら、千六百に落としてくれ」

それで、魚探はかなり確かになる。

私は煙草をくわえ、近づいてくる新島を見ていた。漁船の姿がいくつかあった。風はあるが、それほどひどくはない。これぐらいなら、船は風にむかって立つだろう、と私は思った。錨《いかり》を打てば、船は風にむかって舳先《へさき》を立てる。しかし、水深があるところでは、それはできない。漁船は、スパンカーと呼ばれる帆のようなものを船尾に立てる。それで、舳先が風にむかって立ったまま、少しずつ風下に流されるのだ。船が複雑な動きをしないかぎり、そこから垂らしている釣糸が絡まることもない。スパンカーは、クルーザーには不向きだった。代りに、パラシュートアンカーというものがある。舳先から、文字通りパラシュートのような恰好をしたものを流すのだ。風で船が流れれば、パラシュートの抵抗で舳先は風にむかって立つ。理論上はそうだが、海には潮流というものがある。その分、空中に立てるスパンカーより扱いは面倒になるのだ。

船速が落ちた。海底の形状も、魚探のモニターに映りはじめた。魚影らしいものもあるが、はっきりしない。なにしろ、四百メートル近く下なのだ。魚探にはっきりと映ったら、とんでもなく巨大な魚ということになる。

少しずつ、浅くなってきた。二百五十メートルに近づいてきている。

「このあたりだな」

「どうしますか？」

「風上に一浬ほど走れ。そこで、パラシュートを放りこもう」

再び、船速があがった。潮流がどう流れているのか、私は測ろうとした。ほんとうの流れは、船を止め、なにかを流してみないことにはわからない。

「ポイントより、一浬風上です」

「よし、レッコしてこい」

放りこむことを、レッコと船では言う。レッツ・ゴーから来ているが、こんな言葉も佐伯には気障《きざ》に聞えるだろう。

岩井が、素速く舳先へ行った。私はエンジンをニュートラルにし、風にむかって立ち続けているように、右舷左舷のシフトレバーを細かく操作した。パラシュートが放りこまれる。赤と黄色のキャンバス地でできていた。海中で、それが花のように開いた。ロープをクリートに固定し、完了というように岩井が片手をあげた。

ニュートラルで、しばらく様子を見た。風で流される船を、パラシュートの抵抗が引っ張り、船体は風上にむかって安定した。

エンジンを切る。

不意に、静かになった。灰皿で煙草を揉み消す音も、はっきり聞える。GPSとレーダーの電源は切ったが、魚探はそのままにしていた。二百三十メートル。これから少しずつ深い方へ流されていくはずだ。

中層に、魚群がいた。烏賊《いか》かもしれない。悪いことではなかった。それを狙《ねら》って、大きな魚も集まってくるはずだ。

「さて、やってみるかね」

私は言い、佐伯とアフトデッキに降りた。

岩井が、ポリバケツの海水を取り替えていた。朝、漁港の生簀《いけす》から買ってきた生《い》き餌《え》は、元気だった。鯵《あじ》と鰯《いわし》である。エアポンプで空気を送り続けていたが、同じ水だと魚の尿《にょう》のようなもので濁るらしい。そうしろと、漁師に教えられたのだ。

電動リールをセットした竿を出した。トローリング用のアウトリガーも倒し、ラインはその先のリリースピンを通すことにした。アウトリガーの弾力が、ショックコードの役目を果すだろうし、右舷と左舷から出す私と佐伯のラインに間隔ももたせる。

すべてをセットすると、私は錘《おもり》を海に放りこみ、リールのドラッグを緩めた。急激に底までは落とさない。途中で何度か止めた。背がけにした鯵は元気だったが、水圧の影響は受けるかもしれないと思ったのだ。五分ほどかけて、錘を底につけた。

「あとは待つだけというのは、トローリングと変らんと思うがな」

「まあな。ただ、底には必ず魚がいる。つまり、根についている魚というやつだ。トローリングの場合は、偶然の魚群との出会いの要素が強い」

佐伯は、トローリングを好まない。狙えないからだ、と言った。釣りにはそれぞれ流儀があって、たまには他人の流儀に従うのも悪くないと私は思っていた。

キャンバスチェアで、私はまたビールを飲みはじめた。

「船の上での酒はどれぐらいだ、岸波?」

「ビール無制限ってとこかな。特に夏は」

「この間の健康診断で、肝臓にたっぷり脂肪がついてると言われた。毎年言われてることだが、今年はたっぷりという言葉がおまけだった」

「血圧も高い。血糖値も高いか」

「おまえ、やっぱり医者嫌いか」

自己診断というのが、私のやり方だった。スポーツクラブで、いつもは三ラウンドこなせるミット打ちが、一ラウンドで息もたえだえになった。しばらく運動しないと、心肺機能はそんなふうに落ちる。三日、深酒をすると、一日立ち直れない。徹夜はひと晩でやめ、食事は一日二回。

「女房がいれば、違うんだろうな。不能になったりすると、すぐに病院へ行けだ。セックスも、健康のバロメーターらしい」

静子を相手にする時、私は何度か不能になった。酒を飲んでいることが原因だろう、としか思わないようにしている。

「女に対しては、やっぱり弱くなったと思うか、岸波?」

「どうかな」

「俺は、熱意がなくなったね。弱くなったわけじゃないと思う。女房は、三ヵ月に一度ぐらいしか、俺はもうできなくなったと思っているらしいし、あいつの方も月に一度か二度ってとこだ」

女房以外の女でも、十五年も付き合っているとそんなものなのか。私は、大抵一年ほどで女を替えてきたので、長い付き合いの情というものはわからない。

「若い女を、口説いてみようと思う。会社の女子社員でもいいし、酒場の女の子でもいい。しかし、億劫《おっくう》になるのだな。食事をするところまではいくんだが、それから先が億劫になっちまう」

「昔は、めしを食わせる時間でさえ、惜しいと思ったもんだ」

「それから、ただめしを食わせないとかな」

私は、ジッポで煙草に火をつけた。大抵の会社の幹部がそうであるように、佐伯は煙草を喫わない。若いころの記憶は曖昧《あいまい》だが、禁煙したなどと聞いたことはないので、昔から喫っていなかったのだろう。

船は、風上に舳先を立てたまま、静かに流されている。次第に水深が深くなっていくはずだから、私は時々リールのドラッグを緩めてラインを出し、錘を着底させた。アウトリガーの先端がいくらかしなると、錘が底から離れたということだろう。

「ゴルフと釣りか。老いぼれると、もっと熱中するようになるのかね」

「俺は、ゴルフはやらんよ」

何年も前から、佐伯やほかの友人たちからも勧められていた。健康にいいという勧め方と、意外に面白いという勧め方があった。

私は、自分の体力には関心を持っているが、健康であることにそれほど執着はなかった。もっとも、病気になってみると違うのかもしれない。

「新入社員のころは、五十前後の上役は、いくらうるさいことを言っても、すぐに死んで消えちまうんだと思っていた」

「若いころってのは、そういうもんさ」

「月並みなことを言うじゃないか、作家のくせして」

「歳をとるってのが、月並みなんだよ。いや当たり前のことか」

岩井は、キャビンのギャレーで、昼食の仕度をしていた。餌の鯵でも食えばうまそうな感じだったが、スパゲティかなにかを作っているようだ。ヨットを何年かやると、大抵は料理がうまくなる。

一度、巻きあげてみた。電動リールだから、大して億劫にはならない。私の餌ははずれていたし、佐伯の餌はひどく弱っていた。

新しい餌で、もう一度降ろした。

「仕掛けは、これでいいはずなんだがな」

「まだ一時間も経っちゃいないんだぜ、岸波」

佐伯は、トローリングで待つということができない。データと情報をもとにしてやるのだから、決して偶然だけではないと言っても、釣りという感じがしないようなのだ。

佐伯のアウトリガーが、急激にしなった。リリースピンがはずれ、衝撃が直接リールに来て、クリックが音をたてた。

佐伯は、もう竿にとりついている。耐えられないようなら、ハーネスをつけようと思ったが、それほどでもないようだ。竿を抱きかかえていれば、あとは自動的に巻きあがってくる。

「かなり、でかいな」

リールのドラッグに抵抗して、ラインは時々出ていく。佐伯は、少しだけドラッグを締めつけた。私は、ギャフを用意した。攩網《たも》では手に負えない大きさだろう。やり取りをしても、あがってくるのに十分ほどしかかからなかった。

「鮫《さめ》だ」

「じゃないか、と思ってたよ」

革の作業手袋をした手で、私はラインを摑んだ。ギャフは、魚ではなく錘をひっかけるのに使った。錘を切って回収し、ラインを切った。鉤《はり》は鉄で、一週間ほどは魚の口にひっかかったままだが、錆《さ》びてぽろりと落ちるという。ステンレスの鉤だと、魚はそのまま死ぬのだ。

「懸命にあげて、鮫ってのは、なにか皮肉な気がするな。まるで俺の人生を象徴しているような気がする」

「小説家ふうのレトリックだが、陳腐《ちんぷ》だね。なにかあったのか、佐伯？」

「別に。いまのところ、なにもない」

佐伯が、老眼鏡をかけて、新しい仕掛けを作りはじめた。

2

仕事をし、二時間ほどスポーツクラブで汗を流す、という生活が続いた。夏だから、船には少なくとも週に一度は行く。

暑い盛りになったが、体調はよかった。スポーツクラブでも、シャドーを三ラウンド、ミット打ちを三ラウンドやるが、それ以外にサンドバッグを打つようになった。

パンチ力がついているような気がした。インストラクターは、ずっと変っていない。遠慮がなくなり、私はスパーリングをしばしば頼むようになった。勿論《もちろん》、メニューにはない。

「君の大学に、ヘッドギアもパンチンググローブもあるだろう」

「自分も、持ってますが、スパーリングとなると、まるで違うんですよ。ボクシングってことになる」

「じゃ、俺はいまなにをやってるんだ？」

「健康のための運動ですね」

「反射神経が冴えてきたし、パンチ力もついてきたような気がする。別に礼はするよ」

「そんなことじゃないんですが」

私が執拗《しつよう》に頼むので、ある日インストラクターがヘッドギアを持ってきた。自分でそれをつけ、大きなパンチンググローブもした。

「こっちの分がないぜ」

「必要ありません。俺は手を出しませんから」

インストラクターに、サンドバッグになってくれと頼んでいるようで、多少気がひけた。それでも、自分のパンチがどの程度か、という好奇心は抑えられなかった。

一ラウンドだけ、という条件だった。

三分一分三分という間隔で、ゴングが鳴る装置がある。シャドーやミット打ちで、私はそれを使っていた。

ゴングが鳴った。

ファイティングポーズをとり、私は左のジャブを出しながら接近した。ジャブは相手のグローブを掠《かす》めるだけで、一発も当たらなかった。タイミングを測って出した右のストレートやフックも、やはり空を切った。

意地になった。ワン・ツウを連発する。いくら打っても当たらないので、躰ごとぶつかって行き、その寸前でパンチを出してみる。駄目だった。ブロックされたパンチが、ようやく二発打てただけだ。ぶつかると、押し返された。離れ際に出したパンチも、ダッキングでかわされる。息があがってきた。くそっ、と声に出した。ワン・ツウどころか、五発六発と続けざまにパンチを出す。

「一分経過」

インストラクターが、冷静な声で言った。壁の時計を見ているようだ。もう三分を過ぎているような気がした。少し退がり、フットワークを使いながら呼吸を整えた。ジャブからストレート。そのまま接近して左右のフック。かわされる。私は、口を開けていた。

「力まないで、軽く」

頷いたが、全身の筋肉には力が入りっ放しだった。

「一分三十秒」

インストラクターは、呼吸を乱してさえもいない。私のパンチは、大振りになった。一発打つごとに、躰が泳いだ。

二分の声を聞くことはなく、私は座りこんだ。肩で息を続ける。そうしている間に、ようやくゴングが鳴った。

「長いな、冗談じゃない」

喘《あえ》ぎながら、私は言った。なんとか、呼吸は収まってきている。

「君は、どの程度のパンチを打つんだ。俺がミットを構えるから、打ってみてくれないか」

「いいですよ」

私は、ミットを構え、いつも彼がやるように、上下に差をつけて顔の脇で構えた。パンチが来た。そう思った時、両手のミットは弾き飛ばされていた。

掌に、痺《しび》れるような感触が残っている。

「これが、ボクシングか。それにしても、すごいパンチ力だ」

「自分は、パンチがない方です。だから、ファイターをやれって一年の時から言われてます」

「俺がやっていたことは、ラジオ体操程度だったのか」

「なかなかのもんですよ。喧嘩自慢の友だちが、やっぱり二分もたなかったですから。力まないことを覚えれば、充分に三分もちます」

慰められただけだろう、と私は思った。たとえ三分もったところで、パンチが当たらなければボクシングとは言えない。

ホテルへ帰る車の中でも、私は掌の痺れを感じていた。わがままな客に対する、青年の怒りとも思えた。

スポーツクラブへは、大抵午後一番に行く。ホテルへ戻ってくるのが、三時ちょっと前というところだ。四時に客がひと組来て、私は五時過ぎまで喋っていた。

それから、二時間ほどデスクにむかった。夏場は、それほど仕事が混んではいない。毎年、そういう仕事の受け方をしていた。

静子がやってくる日だった。八時過ぎになるだろうと思っていたが、一時間早く姿を現わした。静子の方も、それほど仕事に追いまくられているわけではなさそうだ。

「ワイン、飲みたくないか？」

「そうね。ちょっと酔っ払っちゃおうかな」

タクシーで十分ほどのところに、小さなイタリアンレストランがある。小さい割りには、ワインなどは揃っていた。

「バローロの八九年」

ワインを選ばせると、静子はそう言った。

「ピエモンテか、おい」

ピエモンテ産のワインは、フランスワインにたとえると、ブルゴーニュというところで、いささか軽い飲み口だった。

「ちょっと酔っ払っちゃうと言ったでしょう」

「なるほど。もう一本ってわけか」

「二本目が、トスカーナ。ブルネロ・デ・モンタルチーノ八五年」

こっちは、ボルドーふうのワインだった。私と出会った時から、静子はいささか一般的ではあっても自分でワインを選べた。フランスワインになるとさすがに手に余るところもあるようだが、イタリア産はよく知っていた。

そういう女を連れて歩くのが、多少鼻が高いと感じた時期もある。

なんとなく、穏やかな食事だった。静子は八月の中旬にとる夏休みの話をし、私はそれを受けて、数年前の夏の旅行の話をした。その時は、二十三歳になるクラブのホステスが一緒だったが、それは言わなかった。

「ところで、パソコンは？」

最後の一杯のワインを飲みながら、パルメジャーノという固いチーズを食っていると、不意に言われた。

「いやなことを訊くなよ」

葉子は、レッスンに来ているという感じではなくなった。ワープロがどうのとかまだ言っていたが、ひと晩を過しに来ているとしか私は扱わなくなったのだ。それでも、ワープロ機能だけは少しずついじらされて、いまではなんとか使える。

私からただ金を受け取るには大きな抵抗があるようだったので、レッスンは継続中ということにしてあるのだ。交通費を含めて、一回が一万円というのには、抵抗を示さなくなっていた。はじめは時給千円と言い、私の方が千五百円にしてくれと頼んだのだ。いまでは、レッスンは一時間ちょっとで終る。

「あんな高級機種を買って、まだゲームもできないわけ？」

「遅々として進まずだが、まったく進んでいないわけじゃない」

「大体が、五、六時間の講習で、なんとか使えるようにはなるものよ」

「人には、それぞれやり方ってもんがある」

静子が、肩を竦める。

ホテルへ戻ると、私は多少酔いを感じはじめていた。不能になるかもしれない、と思った。それなら、ひと寝入りすればなんとかなるのだ。

シャワーを使い、私はコニャックを飲みはじめた。どうせ不能なら、思いきり飲んでしまおうと思ったのだ。部屋には、コニャックやグラッパが、大抵二、三本あった。私が勝手に酒を持ちこむことを、ホテルは黙認している。

静子は、バスタブにゆっくり浸っているようだ。私は、CDプレイヤーのスイッチを入れた。デルタ・ブルースだった。不能の夜にはぴったりだ、という感じもある。コニャックを舐めながら、マディ・ウォーターズの太い声に聴き入った。若い連中の間で流行《はや》っている、トム・ウェイツなどより、ずっとブルースらしいという気がする。

バスルームから出てきた静子は、全裸だった。躰から、水滴が滴《したた》り落ちている。

「ねえ、今夜はいやらしいことをしよう」

ワインのせいか、静子の眼は焦点が合っていないように見えた。

「ふうん、いやらしいことね」

「なにかしてよ、いつもと違うことを」

「どうされたい？」

「恥しいことがいい」

私は煙草に火をつけた。いくらか、残酷な気分が滲《にじ》み出している。なにをやったところで、どうせ不能だろうという思いが、その裏側にある。

「よし、縛ってやろう。恥しいことをされても、抵抗できなくしてやる」

ホテルに備えつけの浴衣《ゆかた》の帯で、私は静子を後手に縛りあげてベッドに転がした。

こういうことを喜ぶ傾向を持った女と、何度か関係したことがある。まず、言葉だった。

「犬か、おまえ」

濡れた髪をかき分け、耳もとで囁いた。

「それとも、豚か」

かすかな身動《みじろ》ぎが、静子の反応だった。

「おまえのような変態女は、苛《いじ》めるだけ苛めてやった方がいいんだ」

静子の身動ぎが、いくらか大きくなった。それから、侮辱する言葉を思いつくままに並べてみたが、それほど大きな反応にはならなかった。マディ・ウォーターズが流れている。私は、コニャックをちょっと口に含んだ。

「立て、静子」

「なに、なにをするのよ?」

「質問なんかできる立場じゃないんだ、おまえは。人間の言葉も喋るな」

静子が大きく身動ぎをし、それから立った。燃え盛るような濃い恥毛が、すぐ眼の前にあった。しばらく、それを弄《もてあそ》んだ。

「よし、バスルームへ行きな」

「なにを、させるの?」

「質問はするな、と言っただろう。犬や猫なら恥しくはないということを、これからゆっくりやってもらう」

「駄目よ。いや。そんなんじゃないの」

「喋るな」

私は、静子の尻を掌で叩いた。派手な音がしたが、静子があげた悲鳴はもっと派手だった。思わず、隣室を憚《はばか》ってしまうような声だ。もう一度、尻を叩いた。静子の悲鳴。痛いはずはない。その程度の叩き方だ。

「行け、バスルームに。トイレに跨《また》がるんだ。俺が行くまで、絶対に出すなよ」

「いやよ、駄目」

「喋るな、と言ったろうが」

静子が、激しく頭を振った。拒絶なのかどうか、私にははっきりわからなかった。どちらでもいい、という気分になった。ここまでやっているのだ。

私は、静子の躰を背後から抱くようにして、バスルームまで歩かせた。便器の便座を降ろし、そこに腰かけさせる。静子がまた、弱々しく頭を振った。

「恥しいことをしたいと言ったのは、おまえだ。なにが恥しいか、自分で考えてやってみろ。俺は、煙草を喫いながらここで眺めてる。いいか、一本喫う間だ。吸い終ったら、こんなゲームは終りにする。いつもの通りがいいという、おまえの意思表示だと思うことにする」

まだ、マディ・ウォーターズが流れていた。私は音楽を止め、灰皿を持ってバスルームの中に入り、煙草に火をつけた。

黙っていた。静かだった。マディ・ウォーターズの代りに、喘ぐような静子の呼吸が聞える。

「半分、喫ったぞ」

静子が、頭を振り、うなだれた。腹部に、深い溝が二本できている。それほど大きくない乳房が、その上に載っている。無様《ぶざま》なものだ。ふと思った。それから、抑えた。無様などと感じるぐらいなら、はじめからやめておいた方がいいのだ。

「もうすぐ、喫い終るぞ」

うなだれていた頭を持ちあげ、のけ反《ぞ》り、呻くような声を静子があげた。

「水に放りこむぞ。それがいやなら、おまえが自分で消せ」

静子の脚を拡げ、私は喫いさしを腿《もも》の間に入れた。静子の呻きが、大きくなった。ちょっと、水音があがった。躰をふるわせ、それは止まった。間歇的《かんけってき》な水音が二回。届かないよ、と私は言った。不意に、嗚咽《おえつ》しながら、静子が放尿をはじめた。それは煙草の火を消し、私の手で跳ね、かなり長く続いた。

私は、可能になっていた。バスローブを脱ぎ捨て、まだ嗚咽を続けている静子を、抱きあげるようにして空のバスタブに移した。バスタブの底に座り、膝の上に静子を載せた。挿入はたやすく、すぐに静子は腰を前後に激しく動かしはじめた。後手に縛ったままである。のけ反っても、自分では支えられない。私は左手を腰に回して静子の躰を支え、右手でシャワーのカランを捻《ひね》った。頭上から、湯が降り注いできた。叫び声をあげ、それから静子は昇りつめた。湯を浴びながら、ひとしきり躰を痙攣《けいれん》させている。

私に寄りかかって、静子はしばらく荒い息をしていた。湯が、頭から降り続けている。静子の上体を押し、私は乳首を吸いはじめた。静子が、また身悶《みもだ》えをはじめる。それはすぐに激しい動きになり、昇りつめていこうとした。私は、カランの湯温調節のつまみを、冷水のところまで回した。

いきなり、湯が水になった。全身がひきしまった。一度止まった静子の動きが、再び大きく激しくなった。シャワーの音を、静子の長い叫びが圧した。痙攣している時間も長かった。眼がぐるりと反転し、薄く開いた目蓋《まぶた》から、白眼だけが覗いていた。それを見ながら、私も果てていた。

シャワーを止める。後手に縛った浴衣の帯が、濡れてきつくなっていた。なんとか解き、私は静子と離れた。

自由になった手でバスタブの縁にしがみつき、静子はじっとうずくまっている。濡れた躰にバスローブを羽織り、私はベッドに戻った。

飲みかけのコニャックを飲み干し、煙草に火をつける。音楽は聴きたくなかった。気分としては、ひとりでいたかった。煙草を喫い終えると、私はもう一杯コニャックを注いだ。ワインの酔いが持続しているのかどうか、よくわからなかった。

しばらくして、バスルームでドライヤーを使う音がしてきた。

私はコニャックを口に含み、ベッドに横たわって少しずつ飲みこんでいった。大して好きな酒ではない。寝酒に適当だから、部屋に置いてある。私はぼんやりと、書きかけの小説のことを考えはじめた。恋愛小説といっても、いくらかハードなところがある。女を車で追いかけたり、女に会うために、切り立った崖《がけ》を五十メートルよじ登ったりする男が出てくる。現実の生活の中ではできないが、女にこうしてやりたいということができる男。小説の中では、可能なのだ。

バスローブを着て、頭にバスタオルを巻いた静子が、そばに来てベッドに腰を降ろし、コニャックをちょっと飲んだ。それから立ちあがり、自分のロエベのバッグからマルボロ・メンソールを出して火をつけた。また、私のそばに腰を降ろす。

「前に、あんなことをされたことがあったの」

煙を吐きながら、静子が言う。メンソールの香りのように、私には不要な言葉だった。

「その時は、ひどくいやだった。憎んだぐらい。だけど、今日ワインを飲んでいた時に、ふとそのことを思い出したわ。なにか、ひどく刺激的なことだって気がしたの」

私は、コニャックを飲み干した。酔いは持続しているという気がする。

「なんで、あんなことを言い出したのか、あたしよくわからない」

眠りたい、と私は思っていた。全身が気だるかった。コニャックをもう一杯飲めば、ぐっすり眠れそうな気がした。私は、コニャックのボトルの方を指さし、静子にむかって片眼をつぶった。静子が立ちあがり、ボトルを持ってきてグラスに注いだ。

「あたしって、おかしいかな」

私は、コニャックを飲んだ。静子の躰がそばにあるので、軽く触れた。バスローブの裾《すそ》が開いて、太腿が見えた。そこを、撫でるようにして触れた。

「こんなに興奮したの、はじめてだって気がする。おかしいよね、やっぱり。思い出すと、顔から火が出そう」

「忘れろ。というより、思い出すな」

「その方がいいのかな」

「夢だと思い定めてしまえば、夢。そんなものだ。あとで後悔するぐらいなら、はじめからやらない方がいい。俺しか知らないことだ。別に後悔する必要はないだろう。俺は、まあ夢みたいなものだと思い定めているわけだしな。つまり、なにもなかった」

「そうね」

眠りたい。コニャックが、まだグラスにある。それを飲んだら、ほんとうに眠ってしまおうと思った。

「いいか、静子。どちらも苦痛を感じていなければ、それでいいんだ。その時間は、その時間だけ。つまり、夢ってわけさ」

「わかったわ」

「眠ろうか。眠っちまえば、ほんとの夢になる」

私が手をのばそうとしたコニャックのグラスを、静子がとった。顔をのけぞらせ、口に流しこむ。それから私に顔を近づけてきた。合わせた唇から、コニャックが私の口に入ってきた。かすかだが、メンソールの香りも一緒だった。

「意外に、やさしいところもあるのよね」

静子が言う。

「おやすみ。朝は早いのか？」

「九時に、ここを出るわ」

なんとなく、私はほっとしていた。私はまだ眠っていて、あまり音をたてないようにして
静子は部屋を出ていく。

「もうちょっと、ドライヤーの音をさせてもいいかしら。濡れた帯を乾かしておきたいの。

ちょっと恥しいし」

「ああ」

私は眼を閉じた。

口に残ったメンソールの香りを消すために、もう一杯コニャックを飲みたいと思ったが、
それも面倒だった。

3

晴れた日だった。
私は葉巻をくわえて、ジャガーの助手席にいた。運転しているのは、葉子である。
マニュアルに切り替えさせ、ついこの間免許を取ったばかりである。ジャガーは、右ハン
ドルでオートマチックだった。免許を取り、会社の車を二、三度動かしただけでジャガーの

運転をするのを、葉子はいやがった。馴れろ、とだけ私は言った。

「会社の車とは違うわ。路面に貼りついて走っているような気がする」

「百二十キロまでは、出していい」

早起きをした。一緒に朝めしを食い、葉巻に火をつけたのだが、眠気は去っていかない。

葉子と一緒にいる時間を作るために、睡眠時間が三時間という日を、三日続けた。昨夜は葉子と一緒に食事をし、酒を飲み、ベッドに入ったのが一時過ぎで、二時半には眠っていた。それでも七時半には起きたのだから、睡眠不足を取り戻してはいない。

私は、リクライニングを少し倒していた。

ハンドルを握る葉子の腕が、いかにも若々しい。横顔が、正面よりも大人っぽく見える気もする。

この三ヵ月で、葉子はまるで変っていた。頭から足の先まで、専門家の手が入ったという感じになっている。

服も、買ってやった。カジュアルなものは別として、五着ともスーツである。ブランドというほどのものではなく、といって安物でもない。靴と下着。それが身についたら、スーツも高級にしていけばいい。バッグ類もそうだ。

それでも、葉子には重そうだった。はじめはスーツが歩いているという感じがしたものだが、いまではなんとかさまになっている。化粧も、はじめから洗練された感じだったが、逆にそれがアンバランスになっていた。

あとは、中身の問題なのである。それは、専門家に任せるというわけにはいかなかった。セックスの方もそうだ。

「もっと踏め、葉子」

右を、速い車が追い越していく。

葉子は、カジュアルウェアで、嬉しそうだった。やはりまだ、二十歳の子供という部分は残っている。

「踏むんだ。少なくとも、百キロは出せ」

「だって」

「緊張していると、意外に事故なんか起こさないもんさ。高速道路じゃ、おどおど走っている方が危ない」

いくらか、スピードがあがった。メーターは百あたりを指している。

「会社じゃ、みんなに変ったと言われはじめてるだろう?」

「男の人に、変な眼で見られることがある。地味な恰好で行っているんだけど」

「あまり、誘われなくなったな」

「そう。よくわかるわね、先生。前に誘ってた子たち、廊下で会っても顔をそむけちゃうの。こっちから声をかけると、おどおどしたりして」

「しかし、たまには誘うやつもいる」

「取引先の社長とか、そんな人に誘われるようになったわ」

ちょっと、ミステリアスな雰囲気が出はじめているのだろう。垢抜《あかぬ》けしていないが、よく見るとかわいい女の子というのが、私が最初に会った時の印象だった。それならば、若い男たちも声ぐらいはかけられる。いまは、ある程度自信がある男が、声をかけているのだ。社会的な地位が高いと自分で思っているとか、財布が庶民のものよりいくらか厚いとか、その程度の自信だ。

中身をどうやって磨けばいいかは、これから試行錯誤だった。マニュアルなどない。私が、ある素質を感じているだけだった。

いまなら、見る人間が見れば、田舎からひとりで上京してきて、まだ素朴さを失っていない女の子だということが、たやすくわかってしまうだろう。

「ねえ、先生、船ってどれぐらい揺れるの？」

「その日の海による」

「そうだよね。嵐だったら、揺れるよね」

「そんな日に、船は出さんさ」

「でも、酔っても弱音は吐かないから。一度で、もう乗せないなんて言わないで」

「おまえが、乗りたくないと言わなきゃ、何度でも乗せてやる」

掌に汗をかいているらしく、膝に置いたハンカチに、何度もこすりつけている。

私は、葉巻の煙を吐いた。窓は開けず、エアコンで抜けていくだけだ。それでも、葉子はあまり気にしていなかった。

「葉子が、葉巻の匂いが嫌いじゃなくて、助かったよ」

「はじめは、すごい匂いだと思ってた。食後に、いつも喫ってたでしょう。馴れちゃったのかな。先生が好きなものだから、あたしもそばにいる時は吸いこんでいたの。そのうち、平気というより好きになったみたい」

私は身を起こし、グローブボックスからミュージックテープを出した。デッキに押しこむ。

「なんだか、哀しい曲だな、これ」

百キロ程度のスピードだと、音楽も耳に入るようだ。百二十キロを超えると、多分なにも耳に入らなくなるだろう。

「映画音楽だ。『ひまわり』という」

「どういう映画?」

「誰も悪い人間はいないのに、みんなが傷つき、哀しさの中で生きる、というような映画だな」

「いやだ。信じらんない。そんな映画、誰が観るのよ」

「その、信じらんない、という言い方はよせ。観てから言うのなら、まだいいがな」

「でも、話を聞いただけじゃ、観たいとは思わない映画だわ」

「純粋な哀しみというのは、人間の魂を浄化させることがある。俺は、好きだったな。こうして、テープに音楽まで入れているんだ」

「じゃ、観てみる。先生が好きだって言うんなら」

「次の曲は、『ニュー・シネマ・パラダイス』という映画の曲だ。そっちも、ビデオを借りて観てみろ」

「わかった」

「パラダイスというぐらいだから、明るい映画だと思ってるな」

「観るまで、なにも言わないわ」

高速道路の、終点に近づいてきた。夏は混み合う道だが、平日のせいかそれほどでもなかった。私の船が置いてあるマリーナまで、そこから十分ぐらいのものだ。

「あたし、先生が感動したと言うものを、いっぱい観てみたいな。先生の足跡を辿《たど》るみたいに」

「それで、追いつこうってのか?」

「まさか。ほかのものを観るより、そっちを観たいと思うだけよ」

高速道路を出た。一般道の方が緊張を強いられるらしく、葉子はほとんど喋らなくなった。

私は、葉巻の煙を吐きながら、道順を指示しただけだ。

マリーナに着くと、私はすぐに出港準備をはじめた。岩井は呼んでいないので、すべて私がやるしかなかった。

「この船、『アマリア』という名前なのね」

「アマリア・ロドリゲスからとった。ポルトガルのファド歌手だ」

「ファドって？」

「今度、CDをやる」

エンジンをかけた。マリーナの若い職員が、舫《もや》いを解きに来てくれた。船の舫いはきれいに巻き、浮桟橋《ポンツーン》の方から二本だけとっている。

浮桟橋から、船を離した。気を使うのは、そこだけだ。

アフトデッキにいた葉子を、フライブリッジに呼んだ。少し進んだところで、航海計器の電源を入れる。どこへ行くわけでもない。今日は、安全な海域を二時間ほど走って、戻ってくるだけだ。

「先生、あたしにできること、なにかあるの？」

「まず、船に馴れてからだ。少しずつ教えてやる」

GPSのスタートアップが終った。私は沖のポイントを行先として入力し、レーダーを三マイルのレンジに切り替え、魚探をナビゲーションモードにした。

「できるんだ、先生。こんなことはできるのに、どうしてワープロがうまくならないの？」

「こっちは、命がかかっている。俺は別に、ワープロに命を預けてはいないからな」

スピードをあげた。クルージング日和《びより》だった。波による衝撃は、ほとんどない。うねりの中で、わずかな揺れがあるだけだ。

「想像してたより、ずっと速い」

「船舶免許も、取りに行け」

「取りたいな、ほんとに」

ある程度沖まで出ると、海の色が変ってくる。澄んでいることも、はっきりわかる。

「先生、あれ」

飛魚だった。なにかに追われているのか、五、六尾が編隊で飛んでいる。二時間の間に、三度ほど飛魚が飛び、一度、一メートルほどの鮫が跳ねるのを見た。

葉子は眼を輝かせている。船酔いの方は、いまのところ問題はなさそうだ。スローでも走ってみたが、気分が悪いとは言い出さなかった。

「明日は、五、六時間走ってみるぞ」

マリーナに船首をむけた。

マリーナの近くに、渚《なぎさ》ホテルという古いホテルがある。そこを、三泊予約してあった。部屋が広いし、窓のすぐ下には海がある。建物の古さも、どこか風格になっていた。

部屋へ入ると、すぐにバスタブに湯を張った。私の方が、先に入る。葉子は、化粧を落とすところからはじめなければならないからだ。肌の手入れも、念入りにやる。いまどういうことはなくても、十年後には大きな違いが出てくるのだと、美容師に言われたらしい。

しばらく、部屋で休んだ。私はぼんやりしていて、葉子は本を読んでいる。いつも本を持っているが、それが私の本であったためしはない。そのくせ、私の本をすでに十数冊は読んでいるようだった。

五時にホテルを出て、私の運転で魚料理の店に行った。戻ってきたのは、八時だった。

葉子は、パジャマを持ってきている。ホテルへ来る時もそうだ。しかし、パジャマを着るのは、ずっとあとだった。

全裸でいることに、馴れさせた。

じっとしていなくてもいい。普通に振舞っているが、ただ全裸だ。私も、舐めるように眺めたりはしない。

はじめは、かなり抵抗があったようだ。泣きそうな顔をしながら、椅子の上で膝を抱えてじっとしていた。歩き回るぐらいのことができるようになったのは、ごく最近だった。それでも、まだ抵抗があるようだ。

全裸になった葉子は、椅子の上で膝を抱え、本を読んでいる。ただ、時々動き回ったりはするのだ。ビールをくれと言えば、冷蔵庫までビールを取りに行く。

「陸酔《おかよ》いはしてないか？」

「なあに、それ？」

「船に乗ると、陸に戻ってきても、躰が揺れているように感じる」

葉子は立ちあがり、バスルームに入っていった。しばらくして戻ってくる。

「少しあったかもしれない。さっき、鏡を見ていたら、躰が揺れているような気がしたの。いまは、そんなことないみたい」

「みんなあることで、気にする必要はない。それが異常だと思いこんじまうやつがいるので、念のために訊いただけだ」

全裸でいる時間は、三十分から一時間というところだ。

私は、葉子をベッドに呼んだ。

全裸には抵抗を示しても、私に抱かれることに逡巡《しゅんじゅん》を見せたことはなかった。避妊は葉子の役割だと、言い聞かせてある。ピルと基礎体温の選択肢から、葉子は基礎体温の方を選んだ。危険日には、葉子は勝手に私に避妊具を被《かぶ》せる。

ベッドに入り、しばらく愛撫し合っていた。肌はきれいで、どこを触れても滑らかだった。しかし肌よりも、私は淡い恥毛に触れているのが好きだった。愛撫し合いながら、他愛ない話をすることもある。

私は、葉子を相手に不能だったことはなかった。

葉子の中に、入っていく。小さな声を、葉子はあげる。いやがった体位はほとんどないが、反応はやはりまだ幼かった。絶頂も知らない。

ただ、変化の兆しは出てきていた。

正常位で、しばらく続けた。俺は、五十になろうとしている男だ。そう言い続けてきたので、下にいても葉子は積極的に動いた。中年男に対する、いたわりも見せる。

「ちょっと待て」

私は、葉子の動きを止めた。

葉子の性器の奥が、動いているような気がする。この前も感じたことだが、時間が短かったので気のせいだと思った。

しかし、動いている。いまは、間違いなく動いている。かすかな、握手でもしてくるような感覚。静止していても、葉子の眉間にはひとすじ皺《しわ》が刻まれていた。

悪くない、感触だった。このあたりから、なにかが開けそうだ、と私は思った。

再び、私は動きはじめた。握手するような感触は、私を捉えようとしては逃がし、また捉えようとしてきた。

私は、そこだけに意識と感覚を集中させようとした。まったく、悪くない。しかし、しばらくすると、その動きは消えた。葉子の躰の中の動物が、眠ったという感じだった。

もう一度それを眼醒めさせる前に、私は果てていた。

第五章　風浪《ふうろう》

1

私は、ゴルフはやらなかった。

かつて熱中していた時期があって、そのころは両手が空いているとグリップのかたちを作ってみたり、ちょっとした時にスウィングの恰好をしてみたりしたものだ。

静子が、ゴルフをはじめた。クラブや靴のセットを、誰かに贈られたらしい。四度か五度練習場に通うと、コースに出るようになり、私にもよく話をするようになった。

女のゴルフは、大きく崩れるということが少ない。力まかせということをしないからだ。はじめたばかりのころ、私は大きく崩れた。とにかく、全力で打とうとする。それでボールがフェアウェイをキープすることがないのだ。飛距離はクラブヘッドのスピードと比例すると考えていて、腰の回転から膝の送りから、とにかく全力をこめる。膂力《りょりょく》については言わずもがなである。私は特に膂力が強く、はじめはそれを殺すことができなかった。それができても、ボールは真直ぐには飛ばず、隣のコースに飛びこんだりする。あらゆるスポーツがタイミングだとはわかっていたが、筋力とタイミングが一致した時、最大の力が得られるというのもまた真実だった。

「躰の左側に壁を作って、腰を回転させずにそこにぶっつける。ぶっつける時のポイントが、右膝の送り方だな」

「そんなの」

「女はそれができない。だから飛距離を出そうというゴルフは、スウェー打法になるんだ。腕力と全身の筋力があって、はじめてできるスウィングだよ」

「やってみせてくれなくちゃ」

私がやっていたころは、クラブは重たかった。スチールのシャフトで、私は最も硬いものを選んでいた。ボールも、黒い印のついたコンプレッションの高いものである。冬場だけは、ボールをいくらかやわらかくした。

クラブは全部オーダーメイドで、グリップは革巻きにした。革はのびてしまうので、時々巻き直しをする。

若くて、躰が柔軟だったので、どういうプロゴルファーの理論も、一応実践としてこなせた。その中から自分流を作ったころ、ようやくスコアは安定した。それでも、コンスタントに九十は切っている、という程度だった。ドライバーこそ、人が驚くほど飛ばせるようになったが、小技でつまずき、パットに波があった。

「ねえ、またはじめない？」

静子が言う。

そのつもりが、私にはなかった。静止したボールを打つ。どこかスポーツとは言えない深いところがあって、そちらに深入りすると自分の性格上面倒なことになる、と思っていた。老境に入って関われば、その深い部分に眼をつぶり、適当なスポーツとしてこなすことができそうにも思えた。

「あなたと回る方がいいな。おかしな親父と回って、十九番ホールなんて言われるより」

「俺には、やりたいことがほかにある。とにかく、ゴルフってやつは時間を食う」

「船も、同じだと思うけどな」

「いまは、船の方が好きなんだ。そのうち、躰がしんどくなる」

「スポーツクラブへ行ったって、ボクシングしかしない人なんだから、スコアを競うというのはいいと思うけど」

「俺のやってるボクシングは、相手がいないんだ」

それ以上、静子は私に勧めようとはしなかった。オーダーメイドのクラブがどこかにあるはずだと思ったが、口には出さなかった。

静子は、マンションの方へ来ることが多くなった。ホテルでは、メイドにいやなものを見られてしまう、と思っているからだ。マンションも掃除つきで、他人が部屋に入ることに変りはなかった。それに、見られていやなものと言っても、和服の帯を締める紐《ひも》ぐらいのもので、どこにでも収《しま》えるのだ。

そのうち私は、マンションの部屋の方が、静子の興奮が高まる、ということに気づいた。ホテルには、やはりどこか非日常的な雰囲気があり、マンションの方には生活の匂いがある。静子との、アブノーマルなセックスに、私は飽きはじめていた。所詮は、静子がより多い快感を得るための方法ではないか、と思えてしまうのだ。静子とむかい合うと、縛ったり、侮辱したりということを、強要されているような気分になる。

静子はまず、私の部屋にワインを持ちこみはじめた。もともと赤ワインが好きだが、イタリアのトスカーナ産の重い飲み口のワインなどが、十本も並んでいるようになった。酔ってからでなければ、自分を淫らな方へ持っていけない、というところがあるようだった。ワインの赤い色が、私には淫らな色に見えはじめた。

ワインを飲みながら、ゴルフの話などをしたりする。そのうち、眼が妖《あや》しく燃えはじめる。静子にとっては、完全にワインは催淫《さいいん》効果のためのものになっていた。

「いいロープがある。船で使っているやつでな」

「いやよ、そんなの」

「船を繋《つな》ぐためのロープじゃない」

　ギャフといって、大きな魚を引き寄せた時、ひっかけて船上にあげるための道具がある。柄に鉤《かぎ》がついているだけのものだが、超大物用のフライイングギャフと呼ばれるものは、鉤と柄がはずれるようになっていて、鉤の方にかなり太いロープが付いている。一度ギャフを打って柄をはずし、暴れる魚を疲れきるまで暴れさせて、そのロープで引き寄せるという仕組なのだ。繋船索《けいせんさく》とは違って、意外にやわらかなロープであることに、この間手入れをしていて気づいた。

　秋も深くなると、トローリングの道具は手入れをして収納してしまうのである。回游魚が回ってくるのは、来年の初夏、海水温があがったころになる。

　フライイングギャフ用のロープだけを、私は漁具屋で新しく買って、持ち帰っていた。それで静子を縛ろうという気持が、その時あったのは確かだ。

　不思議なことに、静子は同じ刺激で同じ快感が得られるのに、飽きたという思いを消すためには、私の方は少しずつ行為の内容をエスカレートさせなければならないのだった。

　自分には、決してこういう傾向はないと思いながら、エスカレートさせていくのは私だった。

「もっと飲めよ」

部屋で食事をすることは滅多にないが、キッチンに一応道具は揃っている。ブランデーグラスや、ワイングラスもある。静子は、材料を買ってきて、簡単な料理をするようにもなった。私はあまり、それを好んではいなかった。

ワインが二本空いたころから、静子の態度は明らかに変化しはじめた。唇が乾くのか、さかんに舐めている。

私は、押さえつけるようにして、静子を裸にした。そうされたがっていることが、なんとなく感じられたからだ。

いつもの紐で、静子を後手に縛る。それから、ロープを躰に巻きつけた。

静子の眼の、焦点が合わなくなっている。

「みっともない恰好だぜ」

ソファに転がった姿の静子を見降ろし、私は言った。まだ服を着たままで、煙草をくわえていた。静子は、時々眼を開いて、盗むように私を見あげている。

「おまえ、もう感じてるな。浅ましいとは思わないのか？」

静子の躰が、かすかに動く。侮辱を与えるための言葉も、もう種切れだった。そういう言葉を口にして、快感を感じるタイプの人間もいるのだろうか。私には、快感は希薄だった。はじめほどの、刺激もない。

「いいものがあるんだ。これを、記念に残しておこうか」

私は、壁際のキャビネットから、ポラロイドカメラを出した。取材かなにかの謝礼に貰ったもので、そのまま突っこんであったのだ。フイルムも、三パックついている。

「駄目よ。それは駄目」

口調に媚《こ》びはなく、強い響きだけがあった。

「苛められるってのは、どういうことだかわかってるのか、おまえ」

「カメラはいや。お願いだからやめて」

「いいってものをやるのは、苛めることにゃならないだろう。いやがるから、苛めることになるんだ」

「駄目よ。ゲームなんだから。そうでしょう。ただのゲームよね」

「そして俺は、そのゲームの機械みたいなものかね。ごめんだな、おまえの快感にだけ付き合わされるのは。ポラロイドをとって、記念にしようなんて気は、勿論ない。好きものの友だちに見せて、愉しもうってわけさ」

「駄目っ」

静子が躰を動かそうとする。その仕草に、私は意外ななまめかしさを感じた。しかし、それは一瞬だった。

「いま、もっと露骨な恰好にしてやるからな。それで快感を感じたら、隠すことはない。露骨に顔に出していいぜ」

私は、静子の躰を、ソファからカーペットに降ろした。ロープは上体を縛っているだけで、脚は自由である。それを開かせようと思った。私が無理に開くのではなく、静子の意志で開かせるのだ。

「ここまで、やってきたんだ。なにが起きても、という覚悟ぐらいはあるだろう」

耳のそばに口をつけて囁いた。

「これまでやってきたことを、具体的にひとつずつ言ってやろうか」

「ロープを、解いて。もういや。こんなこと、したくない」

「いやと言って、ほんとにいやだったことなど、一度もなかったじゃないか」

静子は、本気でいやがっているように見えた。私は、ソファに腰を降ろして、ただ待っていた。時々、耳もとで卑猥《ひわい》なことを囁く。やっているのはそれだけで、あとはカーペットの上の静子を見降ろしているだけである。

「ねえ」

三十分ほどして、静子が言った。媚びるような口調に、私は耳を立てた。また、ねえ、と静子が言う。

「なにをしてもらいたいんだよ。言ってみろ」

「目隠しをしてよ」

「目隠しさえされりゃ、どんなことでも恥しくないってんだな」

「そんな」

媚びる響きが強くなった。私は、顔全体に、静子のセーターを巻きつけた。黒いセーターである。異様な姿になった。なにをやっているのだという自問が、いやでも湧《わ》いてくる。

「なんとか言ってみろ。目隠しされてりゃ、恥しくないのか？」

静子の躰が、くねるように動きはじめた。ポラロイドカメラを、私は構えた。

「脚を開けよ。それまで、俺はなにもしないぞ」

煙草に火をつけ、私は待っていた。静子がくねるように躰を動かしても、私は煙を吐くことしかしなかった。何度も躰を動かしてから、徐々に静子が脚を拡げはじめる。

カメラ。シャッター音と、フイルムが出てくる音。静子が悲鳴をあげ、身をくねらせる。

私はまた、待ちはじめた。出てきたフイルムに、露骨な肢体がぼんやりと浮きあがり、次第に鮮明になっていく。

やがて静子は、脚を大きく開いたまま、悲鳴をあげ、身悶《みもだ》えするようになった。フイルムも、五枚ほどが床に散らばっている。

私は可能になっていた。そういう自分が、いまいましくもあった。ロープを解き、カーペットの上でそのまま抱いた。

シャワーを使って出てきた時、床に散らばった写真はなくなっていた。静子は、寝室のベッドにいた。

キャビネットの上の棚に、ワインが並んでいる。それが、ワインではないものにしか見えなかった。八本あった。

「八本もあるのか」

私は呟いて、煙草に火をつけた。

2

ワン・ラウンドだけ、スパーリングをやるのが習慣になりつつあった。

インストラクターには、そのための特別報酬を週ごとに渡している。クラブには内緒という、黙約はある。ウェイトトレーニングや水泳などと較べると、空手やボクシングは需要が少ないようだった。インストラクターの学生は、私がスパーリングを希望しても、いやな顔はしなくなった。

私がパンチを出すだけの、一方的なスパーリングである。インストラクターの青年が、ちょっとした気紛れか悪意でパンチを出せば、私は相当のダメージを受けるはずだった。ミット打ちやシャドーやサンドバッグなど、彼に言わせれば美容体操のようなものだろう。つまり大して鍛えてもいない人間が、スパーリングをやっているのだ。

相手がいるだけで、ボクシングはまるで違うものになった。シャドーなども相手を思い描いてやっているが、それがまったくあやふやなものだということは、実際にむかい合って立つとよくわかる。

「ワン・ラウンド以上は、自信がありません」

私がラウンド数を増やしてくれと頼んだ時、彼はそう言った。思わずパンチを出して、私を打ってしまうかもしれない、ということなのだろう。大した鍛え方もしていない、五十近い男である。

「ほんとは、禁止されてることですしね」

「まったくだ。ワン・ラウンドでも、無理を言ってるのは承知しているんだが」

「パンチが、速くなりましたよ。それに、読みがよくなった。自分も、突っ立っているだけというわけにはいかなくなりました」

確かに、左のジャブをダッキングでかわされると、右はストレートではなく、アッパーやフック系のパンチが出るようになった。一歩踏みこむ、ということもできるようになった。

若いころ、殴り合いはよくやった。私が学生のころは大学が混乱していて、暴力沙汰《ざた》などめずらしいことではなかったのだ。それも、二十五年以上も昔のことになる。あのころの心境を、いまはよく思い出せなかった。自分を投げ出していたようでもあるし、怯《おび》えながらやっていたという気もする。

スパーリングとは、また質が違うものでもあった。

体調は、悪くなかった。サンドバッグを叩いて、肋骨《ろっこつ》を折ったりする人間もいるという話だったが、私にはそういうこともなかった。サンドバッグを叩くと、実際、全身に衝撃が走ったが、筋力もしっかりしてきたようだ。締切の前で、クラブまで行けない時も、私は五キロのダンベルで三十分ほどの運動は欠かさなかった。

「船長、最近動きがいいですよ」

船を出した時も、クルーの岩井にそう言われた。ヨットのレース艇にも、充分に乗れる体力があると、岩井は見ているようだった。

健康という病気にかかる。その意味が、なんとなく私にはわかりはじめていた。少しでも筋力が衰えると、不安になる。心肺機能の衰えは、なおさらだった。それが心理的には病気に近いものだという認識が私にあり、かろうじて禁酒や禁煙にまで踏みこむことをまぬがれているのだった。

「あの航海をやってみたいんだがな、岩井」

私がそれを言い出したのは、十月の終りだった。補助タンクまで満タンにして、私の船は四、五日間走れる。エンジンの回転数を、巡航よりいくらか低くしてだ。フルスロットルにすると、多分二日ぐらいのものだろう。

「かなりきついですよ、いまの海は」

「わかってる。危険がないわけじゃないこともな。それでも、やってみたくなった。いまやっておかないと、一生やらないような気がする」

「一生やらなくったって、構わないって気はしますが。来年の梅雨明けまで待てないですか」

梅雨明けのころの海が、一年で最も穏やかだと言われている。秋の数日は、必ず天候の変動にぶつかる。移動性の高気圧が通りすぎては低気圧が来る、ということをくり返すからだ。

「おまえ、付き合うと言ってたじゃないか。別に強制するわけじゃないが」

岩井は大学のヨット部で、レース艇で小笠原との往復を何度か経験していた。ヨットとパワークルーザーとは違う。私の船では、燃料満タンでも小笠原は微妙なところだった。計算上は行き着けるが、計算通りにいかないのが、海だ。

「いつにします？」

「すぐがいいような気がする。仕事はどうにでもなるが、南の海域にいまのところ台風の姿がない」

「そうですね。めずらしいですよ」

「明後日」

「わかりました。俺は、明日から船に泊りこみます」

「俺は、マリーナの到着が、明後日の早朝だ。海図のコースラインは、今日、引いておこう」

「いいですね」

きわどい航海をする。岩井は、そういうことが好きなのだった。それは、クルーに採用した時から、わかっていた。トローリングなどは、退屈で仕方がないらしい。遠出して、帰りがひどい時化《しけ》になると、喜々として甲板《かんぱん》作業をしている。

岩井が、海図を三枚出してきた。

「鳥島を回って戻ってくる。こんなところかな」

「いいですね」

ほぼ真南へのコースだった。コース沿いに島もある。万一なにかあった場合でも、救助を受けるのに遠い距離ではない。

無謀なことだと、私は思っていなかった。海は、沖が時化るとはかぎらない。むしろ、陸のそばの方が、複雑な波が立つ。ただ、陸のそばなら避難する場所はいくらでもあるが、沖にはない。

コースラインを引いた。変針は二点で済む。それも大きな変針ではない。オートパイロットと呼ばれる自動操舵《そうだ》装置はつけていないから、どちらかが必ずワッチに立つことになる。

「睡眠は、一日四時間かそこらかな」

「充分ですよ、それだけありゃ」

コースラインには、方位と一緒に距離を書きこんでおく。

レーダーとGPSと無線機の点検をし、エンジンオイルなども積みこんだ。岩井はヨットマンなので、私ほどエンジンに対して神経質ではない。その代りに、短波放送の気象情報などを受信して、天気図を作るのなどはうまいのだ。

「船長、どうして急にそういう気になったんですか？」

「体力がもつだろうという自信を持った。いまなら、おまえにあまり迷惑をかけなくても済むってな」

燃料を使いきる航海。いつかそれをやってみたいと、岩井をクルーに採用した時に話していた。絶対に自分を連れていってくれ、岩井はそう言った。

意味のある航海ではない。人に理由を問われたら、私は口籠《くちごも》ってしまうだろう。それでも、意味も理由もある。言葉で説明できなくても、岩井にはそれがわかった。

「体力もそうですが、気力ですよね。船長、いまはそれがあるって感じです」

「おまえは、どうなんだ。いきなり言われて」

「自分は、大丈夫です。はじめに話したことを、船長は忘れちまったのかなって、心配していたんですから」

私は、船に積みこんでおくべきものを、リストアップした。非常用の食料類も、ひと袋積むことにした。それで、二人の命を一週間はなんとかできる。無論、ステーキの肉などで冷蔵庫を一杯にし、缶詰類も買いこんでおく。

「水は、新しいものと入れ替えておきます」

船に積める清水は、二百リットルだった。ほかにペットボトルのミネラルウォーターを、一ダース飲料用に積む。

「俺は、明後日の早朝まで、多分来られないだろう。おまえの準備を信用して、出航することになる」

「ひとつだけ、いいですか。メインとサブのタンク以外に、たとえば携帯用の予備タンクを買って、燃料を入れておくということはしますか？」

「しない」

「そうですよね。それをやったら、意味がなくなる」

どういう意味なのか、岩井も問われたら答えられないだろう。両舷《りょうげん》のエンジンをもう一度点検すると、私は、あとを岩井に任せた。

3

マンションはオートロック方式になっていて、私はパネルにキーを差しこんで玄関のドアを開ける。そのむこうに、もう一枚自動ドアがある。

葉子の部屋は、四階にあった。

引越しをさせたのはひと月ほど前で、部屋を見た時、葉子の表情には怯えに似たものさえ走った。家賃は、いままで葉子が住んでいた部屋の四倍だった。ワンルームだが、十五畳の広さはある。バスも小さくはなく、トイレは別だった。築五年といったところだ。

ダイニングのセットとソファとセミダブルのベッド。それに電器製品。必要なものは、一日潰して葉子と買い集めた。

ひと月の間に、食器なども揃っていて、部屋には生活の匂いが濃厚にある。

葉子は、まだ戻っていなかった。六時を回ったところである。私は下着などもこの部屋に置いていたが、やってくるのは月に二度といったところだった。あとは、ホテルの部屋に葉子を呼ぶ。

ソファに腰を降ろし、リモコンのスイッチでテレビをかけた。ニュースの時間帯で、政治家の顔が映し出されている。ニュースの最後には気象情報をやるので、私はかけたままにしておいた。

出航は、明日の早朝だった。二度、岩井は携帯電話で私の指示を求めてきたが、大したことではなかった。

気象情報がはじまった。完全な春秋型の気圧配置で、低気圧が通りすぎ、高気圧が西から近づいているというかたちだった。明日の出航は、もう高気圧の圏内に入っているはずだ。

る。南方の海上に、気になる低気圧もなかった。この季節は、南の低気圧がすぐに台風に発達する。

葉子が戻ってきたのは、七時少し前だった。スーツ姿で、手に包みをぶらさげている。

「残業は断っちゃった。主任は不服そうな顔をしていたけど」

「風呂にしてくれ」

スポーツクラブでシャワーを使ってきたが、ゆっくりとバスタブにつかりたい気分だった。

葉子はきれい好きで、バスルームも清潔に磨きあげてある。

「すぐにごはんでしょう。そんなに待てないわよね?」

「簡単なものでいい」

「スパゲティなら、すぐにできるわ。それから、牛フィレのカツなら。あとは、グリーンサラダぐらい。でも、出来合いのドレッシングだわ」

「充分さ、それだけで」

葉子は服を脱ぎ、全裸になるとエプロンだけ付けて、キッチンに立った。ウェストと背中に、下着の跡がついている。

私の前では全裸でいることを、葉子はそれほど恥しがらなくなった。躰つきに、変化の兆しが出ている。腰のあたりが、ちょっとくびれはじめた感じがする。肌は、滑らかになった。使わせはじめた香水がようやく身について、葉子だけの匂いになりつつもあった。

十五分ほどで、料理の下ごしらえは終ったようだった。土曜日には、料理教室に通っている。いまはイタリア料理で、次の三ヵ月は和食になるらしい。

私は服を脱ぎ、バスルームへ行った。バスタブに湯が満ちたというアラームが聞えたからだ。しばらくすると、葉子が入ってきた。一緒に入るのではない。私の躰を洗うためだ。一度、腰が痛いと嘘をついたことがあり、その時躰を洗わせてから、習慣のようになっていた。

私の足の指の股《また》まで、葉子はきれいに洗う。葉子の躰も濡れて、淡い恥毛は陰阜《いんぷ》にはりつき、ほとんどないように見えた。乳房はいいかたちをしているが、乳暈《にゅううん》の色素はいくらか濃い。それをピンクにする方法が、あるのかないのか私は知らなかった。

躰を洗い終えると、葉子はすぐにバスルームを出ていく。私はバスタブの中で、張った腿《もも》の筋肉を揉みほぐした。心肺機能も筋力も、夏場からずっと上昇傾向だが、このあたりで維持に切り替えようと私は思っていた。

風呂から出ると、私はジャージの上下を着こんだ。そういうものから、男性用の化粧品まで、この部屋には置いてある。

料理は、そこそこの味だった。手早くやったにしては、よくできているだろう。食事の間も、葉子は全裸だった。

全裸でいれば、その緊張感で躰がひきしまる。私の眼にたえず全裸を晒《さら》していること。それが大事なのだ、と葉子には言った。本心は、若い女を全裸にしてそばに置いておきたい、と思っただけだ。

人を誑《たぶら》かす言葉は、小説家という職業に就いてから、自分でもいやになるほど身につけてしまった。

「もうすぐ、二十一歳の誕生日じゃないのか、葉子?」

「あと半月ある。十一月十一日だから」

「それは憶えやすい」

「前にも、同じことを言ったわ、先生」

「そうだったかな」

私が四十九歳になる方が、先だった。それは口にしなかった。

「プレゼントは、なにがいい?」

「そんな。こんなお部屋まで借りてもらっているのに。家具だって、みんな先生が買ってくれたのよ。これ以上、甘えられない」

「それはそれだ。じゃ、プレゼントは俺が勝手に考えておくぞ」

ワインの酔いが、回りはじめていた。葉子には、それほど高価ではないイタリアワインを集めさせている。そうやって、ワインの味がわかる。ビンテージの違いもわかる。高いものを買うのは、それからでいいのだ。

私がソファに横たわると、葉子は音量《ボリューム》を絞って音楽をかけた。ビリー・ホリデーである。

多少粘着質だが、ジャズのスタンダード・ナンバーはそこから聴かせることにした。いまでは、カーメン・マクレーとビリー・ホリデーの違いぐらいは語れるようになっている。

葉子が、私の躰に毛布をかけた。

二時間ほど、眠ったようだった。その間にバスを使ったのか、葉子は踵まであるバスローブを着ていた。本を読んでいたようだ。音楽は、軽快なものに替っている。

ソファに上体を起こすと、葉子がコーヒーを運んできた。私は煙草に火をつけた。

「お泊りにならないの、今夜は？」

「泊るよ。ただし、暗いうちに出かける」

「それじゃ、ベッドにお移りになって。コーヒーを召しあがったら」

吹き出しそうになるのを抑えて、私は頷いた。こういう言葉遣いをしろ、と言ったわけではなかった。大人の言葉遣いを身につけろと言ったら、時々こんなことを言うようになった。ベッドに入る前に、その傾向は強くなる。ふだんは、二十歳の女の子の言葉遣いだ。そのアンバランスを、私は愉しんでいると言ってもいいだろう。

セックスは、数ヵ月で上達していた。馴れたという言い方が、適当かもしれない。私は相変らず、葉子に対しては不能になることはなかった。消え入りそうな淡い恥毛も、大きな乳房も、私を刺激する。

性器の奥が動く、という感じは顕著になっていた。顕著になった分だけ、葉子は絶頂に近づいてもいる。

女の絶頂が、際限のない底なし沼のようなものだということは、静子を見ているとよくわかる。五年、十年とかけて、女は新しいより大きな絶頂を獲得していく動物のようだった。

ベッドに入ると、全裸の葉子が滑りこんでくる。性器の奥が、前よりも大きく動くのか。あるいは別の反応を示すようになるのか。ときめくような気分が、私を包みはじめる。

葉子の手が、私の躰に触れてきた。はじめは胸のあたりに触れ、それが次第に下がっていく。

「口も使えよ、葉子」

はじめは、フェラチオには馴れなかった。強要すると、苦痛の表情を浮かべたが、私は頓《とん》着《ちゃく》しなかった。頭を押さえつけて、口の中に射精した。それにも馴れて、いまでは精液を飲み下すこともできるようになっている。

私はすぐに可能になった。仰むけに寝たまま、乳房に手をのばし、乳首を探った。

4

一日半は、平穏な航海だった。

岩井と交代で睡眠をとることもできたし、ギャレーでちょっと凝った食事を作ることもできた。最初の夜は、温水シャワーまで使ったほどだ。シャワーの設備が船にはあるが、使うのは大抵錨泊《びょうはく》している時だ。

夜間航行も、予定より速い速力でいけた。十五ノットと想定していたが、十八ノットで走った。明るいうちは、二十から二十二ノットだ。

八丈島から南の海域は、私にとっては未知のものだった。

夜間航行がいい。八丈島を過ぎても海面は平穏で、ほとんど揺れることもない。月光が、別のもののように海面を照らし出し、時に夜光虫が金色の航跡を見せる。ヘルムステイションにあるのは、航海計器の淡い光だけである。

三十八フィート。ブラックフィンという、安定性と凌波性《りょうはせい》には定評のあるクルーザーだ。五百五十馬力二基は、三十八フィートには過剰な性能とも思えるが、長い航海になると、エンジンに無理をさせないという安心感にもなった。

「ちょうど鳥島を回るあたりで、低気圧とぶつかりそうですよ」

気象情報から天気図を作成した岩井が、嬉しそうに言う。かなり発達しそうな低気圧だった。

「この海域じゃ、北に抜けるかな？」

「いやいや、西から東ですね。北に抜けるのは、小笠原あたりでしょう」

「停滞する可能性もあるな」

「となると、厄介ですがね」

ヨットマンは、時化に馴れている。パワークルーザーではつらいと思う海況が、彼らにとっては絶好のコンディションなのだ。転覆しても、キールの重さですぐに復元するという安心感もある。パワークルーザーの場合、転覆するとそれで終りだと考えていた方がいい。その代りに、前への推力がある。それがあるかぎりは、多少の波は乗り切る。

二日目の夕方から、低気圧の影響が出はじめた。パンチングを受けるので、速力を少しずつ落とす。陽が落ちるころは、十五ノットでも苦しくなっていた。

甲板もキャビン内も、動くものは全部固定した。暗くなった。月明りもない。闇の深さが、実感として伝わってくる。暗いというより、重たいという感じだ。

十二ノットにまで落とした。飛沫《しぶき》が、フライブリッジにまで叩きつけてきた。

レーダーもGPSも、しっかりと作動している。鳥島まで、あと百キロ弱というところだ。単純に計算すれば数時間で行き着けるが、船は波に押されて真直ぐに走っていることの方が少ない。朝までに鳥島を回れれば、うまくいっているという方だろう。

波も風も、横から来ている。たえず揺れるので、全身の筋肉には力を籠め続けていた。操船は、一時間交代にした。集中力が持続しないのだ。闇の中を押し寄せてくる波を、予測し続けなければならない。

「岩井、いまなにが欲しい」

「いい就職口ですかね」

舵輪を握っている岩井が言う。

「贅沢《ぜいたく》を言うな。第一、お前留年が決定なんだろう」

「じゃ、熱いコーヒー」

「それも贅沢だ」

「仕方がない。ラムをひと口ですかね」

「それなら、ここにある」

ポケット瓶を出し、岩井に握らせた。ひと口飲んで、岩井は返してくる。冷えこんでいた。時化が、気持まで寒くする。横波を食らった。躰ごと、持っていかれそうになるのを、ハンドレールを摑んでなんとかこらえた。

「すみません」

しばらくして、岩井が言う。

「俺にも、見えなかった」

「低気圧、発達したみたいです」

「台風と較べりゃ、ガキみたいなもんだろうが。弱音を吐くなよ」

「結構、でかくなったガキです」

「図体がでかかろうと、ガキはガキさ」

「自分のことですか、それ」

「おまえはガキじゃない。大学は卒業できなくても、ガキは卒業している」

「付き合ってる女がいるんですがね」

また横波が来たが、岩井はうまくそれをかわした。

「卒業できないんで、振られちまいそうなんです」

「星の数ほどいる」

「別の女を捜せってことですか？」

「女に、それをわからせてやれ。そこそこいい女なんて、星の数ほどいるってな」

「そりゃ、男にも当て嵌《はま》りますね。自分は、なんとかその女をひきとめておくつもりです」

「やめておけ。男が卑屈になって、いいことはなにもないぞ」

「船長はそれでいいんでしょう。仕事がうまくいってるし、自信だってあるんでしょうから。自分は、そういうわけにはいきません」

「仕事ねえ」

「自分が付き合っている女、船長の本をよく読んでます」

「なおさら、よくない女だな。男に、無理なことを強要するぞ」

「自分じゃできないことを、船長は書いてるんですか？」

「当たり前だ」

「船長、女は？」

「ステディが二人。あとはつまみ食い」

「いいな。羨しいな。若い女なんでしょう、二人とも」

「まあな」

静子は、岩井から見るとずっと歳上の女だろう。葉子の方は、岩井の恋人にぴったりの歳頃だった。

「いいよなあ、金があるってのは。俺なんか、就職口が見つかっても、ピーピーのサラリーマンですよ」

私は時計に眼をやり、ラムを流しこんでから、岩井と舵輪を交代した。

「船長、もうすぐ四十九でしょう。若い女を二人も、満足させられるんですか？」

「軽いもんだ」

私は、波の状態に神経を集中した。風の方向と波の方向は、大抵は一致している。波と波の間を縫うようにして、進みたい方向に船を進める。風の方向がわかるように、船首から、布製のテープを一本流していた。夜光塗料が塗ってあるテープだ。

不意に、三角波が立っている海域に入った。大きな波は、それほどこわくはない。船首をそちらへむけていれば、なんとかしのげるからだ。船乗りが嫌うのは、この三角波というやつだった。潮流がぶつかる。風と潮流の方向が違う。海底の形状が複雑になっている。そういうことの、いくつかの組み合わせで三角波は発生する。凪いだ、静穏な海面でも、三角波が立っている海域はあるのだ。時化の時など、そこは修羅場になる。

私は、サーチライトをつけた。遠方の視界はまったく利かなくなるが、いまは次に来る波をしのぐのが第一だった。

眼の前で、波と波がぶつかり合う。サーチライトが照らし出すのが、波の壁だけになる。スロットルを開き、推力をあげてその波に突っこんでいく。それを越えたと思うと、別の方向から同じような波が来る。スロットルを開いては閉じることを、私はくり返した。烏島に船首をむけるというのは、しばらくは諦《あきら》めざるを得ない。

「波高、五メートルというところですかね」

「そんなにゃないさ。暗いから、高く見える。そう思おうぜ」

「でも、四メートルはありますよ」

波高三メートルで、時化だった。荒天により出港停止という措置が、マリーナでは取られる。ただ船を出さないというだけで、すでに出ている船は、自分の責任でなんとかするしかないのだ。大抵は、どこかの湾内か港に避難する。

いま私たちがいる海域に、避難する場所はなかった。

「ヘルメットを出してくれ、岩井」

すでに、ライフジャケットは着けていた。揺れの中で躰を持っていかれ、どこかに頭をぶっつける。それがこわい。意識不明などということになると、それがわずかの時間でも、船は転覆する可能性が強い。

岩井が、私の頭にヘルメットを被せた。私は顎紐《あごひも》をかけ、締めた。

両側から、波が来た。船首方向でぶつかり合っている。行き止まりになった谷間に、突っこんだようなものだ。私は思いきってスロットルを開いた。ぶつかり合っている波の頂点に、船は駈け登った。それから斜面を滑り落ちていく。スロットルを閉じる。すぐに次の波。右からだ。舵《かじ》を切りながら、スロットルを開く。波の頂上が、崩れて白く泡立ち、風に吹き飛ばされているのを、サーチライトが鮮やかに照らし出した。

「船長、なにか欲しいものは」

「煙草」

「贅沢ですよ」

「腹が減った」

「自分もですが、時化を乗り切ってからにしましょう」

「おまえ、作れよ」

「そりゃ、船の上の料理は、自分は馴れていますから」

「ほかには、なにも欲しくない」

「自分の唄、どうですか。時化の時にやるやつがあるんですが」

「ごめんだね」

「船長」

「唄はうたうなよ」

「女二人を、ちゃんと愛せますか?」

「二人でも、三人でも」

「ぶつかりゃ、三角波でしょう」

「うまいこと言うな、おまえ」

波がさらに高くなった。波高五メートルを、完全に超えているだろう。ただ、同じ方向からになった。

舵を、交代した。

「斜めに切りあがれ、岩井。それで、鳥島への針路に近づく。GPSじゃ、かなりコースをはずれてるぞ」

「仕方ありませんよね、この時化だし」

波高が高くても、三角波よりずっとましだった。速力も、いくらかあげることができる。

三度交代したところで、周囲が明るくなりはじめた。

「駄目かな」

台風並みの時化だった。ただ、西の方はすでに明るい。天気は、西から移動してくるのだ。

それは、姿の見えない怪物の移動のようにすら感じられる。

「なにが駄目だって？」

「自分は、担いでたんですよ。無給油でマリーナに戻れりゃ、女に振られることもないって。この分じゃ、帰りに八丈島あたりで給油でしょう」

「そう思うか？」

「安全を考えたら」

「俺は、無給油で帰るつもりさ。回転を落とせば、消費は少なくなる。四日目の夕方に帰りつく予定だったが、五日目の朝になってもいい。それで、丸四日だからな」

「船長も、なにか担いでますか？」

「いや。俺の趣味じゃない」

「自分は、やるつもりです」

「なにを？」

「なにかはわかりませんが」

天気の回復は早かったが、海面はたやすく静かにはならない。余波というやつが続くのだ。私が舵を握っている間に、岩井がサンドイッチとコーヒーを運んできた。揺れの中で湯を沸かすのは、さすがにうまい。

右手で舵輪を握ったまま、砂糖をたっぷり入れたコーヒーを啜《すす》った。

「生き返るな」

「まったくですね」

「鳥島へのコースに乗った。十一時ごろには、スタボーで鳥島をかわせるはずだ」

サンドイッチも、なかなかのものだった。

波はまだ高いが、海面には陽がさしはじめている。あと数時間で、穏やかになるだろう。それでも、燃料を節約するためには、あまりスピードをあげられない。別の種類の我慢が強いられることになるのだ。

鳥島を通過して、このまま南へ行ってもいいな、と私は思った。小笠原がある。そんなものを、視界に入れてはいない。多分、もう一度時化が来ると、小笠原まで燃料はもたない。そんなことではなく、ただ南へ南へと行ってみたい、という衝動のようなものがあった。それは、自分を投げ出してしまいたい、という衝動と近いものかもしれない、と思った。若いころから、そういう衝動はあった。その衝動で動いてしまう可能性は、歳をとるに従って小さくなっている。

五十を過ぎると、衝動すらも感じなくなるのかもしれない。放っておいても、いずれ死ねる。多分、そんなふうに思うのだろう。それは、安息のようでもあり、修羅場のようでもあった。

「なんでこんなことをやるのか、人に喋《しゃべ》っても、わかってもらえないでしょうね」

「わかってもらう必要などない。誰かに迷惑をかけてるってわけじゃないしな」

「自分も、そう思います」

「おまえの彼女は、おまえを振らんよ」

「そうですかね」

「その辺の小僧より、ずっと男っぽいぞ、おまえ」

「振られたら、女々しく泣くような気がします」

「人に見られないように、泣けばいいのさ」

波を乗り切る時に、スロットル調整をする必要はなくなった。多少の震動はあるが、ぶつかるように波に突っこんでいける。

サンドイッチを平らげ、私は煙草に火をつけた。

第六章　ラブホテル

1

赤いフィアット・ウーノを見て、葉子がちょっと首を傾《かし》げた。

葉子が運転席にいる私を見つける前に、私は彼女を見つけていた。ジーンズにヒールの高いハーフブーツ、枯葉色のセーター、いくらか濃い茶のショルダーバッグ。なんでもない服装だが、充分に人眼を惹《ひ》いていた。靴とバッグとセーターの、茶系の取り合わせが秀抜《しゅうばつ》なのだ。安いものは着せていないし、持たせてもいない。

駒沢公園のそばである。外で待合わせようと言った私を、葉子はちょっと訝《いぶか》ったが、理由は訊かなかった。

「車、替えたのね。ちっちゃな車に、大っきな先生が乗ってるのって、なんだか面白い。お路肩に停め、車から降りた私に葉子が言った。

「でも、かわいい車」

「これで、箱根まで行く。運転はおまえだ」

「駄目よ。マニュアルじゃない、これ」

「おまえの免許は、わざわざマニュアルにしたんじゃないか。最初の車は、マニュアルにすべきだ。かわいがってやれ」

「えっ、どういうこと?」

「十一月十一日が、誕生日だったろう」

十一月十五日だった。

「これを、あたしに買ってくれたの、先生?」

「俺のジャガーを運転するだけなら、オートマ限定の免許でもいいじゃないか。なんのために、マニュアルを取らせたと思ってる」

「でも」

「おまえのマンションの地下駐車場も、一台分確保してある。箱根まで初乗りだぞ。十五分やる。ドライビングポジションを決めて、シフトの練習をしろ」

「ほんとに、なんでもいきなりなんだから。洒落《しゃれ》よ」

「いきなりだから、面白いんだ、人生ってやつはな」

葉子が、フィアット・ウーノのルーフを撫《な》でる。それから、運転席に乗りこんだ。

運転は、下手ではない。会社のライトバンを二度ぶっつけたらしいが、私のジャガーは一度も擦《こす》りもしなかった。

私は、しばらく公園の中を歩き回った。土曜日の午前中である。すでに人は出はじめていた。家族連れも多い。

家族というものを、私は多分持つことがないだろう。かつて、私にも家族があった。両親がいて、兄がいた。父が死んだのが高校二年の時で、母は私が大学を卒業した年に死んだ。私は就職せず、兄と山分けした遺産をすべて使って、世界じゅうを放浪した。二年とちょっとで、私はほとんど無一文で帰国した。

兄はその金で商売をはじめ、一時はうまくいったようだが、四十を過ぎたころに失敗し、いろいろな職を転々とし、いまは山陰で温泉旅館の番頭をしている。年賀状程度の交渉しかなくなっている。

ふり返ってみれば、小説家として落ち着くまで、私は実にきわどいところを擦《す》り抜けるような生き方をしてきたと言える。バーテンやタクシードライバーという仕事は二年ほどしかもたず、あとは不定期にライターをしたり、肉体労働をしたりしていた。公募の新人賞を貰い、小説だけで生活するようになったのは、三十三歳のころだった。

葉子は、しきりにシフトの練習をくり返していた。ちょうど十五分ほど歩き回ってきたことになる。

「ローからオーバートップまで、続けて入れてみろ」

助手席に乗りこみ、私は言った。

葉子が、シフトしていく。まあまあというところだった。右手でシフトするのは、はじめてのはずだ。足の動きの方がいい。

「行こうか。エンジンをかけろ」

「ちょっと待って。休ませてよ。ウインカーとワイパーのレバーが逆だし、疲れそう」

「馴れるしかないな。ウーノというのは、英語ではワンだ。ただし、この車はターボもついてて、かなりの動力性能がある。うっかりするとふり回されるぞ」

「こわいな。スピードメーターが、二百キロ以上まで切ってある」

「イタリア車は、回転をあげて走ってやる。それが大事だ。一番性能を引き出せるのが、最大トルクからイエローゾーンの寸前というかたちでシフトアップしていく時だ。同程度の日本車より、ずっと速いぞ」

「でも、かわいい、この車。あたしは好き」

若い女に車を買い与えている中年男。その姿がなまなましく思い浮かんできて、私は思わず煙草に火をつけた。

「よし、エンジンをかけてみろ。セルを回している間は、クラッチは切っておけよ」

シフトレバーがニュートラルの位置であることを確かめて、葉子はエンジンをかけた。

「これ、あたしの車？」

「そうだ」

「いい音だと思う。なんとも言えない、いい音を出してる」

「走りこむと、もっといい音になる。それがイタ車だ」

出せ、と顎をしゃくった。サイドブレーキを降ろし、ウインカーを出し、ローに入れると、恐る恐る葉子はクラッチを繋《つな》いだ。

左ハンドルというのがプレッシャーになっているのか、十分ほど葉子はひと言も喋らなかった。外の車は気にせず、私は葉子のシフトワークだけを見ていた。

「クラッチに足を載せて走るのはやめろ。それから、ローでもうちょっと引っ張れ。教習所で習った通りにやると、エンジンが元気をなくすぞ」

環八に出て東名高速に入るまで、私は同じことを何度か注意した。

東名高速に入り、五速にシフトすると、葉子はようやく落ち着いたようだった。

「葉子、ミュージックテープを、五、六本作っておいてくれ。ジャズがいいな」

「ファドは？」

「アマリア・ロドリゲスだけでいい」

「わかった。作っておくわ」

「ひとりで運転する時に聴くやつは、勝手に作ればいい」

「映画音楽もいい？　『ひまわり』とか、『ニュー・シネマ・パラダイス』とか」

「おまえが好きなら」

「映画を観て、好きになったわ」

百キロ前後で走っていた。追越車線が空いてきている。

「いいか、加速するんだ。オートマチックのキックダウンと同じことを、手足を使ってやると思え。四速に落とし、すぐにスロットルを踏みこむ。そして追越車線だ。やってみろ」

四速。ぐっと加速した。百三十キロほどで、追越車線に入った。ワイパーが動いている。

「まず、二、三度はこれをやるだろうな」

「ごめんなさい」

「車に謝ってるんだろうな」

百三十キロで走り続けた。運転に不安はない。本人に自信がないだけだ。それでも、最初よりずっと馴れた。

「百五十まで踏め」

加速感があった。前方に車はいない。数分で、百三十キロに落ちた。

「左車線に移っていい、先生？」

「いいぞ。御殿場《ごてんば》まで、好きに走れ」

私は、シートの背を少し倒した。百二十キロほどで走っているのか。土曜日の東名高速にしては、流れがよかった。

御殿場まで、うとうととしていたようだ。料金所のところで起こされた。

「左ハンドルは、ここが問題ね」

ひとりの時を想定したのか、葉子が言った。私が料金を払ってやった。以前私が乗っていた車は、幅が百九十センチ以上あった。ウーノは、せいぜい百六十センチだ。馴れれば、苦労することはないだろう。

箱根の山道に入った。シフトチェンジをくり返さなければならないので、葉子はまた寡黙になった。途中で、昼食をとった。予約しているホテルにはすぐに入らず、ワインディングを走り続けた。

葉子はすでに、左ハンドルにもマニュアルミッションにも馴れていた。マニュアルのよさを引き出すためには、中ぶかしやヒール・アンド・トゥなどを覚える必要があるが、普通の運転なら充分にできる。

エンジンブレーキの効果だけは、下り坂で何度も教えた。

ホテルに入ったのは、夕方だった。

「三十分、車のそばにいてもいい？」

「なにするんだ?」

「いろんなところを、動かしてみたい。しばらく、二人でいてやりたいし」

苦笑して、私は頷いた。

ベランダに出ると、駐車場が見下ろせた。箱根は、もう寒い季節だった。小走りで車に近づいていく、葉子の姿が見えた。

車のまわりを何周かし、しゃがみこんでタイヤを覗きこみ、ハッチバックのドアを開閉し、運転席に座ってなにかやりはじめた。私のバースデープレゼントは、想像以上に葉子を喜ばせたようだ。

部屋に入り、私は上着を脱いだ。束の間だが、仕事は暇な時期に入っていた。新しい本が出て、売行も悪くなさそうだ。次に書く作品の構想もまとまっていた。今年中に、あと一冊は本を書く。

いまさら別の職業に就けるわけもなく、私はこのまま小説を書き続けて、一生を終るのだろう。原稿用紙にむかっていると、最近はしばしばそういうことを考える。

悪くないという思いと、もっとなにかという思いが、交錯している。同年代の友人たちは、出世して重役になったり、出世の道を断たれて子会社に出向したりしている。つまり、人生が大きく変化する時期なのだ。私は、そういう友人の中で、波風のない状態にいた。それは多分、いいことなのだろう。

それでも、なにか変化を求めていた。それは、日常の中のわずかな変化でもいいのだ。老いのとば口に立っている自分を、どこかで否定しようとしているのだろうか。

十五分ほどで、葉子が戻ってきた。

私は、ベッドに寝そべっていた。

「どうした？」

「それがね、不愉快なの。なんだと思ってるんだろう、自分を。お困りだったら、お手伝いしましょうかだって」

「そんな話じゃ、なにが不愉快なのかもわからないだろう」

「変な男が、近づいてきたのよ。せっかく車と二人でいたのに、邪魔をされたの」

「つまり、ナンパってやつか」

「それも、お洒落じゃないな。ＢＭＷに乗ってるんだって。御一緒の方は、お父様ですかだって。恋人です、と言ってやったのに、まさか、なんて笑うのよ。失礼なやつ」

私は苦笑した。父と娘。そう思われる方が、むしろ自然だ。

「若い男か？」

「医学部の学生だって言ってた。あたしのウーちゃんを触ったのよ。許せない。躰に触られたような気分」

見事に隆起した胸を、セーターが包んでいる。車ではなく、ほんとうはそちらの方を触りたかったのだろう、と私は思った。BMWに乗っている、医学部の学生。つまり自分にかなり強い自信を持っている。でなければ話しかけられないような雰囲気を、葉子はすでに持っていた。

「先生、怒らないの。お父様ですか、なんて言われたのよ。あいつ、ずっとあたしたちを見てたのよ。通りがかりみたいな顔をしていたけど、姑息《こそく》なやつ」

「もういい。忘れろ」

「そうだね」

言いたいことを言うと、葉子も気分が収まったようだった。

夕食は、ルームサービスで済ませた。

食事をはじめた時から、葉子は全裸だった。私はバスローブだった。時々不公平だと言ったが、私が全裸になるのは、行為の直前だった。

2

ホテルのレストランで、遅い朝食をとった。

「ねえ、あそこの席」

葉子が言う。窓のそばの席で、二人の青年がコーヒーを飲んでいた。きのう話しかけてきたのが、そのうちのひとりなのだという。

「男二人で、なにをやってるのかしら」

「女の子をひっかけにきて、失敗したってとこかな。まあ、若い連中のやりそうなことだ」

「時々、こっちを見てるわ」

「もうよしなさい」

「そうね。はしたないわ」

葉子が笑う。私は煙草に火をつけた。さすがに日曜日で、客はたてこんでいる。通常の食事時間からははずれているのに、並んで待っている客もいるようだ。

「コーヒーを飲み終えたら、行こうか」

「はい」

「俺の運転を、ちょっと見せてやろう。決してうまいわけではないが、ひと通りのことはできる」

「先生、うまいと思う。ジャガーを運転していても、あたしとまるで違うもの。車がすっと走りはじめて、停ったのにも気がつかないことがあるし」

葉子が、コーヒーを飲み干した。コーヒーカップについた口紅を、素速く指さきで拭うのも忘れていない。

「おはよう」

駐車場へ行くと、葉子がフィアット・ウーノに声をかけた。

私は運転席に乗りこみ、エンジンをかけてから、シートとミラーの調整をした。

「行くぞ。湖のそばは車が多いだろうから、ちょっと離れたところへ行く」

発進すると、ローでちょっと引っ張り、セカンドに入れた。クラッチは、ポンと繋ぐ。それで変速ショックがないような運転ができれば、そこそこの腕ということだ。

私はシフトダウンとシフトアップをくり返し、中ぶかしの入れ方を教えた。

「回転が合った時、もうちょっとやさしいやり方として、回転計の針が下がりかけた時、クラッチを繋ぐ。そうするために、まずニュートラルで回転をあげてやるんだ」

「ほんとだわ。シフトダウンしても、変速ショックは全然ない」

「この応用だが、スポーツ走行をする時には、ブレーキを踏んで減速した直後に、中ぶかしを入れる。だから足は、ブレーキを爪先で、スロットルを踵《かかと》で踏んでる」

峠道に入り、車は少なくなっていた。

「運転とは、つまりコーナリングのことだ、と言ったレーサーかなにかがいる。誰が言ったか忘れたが、ほんとのことだと俺は思ってるよ」

アウト・イン・アウトのラインの取り方、減速と加速のタイミング、説明しながらコーナーを曲がっていく。

一面が薄《すすき》の高原に出た。道は直線である。わずかにアップダウンがあるだけだ。

「きれい」

葉子が声をあげた。私は、ミラーを見ていた。後方から、かなりのスピードで突っ走ってくる車がいる。すれすれで脇を走り抜けると、すぐ前でこちらの車線に入ってきた。

「ウインカーも出してない。やっぱり失礼な人たちよ」

ＢＭＷだった。

「あいつらだな」

「どこまでも、失礼な人たちよね」

「シートベルト、きちんとしてるな、葉子。おまえのウーちゃんが、どれぐらい力があるか見せてやろう。もっとも新車だから、八〇パーセントしか回せないが」

この先は、またワインディングが続いている。私は、四速から三速にシフトダウンし、スロットルを全開にした。ターボが、いい効き方をしている。追い越していったＢＭＷが、すぐに前に迫ってきた。

バトルを仕掛けられたのに気づいたのか、ＢＭＷも加速した。テイル・ツー・ノーズの恰好で、しばらく走った。さすがに、イタリア車は加速性能がいい。

ワインディングになった。きついコーナーが連続している。シフトチェンジをくり返す。中ぶかしの音が、けものの哮《ほ》え声のように聞えた。ＢＭＷは、ブレーキのタイミングから見て、間違いなくオートマチックだ。運転もうまくない。

視界の開けたコーナーで、私は軽くＢＭＷをパスした。

「すごい。抜いちゃったわ」

「プライドでも傷ついたかな。強引に追っかけてくるぞ」

「でも、もう飛ばしすぎだわ」

「そんなことよりも、俺のシフトワークをよく見てろ」

しばらく、ワインディングが続く。私は、葉子にわかりやすいように、シフトワークをくり返した。ＢＭＷに、ワインディングでこちらを抜くほどの力量はない。

登りの直線に入った。ＢＭＷが、強引に突っかけてきた。排気量が違う。まだわずかしか走っていない新車のエンジンを、限界まで回すことも避けたかった。全開のＢＭＷが、排気音を残して抜いていく。

登りきったら、下りのワインディングだった。私は気をひきしめた。登りよりも、下りの方がはるかに難しい。

ＢＭＷのテイルが近づいてきた。コーナーを三つ。回転計は、瞬間的にイエローに入った。ＢＭＷは、すぐ眼の前だ。

この道は、スピードに取り憑《つ》かれていたころ、よく走った。走り屋と呼ばれる連中が、夜中に集まってくる場所でもあった。大きくカウンターを当て、ドリフトで車を横にしながらコーナーから抜けてくる。そんな走り方ばかりをしていたものだ。大抵の峠の走り屋と、私は五分《ごぶ》にバトルをしていた。

ブラインドのコーナーでは、ちょっと車間をとった。それこそ、前になにがあるかわからないからだ。見通しのいいコーナーでは、テイル・ツー・ノーズで走る。かなりのスピードになっていた。これ以上は、BMWの腕では無理だろう。

見通しのいいコーナーで、私はわずかにテイルをスライドさせながら、BMWをパスした。

「また、抜いたわ」

私は、さらに加速した。ミラーの中で、BMWが小さくなり、やがて見えなくなった。二つのきついコーナーを、私はドリフトで抜けた。さすがに、掌に汗をかきはじめている。

「びっくりした。ぶつかると思った」

「カウンターステアという。こんなことは覚えなくていい。オーバーとアンダーのステアを覚えろ。そっちは、自分の車の性格を知ることだ」

葉子が、頷いたようだった。

大人気《おとなげ》ない。自分に言い聞かせた。若造の挑発に乗って、むきになった。

「限界を超えたコーナリングをすると、テイルが滑りはじめる。だからカウンターを当てるが、自慢にはならない。カウンターステアは、ミスを繕《つくろ》っているにすぎないんだぞ」

「でも、先生は上手《じょうず》。こんなに上手だとは、思ってなかったわ」

「おまえのウーちゃんは、よく走る。そっちの方に感心してやれ。走りこむと、もっと調子がよくなるぞ。走行距離が千五百キロ近くになったら、オイル交換だ」

それからは、思いきり走らせてもいい、という言葉を私は呑みこんだ。

娘に車を買い与えた、父親の心境に似ているのかもしれない。

私は、路肩が広くなったところに、車を停めた。まだ、下りのワインディングは残っている。そこは、葉子に走らせてやった方がよさそうだ。

助手席に乗り込んだ。葉子は、シートポジションとミラーを調整している。煙草に火をつけた。

「山道と首都高速の環状線。この二つを走れるようになれば、ほぼ心配はない」

「マニュアルミッションの走り方、なんとなくだけど、わかったような気がするわ」

「街の中じゃ、中ぶかしのシフトダウンなんてやるな。あくまで、高速を維持する時の技だ」

「中ぶかしは、これからゆっくり練習する。とりあえずは、こういうワインディングは、あまりブレーキを踏まないように、できるだけシフトダウンで減速ね」

「ブレーキのフェードほど、こわいものはない。それから、雨の高速の、ハイドロプレーン」

葉子が、くすりと笑った。

「なにがおかしい？」

「だって、先生まるで違う人みたいなんだもん。ほんとに、父親みたいな喋り方で。あたしのおっぱいをいじってる時なんかと、まるで違うわ」

「未熟すぎて、見ていられないからな。おまえのおっぱいは、なんとか成熟の域に達している」

「二十一だもん、あたし。でも、こんな二十一歳になるなんて、想像もしてなかった」

葉子が車を出した。

「下り坂で発進させる時は、二速だ。雪道なんかでもな」

葉子が、またくすりと笑った。

「あのＢＭＷ、後ろにいるわ」

それでも、抜こうとはしてこない。ちょっと懲りたというところなのか。

やがて市街地に入り、東名高速に乗った。

来た時とは、別人のような運転になっていた。

3

静子が、ニューヨークに出張した。

その間に、私は行きつけのクラブの、新顔のホステスをホテルの部屋に連れてきた。

自分では二十六歳だと言っていたが、三十は越えているように見えた。店の中では、目立っていた。私の職業に対する関心で、近づいてきた気配もある。

この数ヵ月、五人ほどのクラブのホステスと、続けざまに関係を持っていた。

そういうことが、たまらなく刺激的だった時期がある。ベッドで躰を開かせるのは、その度に違う女。見かけも違えば、反応も違う。それまで付き合ってきた男の癖のようなものも、それぞれに身につけている。それを、愉しんだ。

好きだとか惚れたとかいうことではなく、狩りで獲物の数を誇るというのに近い心境だったのだろう。一軒の店で、五人の女とほぼ同時期に関係を持ったこともある。

四十を過ぎても、まだそういうことをやっていた。ただ、少しずつ傾向が変った。気づくと、特定の女と長く付き合っていたりするのだ。それでもせいぜい半年で、長くても一年にはならなかった。

「ねえ、おうちの方はどうなってるの？」

個室で二人きりでむかい合うと、きちんとセットしたホステスふうの髪など、むしろ違和感があった。

「私生活は、秘密だ」

「そうよね。恋愛小説を書いてる作家が、家じゃ奥さんの尻に敷かれていたなんて、笑い話だものね」

私が独身だということは、かなり知れわたっているが、この女は知らないらしい。

「着替えろよ」

「ムードもなにもないのね」

「好きになれば、ムードも出てくる。まずは、お互いに知り合うことだ。すべてな」

お互いにすべてを知り合う、などということが、どれほど不可能なことかよくわかっていても、こんな会話は交わす。情事の前の会話などに、それほどの意味はない。

女が、バスルームに入る。しばらくして、シャワーを使う音が聞えてきた。

私は、ベッドに横たわった。

女を待つこの時間が、私は嫌いではなかった。想像が、ふくらんでくる。現実の女体を前にするより、私には刺激的だった。

女が出てくる前に、私は部屋の光量を落とした。それでも、女の躰の微細な部分も、大きく見逃すことはない。その程度の明るさだった。

女の躰のしみなどが、ひどく気になるタイプだった。尻の少し上に、褐色の液体を垂らしたようなしみを持っている女がいた。その女と、バックスタイルではできなかった。しみに眼がいき、いつまでも果てない状態になってしまうのだ。下腹の、恥毛のすぐ上に、胡麻《ごま》を撒《ま》いたようなしみを持つ女もいた。その女は、いつも私の上になりたがり、しかも明るい状態を好んだ。ちょっと首をもちあげると、雀斑《そばかす》のようなそのしみが見え、私は果てなくなってしまう。その女は、私が上になると、いい反応は見せなかった。

いろんな女に手を出すくせに、好みのキャパシティは小さいのだ。果てないというだけで、行為が不能というわけではなかったが、最近は、しばしば不能の状態に襲われる。

静子と葉子は、そういう点では、私の好みに合った躰をしていた。しみはどこにもない。黒子《ほくろ》はあるが、それは気にならなかった。

特に葉子は、ますます私の好みの躰に変化しつつある。乳暈《にゅううん》の色素が心持ち濃いというだけで、あとは不満がなかった。

女が、バスルームから出てきた。

湯あがりの女の匂いが、濃厚に漂ってきて、私の鼻を刺激した。バスタオルを巻いているが、胸のあたりの肌は白かった。私はベッドから降り、女を抱き寄せてバスタオルをとった。荒っぽいやり方を好む女がいる。それも、行為の寸前までだ。行為に入ってからの荒っぽさは、禁物だと考えていた方がいい。

「白いな、肌が」

ちょっと、女の躰を離した。白いだけで、ほかに見るべきところはない。乳房は垂れかかっているし、下腹に肉が付きすぎている。しかし、しみなどはなさそうだった。

女をベッドに押し倒し、光量を少しあげた。

「いやよ」

「白い肌を、もっとよく見たい」

女がなにか言う前に、私は唇で女の口を塞《ふさ》いだ。

恥毛が薄い。乳暈の色素も薄い。しかし体型は、どちらかというと無様《ぶざま》だった。腰のくびれがないのが、鈍重な印象さえ与える。これほど肌の白い女は、外国人以外では見たことがなかった。

これほどではないにしても、葉子も肌が白かった。特に、臀部《でんぶ》と乳房の白さはきわ立っていた。全身のエステティクにも通わせているから、いずれこの女の白さぐらいにはなるかもしれない。

反応の激しい女だった。行為をはじめるとすぐに、悲鳴に近い声をあげ、身をくねらせた。私の場合、そういう女の反応は鼻白むだけだ。このままでは、果てないかもしれない、という気分がこみあげてきた。鋭敏なだけで、平凡な絶頂にしか達しない女はよくいるものだ。

いつまでも、女は喘《あえ》ぎ続けた。何度か絶頂に達したと思えたが、どうということもないものだった。

私が行為を途中でやめなかったのは、女の息遣いが微妙に変化してきたからだ。浅く連続的だった呼吸に、時々深い吸気が混じるようになったのだ。別の絶頂がある、と私は感じた。

そう感じて、かなり経ってからだ。女は喘ぎを止め、声も出さず、深く長い呼吸をするだけになった。それが、止まった。束の間、静止した時があり、私を包んだ女の性器が強い反応を示しはじめた。女の眼がぐるりと反転し、白眼を剝いた状態になった。それから、女の肌が紅潮してきたのだ。顔から首筋、肩、乳房のあたりまで、淡い赤を刷《は》いたような色に染まった。女の全身がふるえはじめ、私を締めつけている性器の動きが激しくなった。私は果てていた。低い呻《うめ》きさえ洩らしていた。それからも、女のその状態は長く続き、弛緩するまで私は女の躰の上で待った。

躰を離してからも、女の紅潮はすぐにはひかなかった。私がシャワーを使って出てきた時もまだ、女の首筋から胸もとあたりまでは赤かった。

「いつも、こういういき方をするのか?」

煙草に火をつけ、冷蔵庫の缶ビールを飲みながら私は言った。女のそばに寝そべった状態である。女はうつぶせになり、顔をのけぞらせた。

「久しぶり。こんなの、二年に一度ぐらいしかないわ」

「肌が、赤くなった」

「そうなの。困ったな。ひと晩ぐらい、消えないの」

「そんなにか」

「その間、時々頭がぼうっとして、またいくんじゃないかと思うぐらい」

女を、そういう状態にした男は喜ぶだろう、と私は思った。離れ難い、という気持を抱くかもしれない。

「自分のことを、いい女だと思ってるか、君は？」

「男に言われることはあるけど、よくわからない。こんないいの、滅多にないから」

この女を、また抱きたいとは、私は思っていなかった。

葉子の躰を、こういう絶頂にまで持っていけないか。考えたのは、それだった。性器の奥が動く。それは、この女の絶頂の時と似ていた。

ありきたりの絶頂は、葉子もすでに獲得している。はじめは泣いてこわがったが、いまではそれを求めているようにさえ見える。しかし、ありきたりだった。

「ねえ、先生。いつも中で出すの？」

「大抵はそうだな」

「子供ができたら、どうする気よ？」

「知るか、そんなこと」

「ひどい」

「危険日なら、そうだと女の方が言えばいいんだ。それがルールってもんだろう。なんにも言われなきゃ、当然中で出すね」

「子供ができたら、知るかなんて言って、済まないでしょう」

妊娠した、と告げに来た女は、何人かいた。処置するのに適当と思われる金額だけ渡して、私は女たちを追い返していた。結果に対する責任は、フィフティ・フィフティである。それを詰《なじ》られもしたが、私は逆に罠にかけられたような気分だった。無理矢理ということはしていない。無言を、了解と受け取っただけなのだ。

「子供ができたって、知るか、だな」

「産んで、認知を迫られたら？」

「認知も、しない」

「そんなこと、許されると思ってる？」

「地獄に落ちろと言われれば、黙って落ちるさ。滅びろと言われりゃ、一緒に滅びてやる。つまり、覚悟だけはできてるってことだ」

「口でそう言ってるだけで、いざとなったら逃げるのが男よ」

「俺は、逃げも隠れもしない。もともとない責任を、取る気もない」

「それだけはっきりしてりゃ、女の方が諦めるかな」

女が笑い声をあげた。私の持っている缶ビールに手をのばし、呷《あお》った。のどのあたりの肌は、やはりまだ赤かった。

「ねえ、もう一度、どう？」

「ほう」

「先生、どうせあたしと次に逢う気なんてないんでしょ」

「おまえ、俺が思ってるより、ずっといい女なのかもしれんな」

「男に、ひどい目に遭わされてきただけの女よ」

気持は、動いていた。

私は、缶の中のビールを飲み干した。すぐにもう一度というのは、無理だろう。二、三時間眠ってからにしよう、と私は考えていた。

4

一万円札で釣りはいらないと言うと、喜ぶような店ばかりだった。

渋谷の一角である。若い者ばかりの街のようだが、昔からの一杯呑屋はしぶとく生き残っている。世界は、若者ばかりではないのだ。

三軒目あたりまで、私は正常だった。いつもの酒量を超えてはいるが、それほど酔っているという自覚はなかった。

こんなふうに飲み歩くことが、一年に一度ぐらいある。ふだんは銀座のクラブなどで飲んでいるが、この一角は屋台に毛の生えた程度の店ばかりだった。

小説家として立てず、定職もないころ、私は毎夜のようにこの一角で飲んでいた。五、六人入れば、一杯になるような店ばかりだ。痛飲というより、屈託を抱えたまま、鬱々《うつうつ》として飲み続けるような酒だった。

若かったので、よく喧嘩もした。共同便所の順番を争って、殴り合いになることなどめずらしくもなかったのだ。顔が気に食わない。酔い方が気に食わない。そんなことでも、喧嘩の理由になった。私が吹っかけるのではなく、吹っかけられることもしばしばだったのだ。学生のころは、暴力的な雰囲気が大学を包みこんでいた。ただ、殴り合いをするにも、イデオロギーというやつが必要だった。

ここでの喧嘩に、イデオロギーなどと言うと、嗤《わら》われただけだろう。ちょっと肘《ひじ》が触れるなどということが、イデオロギーよりはるかに重要なことだったのだ。

「久しぶりね」

四軒目に入った店は、この一角では古く、二十五年前も同じようなたたずまいで存在していた。経営者の女は老婆になっていて、記憶力があやふやになっている。私のような昔からの客の方を、むしろよく憶えていた。

「おっかさん、まだ生きてたか」

「あたしが死んでるかどうかって、一年ごとに見に来るんだよね、あんた」

「人は、いつか死ぬんだ。あんまりじたばたしないことだな」

「言ってくれるじゃないの」

コップ酒である。この店では、それ以外の酒は出さない。ウイスキーなどと註文すると、ほかの店へ行けと怒鳴られる。

「あんたの頭も、白くなった」

「最近じゃ、下まで白い」

「男として、枯れちゃいないね。まだ、雄の眼をしてるよ」

この老婆は、私の喧嘩を見物するのを、愉しみにしていた。私だけでなく、喧嘩をする男は、みんな好きだったのかもしれない。殴り倒されると、叱咤《しった》されたりした。

いまは、喧嘩そのものがなくなったのだという。あるとしたら、十代の小僧が、集団でやり合うような喧嘩だ。

二杯目の酒まで、私は酔っていなかった。三杯目で、不意に酔いが回ってきたような気がした。隣の客が、私の職業に気づいて、しつこくなにか言いはじめたのだ。三十四、五という感じの男だった。

「遊んで仕事になるんじゃ、世話ないよね。俺は、金を出してあんたの本を買ってるんだから、言う権利はある。だから言わせてもらうけど、女を書くのやめたら。俺は、あんたの文章は好きなんだよ。それで、恋だの愛だのって書かなくったっていいじゃない」

「俺が、おまえに買ってくれって頼んだのか。おまえが、勝手に買ったんだろう。それで、つべこべぬかすな。面白くなけりゃ、次から買わなきゃいいんだ」

「へえ、お客様だよ、俺は。いまの態度は、でかすぎるんじゃないの」

「うるせえぞ、小僧。文句があるなら、表へ出ろ」

「野蛮なこと、言わないでよ。表へ出ろだなんて、時代劇の世界じゃないの。殴り合って解決することなんか、なんにもないの。団塊の世代ってのは、それがわかってないんだよね」

私は、酒を男の顔にぶちまけていた。

これで喧嘩は避けられないと思ったが、男は悲鳴をあげ、眼を押さえただけだった。

「やめな、岸波」

男の胸ぐらに手をのばそうとした私を、老婆の声が止めた。

「帰りな、岸波。外へ出るの」

老婆が、カウンターから出てきて、私の腕を引いた。引かれるまま、私は立ちあがり、外へ出た。足に来ている。その自覚だけがあった。

「なんで止めるんだよ、おっかあ。あんたの愉しみは、喧嘩だったろう。男が、ぱぱあんと殴り合うと、胸がすくっていつも言ってたろうが」

「喧嘩になりゃしないよ。だから、あたしは止めたんだよ。一一〇番されて、あんたが警察に連れていかれるのが、落ちだからさ」

「なにが警察だよ。いまの若造は、喧嘩の始末を、官憲につけてもらうのかよ」

「あんたも、古い男になったんだねえ。とにかく、もう帰んな。今夜は、居合わせた客が悪かったんだから」

もう一度店へ入って、男を引《ひ》き摺《ず》り出す元気はなかった。

私は、老婆にポケットから摑み出した金を渡すと、手を振って歩きはじめた。帰るんだよ、タクシーで。老婆が言っている。

それから、私はさらに何軒か飲み歩いたようだった。

気づいたのは、小さな公園の植込みの中だった。眠っていたのか、ただ倒れていたのか、よくわからない。

公園に来るまでの記憶も、定かではなかった。二人の若造が、いきなり飛びかかってきたことは、憶えている。私はひとりを殴り倒したが、もうひとりに蹴られた。それからは、よく憶えていない。二十歳《はたち》になるかならないかぐらいの二人組だった。

いや、もうひとつ憶えている。頭から、そいつらのひとりに突っこんだことだ。私の頭は、まともにひとりの顎のあたりに当たり、男は吹っ飛んで倒れた。憶えているのは、それが快感だったからかもしれない。

服が、ほころびていた。ズボンも、擦り切れそうになっているところがある。口の中が、切れているのかもしれない。脇腹には、鈍痛があった。

私はポケットを探り、煙草を出して火をつけた。煙を吐いていると、次第に頭がはっきりしてきた。酔っ払いを狙う強盗に、私は出会ったのかもしれない。それほど、酔っていたということだ。しかし、財布は上着のポケットにあり、ばらで持っていた数枚の札も、ズボンのポケットにあった。腕時計もある。強盗だったというのは、考えすぎかもしれない。

二本目の煙草に火をつけた。

腰をあげ、植込みから出て、ベンチの方へ移った。手が擦りむけていることに、はじめて気づいた。拳《こぶし》の、いわゆるナックルパートという部分だ。出血もしていたらしく、血がこびりついて固まっているのが、水銀灯の光の下で違うもののように見えた。

躰の方々が痛かったが、大怪我はしていない。

煙草を消し、私は立ちあがった。

公園がどこなのか、まったくわからなかった。車の音が聞える方へ歩いた。すぐに、大きな通りが前方に見えた。

タクシーに乗れば、部屋へ帰れる。葉子の部屋へ行こう、と一瞬思ったが、すぐに考えを変えた。タクシーに乗るのも、やめにした。

ラブホテルのネオンが、いくつも見えている。私は、そっちへ歩いていった。

すぐに、女が近づいてきた。ちょっと肥った女で、唇が赤いのだけが眼についた。年齢は、よくわからない。

いつの時代にも、こんな商売はある。ただ、いまはシステムが多様化していて、街娼などがいるとは、本気で考えてはいなかった。

「遊ぼうよ、おじさん」

「それはいいが、いくらなんだ？」

不意に、二十五年前に戻ったのではないか、という錯覚に襲われた。

「一時間で、一万円」

売れ残った街娼なのかもしれない。ひどく安い金額を言った。

「あたしは、一時間きっちりいて、四十分ぐらいで帰ったりしないわよ」

「いくつだ、おまえ？」

「二十八」

十歳、いや二十歳は多く見た方がいいかもしれない。暗がりでは、年齢はまったくわからなかった。

「ホテルへ行くのか？」

「その辺の道端でやる手もあるけど、ちょっと歩いたところに公園があるわ」

私が寝ていた公園のことだろう。小さな公園で、ブランコと滑り台があった。あとは植込みだけだ。

「ホテルにしようか」

「ホテル代、要《い》るのよ」

「わかってる」

「四千円ぐらい。払えるんでしょうね。全部で、一万四千円よ」

「大丈夫だ。ポケットにゃ、まだ万札が何枚か入ってる」

財布には、さらに数十枚の札と、数種類のクレジットカードがある。

「一万四千円か。払えねえわけないだろう」

「部屋に入ったら、先にお金を頂戴」

「いいともさ」

女が、私の腕にしがみついてきた。媚びているというより、逃がさないという感じだった。

「高いの、そこのホテルは」

最初にあったホテルに入ろうとすると、女が言った。

「六千円取られるよ」

「構うか。ほれ、金だよ」

私は、ズボンのポケットの札を摑み出した。七、八枚というところか。二十枚入れていたことを、私は思い出した。

「朝までだ」

入口のパネルのキーを取り、私はエレベーターの方へ歩いた。ラブホテルは、時々利用する。ほとんど誰にも顔を合わせずに、部屋へ行けるようになっている。二十五年前は、靴を脱いであがり、その靴を持っていかれたものだ。

「ねえ、おじさん。サービスしてあげるから、二万円払わない」

部屋へ入ると、女が言った。意外に、若かった。若過ぎる感じがする。

「朝までだと言ったろう。これで足りないのか」

掴み出したまま持っていた札を、女に突き出した。曖昧な表情で女が頷き、札に手をのばした。

「それだけあれば、大サービスだよな」

「あとで返せって言わないでね」

やはり、女は若過ぎた。二十八よりずっと下のように思える。

「いくつだ、おまえ？」

「二十八よ」

「ほんとのことを言え」

「高校を卒業して、二年目」

「たまげたな」

女が年を食っていると思ったのは、私の古い先入観のようだった。私が安い娼婦を買っていたころは、例外なく年齢を若く言ったものだ。あんたも古い男になった、といった老婆の言葉を、私は不意に思い出した。

女の容姿は、醜いという部類に入るものだった。それが、十歳も年長だと言わせたのかもしれない。この女にとっては、二十八歳というのは、ほとんど老いに近い感覚なのではないだろうか。

「サービスって、どんなことができる？」

「なんでも。これだけお金くれたんだから、変態してもいいよ」

ソファで笑いはじめた私を、女は立って見下ろしていた。

「恋人になろう」

「え？」

「つまり、俺とおまえは、恋人ってわけだ。話し方も、そんなふうにする」

「わかった。おじさん、若いころに戻りたいんだ」

「だから、そのおじさんというのはやめろ。俺はおまえの恋人で、おまえに手を出そうとした男と殴り合いをして、怪我をした。おまえは、びっくりしてそれを治療してやるんだ。本物の恋人のつもりでやるんだぜ。芝居、できるだろうな？」

「ほんとに、怪我してる」

「ちょっと転んだだけさ」

「舐めてあげるよ」

「それはいい。濡れたタオルを持ってきてくれ」

拳が熱を持ち、ちょっと腫《は》れていた。

女は、冷蔵庫の氷を出し、濡れたタオルで包んで、右の拳に当てた。左より、右の方がずっとひどかった。

「風呂だ。一緒に入ろうぜ」

女が頷いた。ラブホテルの風呂は、大抵一緒に入れるようになっている。女が、バッグを持ったまま、風呂の湯を出しにいった。

なぜこんなことになったのか、私は考えようとしてやめた。

時計を見る。四時を回ったところだった。

第七章　フィッシュイーター

1

パンチの切れがよくなった。

自分で思ったことではなく、インストラクターの青年が言ったことだった。相変らず、スパーリングの相手はしてくれた。ただ、大学から持ってきた、ヘッドギアを付けている。完全にかわせる自信がなくなったのだという。私は気をよくしていたが、ラウンド数は増やしてくれなかった。

「すでに、危険な状態に入ってるんです。わかりますよね」

私のパンチが当たり、とっさに打ち返してしまう。インストラクターの青年は、それを心配しているのだった。

「筋力とか心肺機能とか、そんなものは確かにあがります。だけど、ほんとに内側を鍛えるというのは、半端なことじゃないんです」

「内側ねえ」

「キドニーとかレバーとか、そんなところは年齢相応に弱っているんですよ。外からの打撃に強くなるためには、もう練習だけじゃどうしようもありませんね」

「なにが必要なんだ？」

「若さですよ。ダメージを受けても、回復できる若さ」

理屈では、わかっていた。それと欲求は別で、一、二発はパンチを食ってみたいと私は思いはじめていた。しかし、彼は首を横に振るばかりだ。

中年男が、駄々っ子のようになって息子のような年齢の青年を困らせている。私は、そういう自分の姿を想像してみるのだが、パンチンググローブをつけると、打たれてみたいという思いが消し難くなるのだった。

「覚悟はいいですか？」

ある日、青年がそう言った。礼を失した言い方ではなかったが、どこかに憎しみのニュアンスを私は感じた。

「俺も、たやすく打たれる気はない」

それでも、いやがる私に、彼は無理にヘッドギアを付けさせた。

　スパーリングがはじまって、一分も経過していなかっただろう。私は、いつものようにリズミカルにワン・ツウを出していたが、それが見事に彼の顎のあたりに入った。ミットやサンドバッグではない、生々しい手応えのあるものを打った、と感じたのは一瞬だった。私はうずくまり、呼吸ができずにのたうち回っていた。肺に、空気が飛びこんできて、ようやく自分を取り戻した。レバーを打たれたと気づいたのは、しばらく経ってからだった。十二、三秒。そう思ったが、一分倒れていたと彼は言った。

　上体を起こしても、私は吐気に襲われ続けていた。立ちあがることもできない自分を、情無いと思いながら、マットに手をついて荒い息をするばかりだった。

「ごめんなさい。いいワン・ツウをもらったんで、つい手が出ちゃいました。ヘッドギアを打てばよかったんですが」

「下が、ガラ空きだったんだろう。とっさに、こめかみあたりをガードしちまった。それにしても、なかなかのパンチだ」

　喋ったのは、見栄のようなものに動かされてだ。ほんとうは、ひと言も喋りたくなかった。マットに倒れたまま、じっとしていたかったのだ。

「軽く当てたつもりだったんですが。今日のところは、これで終りにしましょう」

　躰には、ずっしりとこたえた。内側が老いている、と言われたことも、実感として理解できた。

「試合は、これよりもうちょっと軽いグローブでやるんだろう?」

「まあね。プロになると、この半分ぐらい。六オンスのグローブです」

「もっと効くのか?」

「どうですかね。重いグローブの方が、ずしりとくるという人もいますし」

「いい、パンチだった」

私は、吐気をなんとかこらえていた。

サウナに入る気になれず、シャワーだけ使った。肝臓が疲れていないはずはない、と思った。顎かテンプルを打たれたら、どうだったのだろうか。脳も、疲れているだろうか。いや、全身が疲れきっているのではないのか。内側から腐っていく。老いるということは、そういうことではないのか。

マンションの部屋に戻っても、読みかけの本を読もうという気にもならなかった。居間のソファで、ぼんやりしていただけだ。

七時に、チャイムが鳴った。食欲はあまりなかった。オートロックを解除する。二、三分して、部屋のチャイムが鳴った。

「久しぶりってほどでもないか」

静子は、丸い筒を二本抱えていた。仕事帰りに、そのままタクシーで来たというところだろう。ニューヨークに出張していて、三日前に戻ったばかりだ。

「元気のなさそうな顔をしてるのね」

「そう見えるか。自分の肉体の老いを、自覚したばかりのところでな」

静子は、抱えていた筒を部屋の隅にたてかけると、ソファに腰を降ろし、脚を組んだ。きれいな脚をしている。出会った時に、そう思ったものだ。

「それは、あたしが眼尻に小皺《こじわ》を発見して受けたショックと、どこか似てるわけ？」

似ているのかもしれない、と私は思った。女が小皺を発見する程度のことなのだ、と自分に言い聞かせようとした。

「小皺には、馴れるものよ。化粧で隠そうって気もなくなったわ」

「いろんなものが刻まれているようで、それも悪くないもんだ」

「あなた、白髪もあんまり気にしないし、年齢と折り合いをつけるのは下手じゃないと思ってたけど」

「ほとんどの部分で、折り合いはつけてる。わずかに、折り合いがつかないところを発見した時に、落ちこむわけだ」

「贅沢な話よ」

「そうかな」

「お腹、すいちゃった」

静子は、黒いスーツを着ていた。そういう恰好は、女実業家という感じもある。高いヒールの靴も悪くなかった。

「黒いスーツに、黒い下着か。コートまで黒ときている。おまえに黒は、逆に派手だね」

「マンハッタンを、この恰好で歩いてたってわけ。別に恰好で仕事がうまくいくとは思わないけど、気分的にニューヨークはスーツが合ってるのよね」

「おまえに結婚を申しこんだって男は？」

「今度も一緒だったって、あたし言ったかしら」

「ニューヨークだからそうだろう、と俺が勝手に考えただけさ」

「気になる？」

「結婚を持ち出すやつには、勝目がないね。はじめから、俺は降りてる」

「長期戦略に変更したみたい」

静子が、マルボロ・メンソールに火をつけた。鼻腔《びこう》を刺激する煙が、私の方へ流れてくる。煙草の煙ではない、と私は前から思っていた。この煙が、静子という女のアクでもあった。

「和食にしような」

私は腰をあげた。

地下の駐車場まで降りて車を出し、馴染《なじ》みの和食屋へ行った。私はあまり食べず、酒も飲まなかった。

和食屋からは、ラブホテルに直行した。静子が、雑誌で見つけてきたものだ。照明が、何色もあった。責めるための道具も、揃っているのだ。三度目だった。最初は、変った趣向に興奮したが、二度目からは馬鹿馬鹿しくなった。誘ったのも、私の方ではない。

部屋へ入った瞬間から、決定的な関係性が出来あがる。

外見は、常時私が優位である。優位であることに誤魔化されて、私は静子が望む通りに動いているようだった。

三十五歳で、なにか発見したということなのだろうか。静子の欲求は、際限がないように思えた。すべては、羞恥《しゅうち》が快感に繋がっているようだった。つまり、恥しければ恥しいほど、そこで得るオルガスムも深いというわけだった。

私は、知るかぎりの、凌辱《りょうじょく》の言葉を動員して、耳もとで囁いた。縛りあげる。ルームサービスさながらにホテルで販売している、電動の性具を使い、備え付けのビデオでそれを撮影し、再生させて無理矢理見せる。

私が感じるのは、静子の貪欲《どんよく》さだった。いつまでも、静子はやめたがらない。絶頂では、死ぬと叫ぶ。そういうオルガスムの叫びはめずらしいものではなく、小さな死《リトル・デス》と英語では言うらしいが、あまりに何度でもくり返すと、ほんとうに死ぬのではないかとさえ思えてくるのだった。

その間、私は可能な状態ではない。一度目は可能でも、同じことをもう一度くり返すと、可能ではなくなってしまうのだ。

私自身が、静子の性具であることに、私は最近気づきはじめていた。白眼を剝き出して痙《けい》攣《れん》している静子を眺めていると、そらぞらしい気分になることもあった。

長く付き合い過ぎた。そんな気がする。しかし、何度も死んだあとの静子を抱く一瞬の、妙な哀切さを伴った快感が、捨てきれないという思いもあるのだった。

確かに、責め抜いたあとの、静子との穏やかな交合の中に、私はいままでにないものを発見しつつもあるようだった。

「ゲームとして、愉しんでよね」

終ったあと、静子はそう言う。

ゲームオーバーはいつなのだ、と出かかった言葉を、私は呑みこむ。

終りたい時に、終ればいい。どんな男と女も、それ以外にはない。いままでずっと、そう自分に言い聞かせてきたのだ。

2

ホテルの仕事場のパソコンは、ついに埃を被ることになった。葉子が、ホテルに来ることがほとんどなくなったからだ。

私が、葉子の部屋に行く。それは、いままで私があまり経験したことのない関係だった。

面倒だという気が最初はあった。私は独身で、しかも自由に使える部屋を二つ持っている。そこに女を呼べばいいことで、事実、いくつかの例外を除いて、私はこれまでそうしてきた。自由を謳歌《おうか》している、とも思っていた。馴れてしまえば、ひとりというのは実に楽なのだ。

葉子の部屋に行くようになったのが、なぜなのかは自分でもよくわからない。私は、葉子の住居に関する費用のすべてを負担していたが、そんなことをするのもはじめてだった。躰を飾るものも惜しまずに買い与えていたが、それすらも私の愉しみになっているという心理状態に啞然《あぜん》とすることもあった。

女には、金は遣わない方だった。遣う時に遣うというやり方で、少なくとも定期的に金を渡したりしていたことはない。私が軽蔑する遊び方でさえあった。

金で縛っている、という気はなかった。心底そうなのかと何度も自問したが、私は葉子を金で縛ろうとは思っていない。与えているのは、すべて捨てられるものだ。部屋も、服やバッグや靴や装身具も、車も、葉子がその気になれば捨てられる。そう思えることが、私の唯一の救いだった。

私が部屋へ行くと伝えると、葉子は残業など断ってしまうらしい。大抵、六時半には部屋に戻っていた。多少遅くなったとしても、読みたい本を二、三冊常に置いてあるので、退屈することはないのだが、急いで帰ってくるようだった。時には、走ったように息を弾ませていることもある。

連絡のために、携帯電話とポケベルを持たせてあった。私はそういうものを持つことは一切なく、自動車電話さえ付けていない。

私がひどく忙しいのだと、葉子は思いこんでいるようだった。一年に四冊本を出版する。そこそこには売れ、時にはベストセラーになることもあった。忙しそうには見えるのだろう。船に乗る。海外を旅行する。ほかの女たちと遊ぶ。酒を飲む。そういうことまで含めれば、私は確かに忙しい。

葉子の部屋に行って、私が最初にやることは、パジャマ代りのスウェットの上下に着替えることだった。仕事の時も、私は同じ恰好である。きちんと洗濯したものが、いつも二組置いてある。下着の洗濯はずっと自分でやる習慣だったが、葉子が新しいものを買って置いておくようになってから、それも崩れた。葉子の部屋に泊った翌朝は、乾燥室も兼ねた浴室に、大抵洗いたての私の下着が干されている。

葉子が部屋を出ていくのは、八時十五分だった。有給休暇を私が泊った翌日に取ることも多く、そういう場合は私も昼食時まで寝ている。会社に行く時は、洗濯を済ませ、私の朝食の準備をしているが、何時に起きているのか知らない。葉子が準備している朝食は、ほとんど和風で、なにをどうすればいいのか、丁寧なメモがあった。

部屋が、三つに増えたようなものだった。そしてその中のひとつには、当然のことながら、必ず葉子がいる。

それを肯《がえ》んじている自分を見ている、もうひとりの自分の存在を、私はいつも意識していた。らしくない、と声に出して呟いてみることもあった。

正月は、葉子と過した。

いつもの年は、ホテルの部屋にいる。食べ物に不自由することがないからだ。

四日間一緒にいても、葉子の存在がわずらわしくなることはなかった。私にとっては、稀《け》有《う》なことだ。女を連れて旅行などに行ったことがあるが、三日目には我慢するという状態になる。

年が明けて、葉子と会う回数がいくらか多くなった。

葉子が、私を一時間以上待たせたのは、一月の十六日だった。翌日は葉子のフィアット・ウーノで船にいくつもりだったので、私は風呂に入り、スウェットの上下を着こむと、ベッドに寝そべってテレビを観ていた。テレビを観る習慣はないが、天気予報を知りたかったのだ。ほぼ冬型で固定していて、春秋型のように、高気圧が西からやってきては東へ抜けるということはまずないが、ひと冬に数回はおかしな風が吹く。

いつの間にか、眠ってしまっていた。

気づくと、葉子がベッドのそばで泣いていた。

「どうしたんだ？」

「遅刻しちゃった」

「自分の部屋に帰ってくるのに、遅刻もなにもないだろう」

九時を、いくらか回ったところだった。

「約束の時間は、あったもの。先生、七時って言ったもの」

「確かに俺は七時に来たが、適当にやっていたよ」

葉子が泣くのを見るのは、はじめてだった。他愛ないと思う前に、私は戸惑っていた。宥《なだ》めながら、女にこんなことをしたのははじめてだ、となんとなく考えていた。

「ところで、残業だったのか？」

ようやく泣きやんだ葉子の顔を覗きこんで、私は訊いた。泣き顔のいい女というのは、滅多にいない。葉子も、泣くと田舎臭い小娘に戻った。

「いい加減にしろ。別に怒っちゃいないと言ってるだろう。腹が減ってる。ちょっとなにか食いに、外へ出るか？」

「友だちに呼び出されて、すぐに切りあげるつもりだったんだけど、放っとけなかった。この部屋の電話には、先生は出ないし、連絡のしようがなかったの」

「そういう時も、たまにはあるだろうさ」

ほんとうは、ひと晩でも付き合っていたいところだったのだろう。間の悪い時というのは、そういうものだ。

「それにしても、葉子にも東京に友だちがいたのか？」

「山形の高校の同級生。時々連絡を取り合ってたの」

「なるほどな。東京で就職した友だちも、少なくないわけだな」

「就職じゃなく、大学だけど」

葉子が、ティッシュで顔を押さえた。

「彼が部屋に来て、一緒に暮すようになったんだけど、別の女の子のところに行っちゃったらしいの」

「ありそうな話だ」

「ほかにも、相談できそうな友だちがいそうなものなのに、こんな時は、なぜかあたしに電話してくるの。前にも一度、同じことがあったわ。小、中、高って一緒で、十二年も付き合ってるからかしら」

「ま、新しい彼ができれば、忘れるさ」

「話を聞いてて、あたしもそう思った。だって、前とまったく同じなんだもの。そして、前の彼のことなんか、まったく思い出さないみたいだし」

私はベッドから降り、煙草をくわえた。

「なにを食いに行く?」

「ちょっとだけ、お待ちになれる?」

葉子の言葉遣いが、いつものようになった。

「用意してたものがあるの。温めるのに、三十分ぐらい欲しいわ」

「それなら、待とう」

葉子が従順であることに、私は多少のもの足りなさを感じていた。従順さが生来のものなのか、私との関係で従順にならざるを得ないのか、という判断もつかない。

葉子はバスルームで裸になると、エプロンをつけて出てきた。

冷蔵庫に、陶器の鍋が入っていた。シチューのようだ。ただ、すぐに火にかけようとしない。

「なにをやってる?」

覗きこんで、私は言った。

「お肉、あんまり召しあがらない方がいいんでしょう。これは、二日煮込んで、すっかりお肉の脂を出してあるの。冷やすと表面に浮いてきて白い塊になるから、取り除きやすいの。きのうの夜に、ほとんど取って、また煮込んだの。野菜は崩れてしまうから、別に煮込んで、あとから加えるの。先生のお躰、やっぱり心配ですもの」

「つまり、脂肪分が少なく、コレステロール値の低いビーフシチューってわけか」

「お肉は、充分に手を加えてあるから、お味は落ちていないはずよ」

「相当の手間だな」

「和食ばかりじゃ、飽きてしまうんじゃないかと思って」

透明なスープの中に、肉の塊がある。いかにも濃厚という感じはないが、肉を見ただけで私の食欲はそそられた。

健康に気を遣ったことは、ほとんどなかった。人間ドックという類いのものも、受けたことはない。ただ、食生活には気をつけろと、友人の医者に言われているだけだ。

「それが温まるのに、三十分か」

「パンは温めますわ。それに、サラダのほかに二、三品用意してあるの」

「ずいぶんと手をかけさせたな」

「ううん。先生、いつもいきなりだから、簡単なものしか作って差しあげられなくて。今日みたいに、四日も前からおっしゃってくださったら、手のかかるものも召しあがっていただけるわ」

「なるほど。そんな日に遅刻しちまったのも、泣いていた原因か」

私は、赤ワインを抜いて、飲みはじめた。三十分待つ間に、かなり飲んでしまうだろう。食事中にはもっと飲んで、かなり酔うに違いない。

そうなると、私はまともなセックスができない。ただ横たわっていて、葉子に身を委ねるだけだ。私が酔った時のやり方も、葉子はいつの間にか身につけていた。

「このワイン、いいな」

「ガイヤなの。八八年」

「サッシカイアもあったな。こいつを空ける前に、栓だけ抜いておこう」

「あまりお酔いにならないで。眠くなってしまいますことよ」

相変らず、葉子の言葉遣いはどこか滑稽《こっけい》だった。これだけは、私は無理に直させようとはせず、笑いもしなかった。

大人になろうとしてなりきれない、不安定なものが、言葉遣いにすべて出ているのだ。これを通りすぎると、どうなるかはわからない。

「酔うのもいいさ。それとも、ちゃんと抱かれたいか？」

「知りません」

裸の上にエプロンである。後ろをむくと、尻は丸見えになる。さすがに正月の四日間を過した時は、いつも裸というわけではなかった。何日かに一度逢うようになって、裸はまた復活したのだ。

「俺は歳なんだ、葉子」

「先生は若い。力持ちだし。あまり歳だとおっしゃってばかりだと、ほんとうに老けこんでしまいます」

内側から腐るのだ、と言いかけた言葉を、私は途中で呑みこんだ。

シチューが温まりはじめ、いい匂いが漂ってきて、私の食欲はさらに刺激されはじめた。

3

船のエンジンは、すでにかかっていた。

エンジンルームに潜りこんでいた岩井が、這《は》い出してきて葉子に挨拶した。佐伯は、まだ来ていない。

「出航準備は、終ってます」

岩井はそれだけ言うと、フライブリッジに登っていった。いつも小僧扱いをしているが、考えてみると葉子より年長だった。

「遅いな、佐伯は」

九時出航と伝えてあった。九時五分前になっている。

もともと、佐伯が言い出した釣りだった。葉子も、また船に乗りたいと言っていたので、連れてきたのだ。岩井とも佐伯とも、初対面だった。

九時ぴったりに、佐伯は浮桟橋《ポンツーン》に現われた。

「サラリーマンを何十年もやってるやつは、さすがに違うな。九時ぴったりに現われやがる」

「伊達《だて》じゃねえんだよ。それに、俺は客だ。出航準備の手伝いなんて、させられたくもないしな」

乗り移ってから、佐伯は葉子の方へ眼をやった。

「葉子だ」

私が言うと、葉子が挨拶をし、佐伯は曖昧《あいまい》に頷いた。

「出航」

私は、フライブリッジの岩井に声をかけた。

岩井が降りてきて、ポンツーンに跳び移る。舫《もや》いを解きはじめた。私はフライブリッジに登った。二つのクラッチレバーを握る。出航時は、舵輪《ラット》を使わない。二つのスクリューを前進や後進に入れることで、船は自在に方向を変えて進みはじめるのだ。

舫いを解いた岩井が、船に跳び乗る。北西風が強い。船が風の影響を受ける前に、私は左《さ》舷《げん》を前進に入れた。それから右舷前進の左舷後進。それを何度かくり返し、両舷を前進に入れた時、私ははじめて舵輪を握った。

「おい、娘がいたのかと思ったぞ」

フライブリッジに登ってきて、私のそばに立った佐伯が、小声で言った。まだエンジンの出力をあげていないので、小声でも充分に会話はできる。佐伯は、拳から小指を突き出していた。

「これなんだろう。俺に内緒で、娘なんか作っていないよな?」

「娘だと言ったら？」

「そりゃ、おまえ、友情に、もとるよ。俺は、おまえを知ってるつもりだ。子供がいたら、俺に言うさ」

「じゃ、愛人だったら？」

「二十一だそうじゃないか。俺の娘と同じ歳だ。おまえの感覚を疑うと言いたいところだが、若干羨《うらや》ましい気分もある」

「いい女になりそうだろう」

佐伯に見せつけたくて、葉子を連れてきたわけではなかった。冬は、船に乗る回数が少なくなる。乗りたい、と言った人間が二人いたというだけのことだ。

「できるのか、おまえ？」

「同じ歳の娘がいるというわけではないからな。愉しんでるよ」

言ったが、愉しんでいるという気分はなかった。葉子に対する気持を、佐伯に説明するのは難しい。

スロットルを少しずつ倒し、速力をあげた。

冬の海は、船体への波当たりが硬い。多分、感覚的なものではなく、水温が関係しているのだ。それでも追い風を受けていれば、三十ノットでも安定していた。

東京湾の入口を横断するかたちで、房総半島の、小さな漁港へ入った。そこで、餌《えさ》にするために、生簀《いけす》の鰯《いわし》を買うのだ。船に生簀の設備はないので、バケツの中に携帯用のエアポンプで空気を送りこむ。それで、鰯は大抵一日は生きていた。

漁港を出たところで、私は舵輪を岩井に渡し、アフトデッキに降りた。ファイティングチエアに、葉子が腰を降ろしている。佐伯も降りてきた。

「寒くないか、葉子？」

「大丈夫。ここにいると、とてもいい気持だわ」

「キャビンは暖房が入ってるはずだが」

「いいの。寒くなったら入ります」

それ以上、私は勧めなかった。葉子が船に強いのかどうか、まだほんとうにはわからない。酔う時は、キャビンの中の方が酔うのだ。

佐伯は、仕掛けを作りはじめていた。老眼鏡なしで、テグスを結んだりするのは無理だ。私も、そういう時は老眼鏡を使う。

私が道具箱を持ち出してくると、葉子は覗きこんできた。

「俺の言う通り、作ってみろ、葉子」

「わかった」

葉子が、テグスを結びはじめる。三通りぐらいの結び方を、私は教えてやった。それから、仕掛けを作らせる。

「自分で作った仕掛けで釣るのが最高だ、と思えるようになった時、一人前さ」

船がどのあたりを走っているか、私は顔をあげて時々見ていた。穏やかとはいかないが、晴れている。葉子が、二つ目の仕掛けを作りはじめる。

館山《たてやま》を回ったところに、かなり長い砂浜がある。そこの沖の砂地で、底物を狙おうというのだ。釣人には有名な場所で、陸地からルアーを遠投して、鱸《すずき》を釣ったりもしている。

岩井が、フライブリッジから声をかけてきた。目的の海域に入ったという。私と佐伯は操縦席のところへ行き、魚探を覗きこんだ。底物だから、魚影が魚探に映ることはない。ただ、底の形状がよくわかる。あまりフラットではなく、傾斜している方が魚は多いのである。

水深が十メートルほどになるまで、陸に近づいた。

「このあたりか」

私が言い、佐伯が頷いた。岩井が船首《バウ》に行く間に、私は船を風にむけた。パラシュートアンカーを放りこむ。

「いいぞ」

私が言うと、佐伯が生きた鰯を付け、素速く放りこんだ。私は、葉子の仕掛けに鰯を付けてやった。錘《おもり》で底の砂を軽く叩き、その五十センチほど上を、餌の鰯が泳いでいるというかたちになる。

なにがくるかわからないが、かかるとすると、フィッシュイーターというやつだ。つまり、魚を食っている魚。というより、十四、五センチほどの鱚を食う魚だ。だから、それほど小さな魚ではない。砂地といっても、キスなどはかかりはしないのだ。

「ビギナーズラックってやつ、釣りでもありそうだな」

葉子と喋っていた佐伯が、私にも聞えるようにそう言った。私も竿《さお》を出していて、三十センチほどのコチをあげた。どこか、鰐《わに》に似た顔をした魚だ。食えば、うまい。

「岸波に、まずやられたか」

佐伯が言う。陸の方から風が吹いてくるので、沖にむかって流されるという感じになる。少しずつ深くなっていった。三十メートルの深度になった時、一度竿をあげ、パラシュートアンカーも引きあげて、陸に近づいた。

一度流される間に、三尾ほどの鱚を使う。

葉子が、不意に声をあげた。竿がしなっている。

「巻け、葉子」

「動かないの、先生。なにか、海底の岩でもひっかけたんじゃないかしら」

「魚だ。こんなところに、岩なんてない」

「でも」

多分ヒラメだろう、と私は思った。それも、小さくはない。海底から引き離せるかどうかが、勝負だった。

「いいか、葉子。巻きながら、竿を倒して少しずつ先端を海面に近づけろ」

私が言った通りに、葉子はやった。

「次にはな、全身の力を使って、竿を立てるんだ。急がなくていい。ゆっくりだ」

葉子は竿を立てたが、ドラッグが滑っただけで、魚を海底から引き離すことはできなかった。私は、葉子の竿のリールに手をのばし、ドラッグをいくらか締めた。あまり締め過ぎると、ラインが保《も》たない。

「もう一度、同じことだ」

竿がしなるだけで、容易に立てることはできなかった。しばらくその状態が続き、やがてドラッグが滑った。

「これ以上ドラッグを締めると、ラインが切れる。同じことを何度もくり返して、魚を弱らせろ」

「駄目、もう。糸が切れて、竿が撥《は》ね返ってきちゃいそうな気がするの。こわいわ」

「ラインが切れたら、反動でおまえが尻餅《しりもち》をつくぐらいだ。後ろに立っててやるから、心配するな」

三度、ドラッグを滑らせた。四度目には、竿が持ちあがり、立った。

「ゆっくりでいい。そのまま竿を立てて巻いてみろ」

葉子が、リールを巻きはじめる。やはり、ヒラメだろう。回游魚の類いなら、もっと派手に暴れるはずだ。

私は、手網《たも》を用意した。

ヒラメが見えてくる。布の切れ端が、海中を漂っているような感じだった。それでも、下へ逃げようとはしているのだろう。竿のしなりは、相変らず大きかった。

魚体が、海面に出てきた瞬間を狙って、私は手網で掬《すく》いあげた。かなり重い。四キロは超えそうなヒラメだ。

甲板で暴れるヒラメを押さえつけ、鰓《えら》のそばと尻尾の付け根を切って、血を抜いた。

魚の血は、不思議だ。いつも、そう思う。飛び散る血もあるが、大部分は少量の水で溶いた絵具のように、濃い血だ。甲板に滴っても、流れるのではなく、ちょっと盛りあがったような感じで溜っている。

海水と氷を入れたクーラーボックスに魚を放りこみ、デッキを洗った。

葉子は、遠くを見るような眼をしている。ほんとうは、なにも見てはいないのだろう。抱き合っていると、時々眼を開ける。その時の眼に似ていた。

4

その夜は、横浜のホテルに泊った。

翌日は日曜日で、葉子は会社に行く必要がないからだ。キングサイズのベッドが入れてある部屋で、ルームサービスの食事をする時から、葉子は裸だった。私は、バスローブである。

裸でいることが、以前ほど苦痛ではなくなったようだ。それが羞恥心をなくしたというのであれば、普通の女だ。裸でいることが苦痛から快感に変ったのであれば、これからもっと大きな変化をする女になる。

どう変化していくかで、私という男の存在もどういうものか自分に見えてくるのだろう。

「でも、釣りって面白いな。あたし、好きになったみたい」

「トローリングは、また違う。俺がやっているのは、トローリングの方が多い」

「それも、好きになれそう」

「とにかく、おまえは船に強い。それはよかった」

佐伯も岩井も、葉子の船酔いを心配していたが、途中からは杞憂《きゆう》だと思ったようだ。

葉子が四キロのヒラメをあげたあと、佐伯も同じぐらいのを一匹あげた。いつもならそこでなにか言うはずだが、血抜きをする時も、鼻白んだような表情だった。

釣りは三時間ほどで切りあげ、船を富浦湾に回して、錨《いかり》を打った。そこで、佐伯が葉子にサビキ釣りを教えている間に、私は葉子が釣ったヒラメを捌《さば》いた。岩井は豚汁を作り、飯を炊いた。

鯵《あじ》を釣りながら、佐伯と葉子がどういう話をしたか、私は知らなかった。佐伯のことだから、釣りの講釈などをして、穿鑿《せんさく》するようなことは、なにも訊かなかっただろう。

ほかにカンパチなどもあがって、釣果《ちょうか》は悪くなかった。食べたヒラメ以外は佐伯が持ち帰ったが、どちらの家へ行ったのだろう、と私はふと考えた。家が二つあり、女房と、女房のような女がいる。複数の女と同時に付き合うというのは、私もよくやっていることだが、佐伯はその期間が実に長く、すでに十五年は経っていた。

「あのヒラメ、すごかった。あんなにあたしと引っ張りっこをしたのに、食べてしまうのはかわいそうな気もしたわ。でも、食べるとおいしかった」

「馴れると、生きたままのやつを、口に放りこめるようになる」

「まさか、そんな」

「無論、ヒラメなんかじゃない。サビキで釣ってた、鰺や鰯さ。鰺は、指で頭を千切って皮を剝き、そのまま食う。鰯は、指でしごいて鱗《うろこ》を落とし、口に放りこむ。まだ動いてるぞ」

「おいしいの、そんなことをして？」

「甘い味がする。特に鰯はな。不思議なもんだよ。おまえも、食ってみたいといま考えただろう」

「どうして？」

「甘い味と言った時、葉子の乳首が立って固くなった」

「嘘」

「ほんとうだ。食欲と性欲は似たものだと、おまえの乳首を見て思ったよ」

葉子は、乳首を隠すでもなく、顎を引いて自分の胸を見降ろした。頰が、かすかに紅潮した。

「先生、大学を卒業すると、就職せずに放浪なさってたって、ほんと？」

「急に、話題を変えたな」

「佐伯さんがおっしゃってたことを、いま思い出したの」

「二年間、確かに放浪してた。母が亡くなって、家を売り、その金を兄貴と山分けしたんだ。惜しみ惜しみ使ったが、一年で消えてしまい、残りの一年はひどい貧乏旅行だった。海外じゃ、働くなんてこともたやすくできないんだ」

「どんなところへ、いらっしたの？」

「最初にUSA。それからメキシコ、中米、ブラジル。次にヨーロッパに行って、ギリシャからアフリカに渡った。アフリカには、半年ほどいたよ」

「いいな」

「羨しがられるような旅行じゃなかった。おかげで、何ヵ国語か、喋ることだけはできるようになったが」

「女ひとりじゃ、やっぱり無理ね」

「海外へ行きたいのか？」

「それも、グァムとかハワイじゃなくて。いつか、行けるようになると思う」

「そうだな」

私が連れていってやりたい。一瞬思ったが、口には出さなかった。何週間も、葉子と一緒にいられるかどうかわからなかったし、女連れの旅をする柄でもないのだ。

葉子がしきりに聞きたがるので、私はアフリカの話をしばらくしてやった。西アフリカの、コートジボワールやニィジェールの話などを面白がった。

話は、途中からベッドの中になった。喋りながら、私は葉子の躰を愛撫し続けた。

こういう愛撫を加えるのは、はじめてだった。ありきたりの絶頂の、さらにその上にあるもの。葉子は、そこまでいけるだろうか。そこまで行けば、女の快感は、底なし沼のように深くなる一方だろう。

「ねえ、暗くしてくださらない」

「なぜ？」

「だって、恥しいし」

「当たり前のことを言うな。今夜は、明るい中で俺に抱かれるんだ。まだ、しばらく触ってるが」

「いや」

「それも、当たり前の拒絶だ。やめさせたければ、俺がほんとうにやめたくなるようなことを言え」

乳房を、愛撫した。腋《わき》の下を舐めた。そこには、もともと毛がない。脱毛したようではなく、滑らかな皮膚だった。

葉子が高まってくると、私は触れるのをやめ、アフリカの話をした。サバンナ。バオバブの木。砂。

それからまた、乳房に触れる。恥毛の少ない局部にも、指を這わせる。私の経験から言うと、恥毛の薄い女は、絶頂も淡白な場合が多い。しかしそれは表面的なことで、どこかに深さが残っているのだ。恥毛の濃い女は、はじめからすべてをさらけ出している、という感じがある。

葉子が声をあげはじめる。ひとしきり声をあげさせると、私はまたアフリカの話をはじめる。

「ねえ、もういらっして」

三度くり返した時に、葉子はそう言った。

「お願い、来て」

次には、そう大声で言った。

「入れて」

それは、叫び声に近かった。ようやく、私は葉子の中に入った。はじめから、いつもと反応が違っていた。下にいながら、激しく動こうとする。

最初の絶頂は、すぐにやってきた。私は、部屋の照明の中で、葉子の表情の変化を見つめていた。ありきたりの絶頂だった。若いころの私なら、これがほんとうの絶頂だと思っただろう。

二度目から、性器の奥が動きはじめた。四度目には、数秒間白眼を剝いていた。それでも、ありきたりのものから、私は葉子を引き離すことができなかった。

ヒラメが砂底にへばり付いている。葉子のほんとうの絶頂は、そんなものだという気がする。まず、砂底から引き離すことだ。

なにかあった。離れたくない砂底から、葉子は理不尽な力で引き離されようとしている。私も、観察の余裕は失っていた。性器の奥が、激しく動いた。

砂底から引き離せたのか。

葉子のあげる声が、くぐもったものになった。私は、全身に汗が噴き出しているのを感じていた。葉子の躰の動きからは、激しいものが失われていた。絡みつくような、緩慢な動きになっているのだ。

引き離した。そう思った時、感じていたすべてのものが消えた。なにかが、切れた。二人の交合の中にあったものが、確かに消えた。葉子の躰は、無反応になっていた。

釣りあげかけていた魚が、ラインを切った。そうとしか思えなかった。

いくらか激しく動いて、私は葉子の中にありきたりの射精をした。

葉子が、息を吐く。ようやく苦痛から解放された、という表情をしている。

もう少しだった。

私はサイドテーブルに手をのばし、煙草をくわえた。葉子は、まだ動けずにいる。それがすごいとは思わなかった。

砂底から引き離そうとして、ラインを切られた。そんな感じしか私の中には残っていない。

「先生、よかったの？」

「ああ」

「あたしも。ちょっとこわかったけど」

二十一の小娘が、四十九歳の男を満足させられるのか。それも、口には出さなかった。葉子はラインを切って、再びもとの砂地に戻ったのだ。どちらが勝ちだったのか、よくわからない。ただ、葉子の中に、どうしようもない拒絶がある。それを、いつかは消すことができるのか。

「なに？」

私の呟きを聞きつけて、葉子が言う。

「フィッシュイーターと言ったんだ」

「あたしが？」

「おまえは、まだ弱々しい鰯さ」

葉子が、かすかに首を振る。

フィッシュイーターだから。勝手に、私はそんなことを考えはじめていた。

第八章　蜃気楼《しんきろう》

1

背丈は、私とそれほど変らなかった。

体重は、私の方がありそうだ。まだ若い男だった。いくらか、酔っている気配もある。

「なにかね？」

男は、なにか言おうとしたが、すぐには言葉が出てこないようだった。口だけが、何度か開いては閉じた。それが、故障した機械のようで、いささか滑稽だった。

滑稽だと思った時から、私は自分を取り戻しはじめていた。いきなり、この男が暗がりから出てきた時は、胆《きも》をつぶしたという状態だったのだ。

「私に用事かね。それとも、酔ってただ絡んでいるだけか」

私は、三歩か四歩横へ動き、街灯を背にする位置に立った。それで、男の顔はよく見えるようになった。表情が強張《こわば》っている。それだけ、男の方が緊張しているようだ。

葉子のマンションの前だった。午前一時を回ったぐらいだ。私は同乗者がいるハイヤーに乗っていたので、大通りの信号のところで降り、五十メートルほど歩いてきた。酔いは、もう醒めている。もともと、それほど飲んではいないのだ。

「用事がないなら、道をあけてくれ。俺は、そこのマンションに帰るところなんだ」

「知ってんだぞ、てめえだっ」

男が叫んだ。ようやく出た声に、自分で驚いたように、しばらく黙りこんだ。

「俺は、君を知らんよ」

「葉子を金で縛ってんだ、てめえ」

いやな予感の中でも、一番いやなものが当たった、という気がした。

「俺が、金で縛ってるって？」

「金を出しゃ、なにやったっていいのかよ。そんなんで、恥しくねえのかよ」

「君に言われる筋合いじゃないな」

「てめえは、おとといもここへ泊ったろう。俺は知ってんだぞ」

毎晩、ここで張っていたのか。そして、今夜になって、私が葉子の相手の男である、という確信を持てたのか。

「三井葉子は、君のなんだ？」

「なんだっていいじゃねえか」

「恋人か？」

「そうだよ。てめえは、俺の女に手を出してんだよ」

「聞いてないな、そういう恋人がいるという話は」

「金で縛ってるやつに、葉子がそんなことを言えるかよ」

「葉子が言えないのに、君には言う権利があるっていうのか。どういう根拠だね、それは？」

「うるせえんだよ、オヤジが」

男は、革とニットが組み合わされた、黒いブルゾンを着ていた。敵意は痛いほど伝わってくるが、威圧してくるものはなかった。

ただ、このまま済むとも思えない。私は、二、三度大きく息をした。暴力沙汰など、何年ぶりのことだろう。いや、十数年ぶりかもしれなかった。

はじめてしまえば、どうということもないだろう。若いころの暴力沙汰で、私が学んだのはそのことぐらいだった。打ちのめされたこともあるが、やり合う前の緊張と恐怖感に較べれば、かえって楽なぐらいなのだ。

いまは、若くない。そのせいなのか、不思議に恐怖感もない。しかし、五十に手が届こうとしているのだ。殴り合いをして、息が続くのか。心臓がもつのか。

「このまま帰れ。忘れてやる」

「ふざけんな。殴ってやるからよ」

「そんなことをすると、警察沙汰だぞ」

「オヤジは、喧嘩もできねえのか」

「小僧を相手に、そんな趣味はない」

「てめえ」

男がつかみかかってきた。あっと思った時はすぐそばにいたので、私はとっさにバックステップを踏み、ワン・ツウを出していた。きれいに、男の鼻の下に当たっていた。

前へ出てこようとした男が、膝を折り、屈みこむように倒れると、路面に両手をついた。すぐに、男は立ちあがった。

自分のパンチの切れに、私は唖然としていた。力も入れず、軽く出したワン・ツウだったのだ。

「そこらでやめとけ。怪我をするぞ」

余裕を持っていた。男が立ちあがってきても、私は落ち着いていられた。鼻血で、男の口のまわりは赤く染っている。

男が、またつかみかかってきた。私は左をフェイントで出し、右のフックを渾身《こんしん》の力で叩きこんだ。腕の内側で、男の頭を打ったような恰好になった。前のめりになり、男はたたらを踏んだが、すぐにむき直った。私の方から踏みこみ、左右のフックを出した。当たらなかった。全身に力が入りすぎている。わかったが、力は抜けなかった。ジャブだ。自分に言い聞かせた。男は、むかってくる。軽いジャブを出したつもりだったが、肩まで硬直していた。当たりはしたが、男はちょっと顎をのけ反らせただけだった。右のストレート。そう思ったが、硬直していて流れるようなパンチではなく、フック気味になった。当たりもしない。

男が、また前へ出てきた。私は、焦りはじめた。左右のフックを二度放ったが、一度目は遠すぎて空振りし、二度目は近すぎて腕の内側で打つ恰好になった。

横に動いて、離れた。つかみかかってくる男と、組み合った。しがみつくように、背中に手を回してくる。ようやくふりほどいた時、私の息はあがりかけていた。男も荒い息を吐いているが、前に出ることをやめようとはしない。はじめて、威圧されるような感じが、私を包みこんだ。

振り払うようにして出した私のパンチが、男の首筋に当たった。膝をついたが、男はまた立ちあがっていた。

若いのだな。おかしなことを考えた。羨望《せんぼう》と憎悪に似たものが、同時にあった。胸のあたりが苦しい。何度も、肩を上下させて大きく息をした。不意に、顎のあたりに衝撃を食らった。吹っ飛び、肘をついて上体を起こし、立ちあがろうとして、脚が思うように動かないことに気づいた。叫び声。男の靴が飛んでくる。転がりながら、私はそれをかわした。立った。そこで、また顎に衝撃を食らった。パンチではなく、男の頭だ。

さっきほどまともに顎に入らなかったのか、尻餅をついたが、私はすぐに立ちあがることができた。視界が、不意に暗くなり、元に戻った。男の、荒い息が違うもののように、すぐそばで聞えた。また、頭から突っこんできたのだ。私は、横に動いてかわした。ステップなどというものではなかった。男の動きも、緩慢になっている。しかし、私の体力はもう尽きていた。かなり熱心にスポーツクラブに通っているのに、情無いほど弱々しい体力だった。男が、次に突っこんできたら、もうかわせないだろう、と思った。

突っこんできた。無意識に、私はワン・ツウを出した。いきなり重いものを肩にでも載せられたように、男の躰が沈みこんだ。膝を折ったのだ。路面に両手をついた男が、立ちあがり、また突っこんできた。軽いジャブ。男がのけ反った。唸《うな》り声《ごえ》をあげている。突っこんでくる。左フック。顎。男の顔が、横をむいた。右のアッパーは、自然に出ていた。男の腹の真中に、それはめりこんだ。めりこんでいく拳の感触を、私はひどくゆっくりしたものに感じていた。前のめりに男は倒れ、立ちあがろうとして大の字になった。

私は、マンションの入口の階段のところまで歩き、腰を降ろした。しばらくは、息を整えるので精一杯だった。何度も、めまいに似た感覚が襲ってくる。

暑い季節ではなかった。冷たい風が、急速に汗をさましていった。ポケットから煙草を出して、火をつけた。二度、煙を吸っただけで気持が悪くなった。足もとに捨て、靴で踏みつける。

息は、だいぶ楽になっていた。拳や肩や膝のあたりに痛みがあった。久しぶりだな、と思った。なにが久しぶりか考えようとすると、頭が混乱してくる。

男が、起きあがろうとしていた。

私は腰をあげ、男のそばへ行った。上体だけ起こした男が、私を見あげてくる。ブルゾンの胸のあたりは、黒く血の染みが拡がっていた。

「てめえ」

唸るように、男が言う。

顎のあたりを、私は蹴りあげていた。その容赦のなさに、私は自分で驚いていた。スポーツクラブで、ボクシングや空手などをやっているが、自分が暴力的な人間だと思ったことはない。

男は、再び仰むけに倒れ、胸板を激しく上下させていた。脇腹のあたりを、私はまた容赦なく蹴りつけていた。男の躰に、痙攣《けいれん》が走った。

男のそばにしゃがみこみ、ブルゾンのポケットを探った。安物で、革の部分は合成であることが、触れてみてわかった。出てきたのは、運転免許証を入れたケースだけだ。小川純一。二十四歳。免許証ケースが財布も兼ねているのか、四つに折り畳まれている数枚の札も見えた。

「もう、俺の前に現われるな、小川」

免許証をポケットに戻しながら、私は言った。

「ほんとうなら、警察沙汰になっていたところだ。それに、オヤジを甘く見ると、こんな目に遭うことになる」

ちょっと気障《きざ》なことを言い過ぎている。さっきまで、心臓が破裂するのではないか、と怯えていたのだ。

小川が、しゃくりあげはじめた。

泣けるのも、若いからだ。私はそう思った。腰をあげる。また、煙草をくわえて火をつけてみる。煙を吸っても、それほど気分は悪くならなかった。

2

ありきたりの反応だった。

凡庸な演出家の手によるドラマだと、つまりこんな具合になるのだろう。

部屋に入ってきた私の姿を見て、パジャマ姿の葉子は、口に手を当てた。それから私をあがらせると、薬を捜しはじめた。口の中が切れていて、口の端から流れ出した血がかたまってこびりついていることに、私は気づいた。

「ちょっと、シャワーを使う」

「駄目よ。怪我してるじゃない」

「消毒するにも、洗ってからの方がいい、と思う。消毒程度で、充分だ」

「ねえ先生、どうしたのよ。どこで、誰に殴られたのよ？」

葉子は、日ごろの馬鹿丁寧な口調を忘れていた。

「一方的にやられたわけじゃない。相手の坊やの方が、多分怪我はひどいだろう。勿論、売られた喧嘩だがね」

「喧嘩なんて、そんな」

「男は、時には喧嘩のひとつぐらい、買わなきゃならん時もある」

上着を脱いだ。袖《そで》が抜けかかっていた。血のしみも、点々とついている。ズボンも、膝のあたりが擦り切れていた。

バスルームまで、葉子は入ってきた。部屋の広さに見合うだけの、結構な広さのバスルームである。

「出てなさい。濡れちまうぞ」

「いい。あたしが洗う。先生はじっとしてて」

パジャマを脱ぎ捨てて裸になると、葉子はシャワーのノズルを握ってカランをひねり、湯の熱さを調節した。最後に、自分の下腹にかけて確かめ、私の躰に湯を浴びせはじめた。温《ぬる》い湯だった。

膝が擦りむけて血が滲《にじ》んでいる。肩のあたりにも、内出血が拡がっていた。

「石鹸《せっけん》、どうなさる？」

まんべんなく私の躰に湯を浴びせ、葉子が言った。馬鹿丁寧な口調を取り戻しかけている。

「汗をかいたんだ。石鹸はいるな」

顔だけは、自分で石鹸を使った。躰には、葉子が直接石鹸を塗った。タオルなど使わない方がいい、と判断したようだ。

私は、じっと立っていた。ノズルからは湯が出っ放しで、飛び散らないように葉子はそれを空っぽのバスタブの中に置いていた。

葉子の掌が、私の全身を撫ではじめる。私は眼を閉じた。小川を殴った時の拳の感触が、かすかに蘇《よみが》えりかけた。それは、湯がバスタブを打つ音に紛れていく。いい歳なのだ。自分に言い聞かせた。若い者と喧嘩をして、たとえ勝ったとしても、ただの笑い話でしかない。むきになって相手に大怪我をさせれば、笑い話でも済まない。

「痛い？」

葉子が、しゃがみこんで膝を洗っていた。痛みはある。傷の痛みではない、という気がした。

「大丈夫だ」

「肩にも、大きな痣《あざ》がある。どうして、喧嘩なんかするの？」

「売られたのさ」

「交番に駈けこまなくっちゃ駄目、そういう時は」

「こわいな、葉子」

「当たり前です。これぐらいで済んだからよかったようなものだけど、骨折でもしたらどうなさる気」

「仕方がないさ。車を運転していて、事故に遭うことだってある」

「気持がお若いのは、結構よ。運転だって、ずいぶんすごい運転がおできになるんだし。でも、喧嘩なんかは、もうおやめになって」

葉子が馬鹿丁寧な口調を取り戻したのは、私の怪我が大したものではない、と判断したからだろう。私は、うずくまって私の足を洗う葉子の白い背を、なんとなく見降ろしていた。最後に、葉子は私の股間《こかん》を丁寧に洗った。それから、ノズルを握って私の躰に湯を浴びせはじめる。石鹸の泡が、洗い落とされていく。私は、頭を下げて髪も洗った。

「シャンプーは？」

「いらない。流すだけでいい」

葉子の大きな乳房が、私の額に触れていた。濡れた淡い陰毛は陰阜《いんぷ》にはりつき、ほとんどなくなってしまったように見えた。私は、指さきで髪の中を掻《か》き回した。

「お待ちになって。バスタオル、新しいのがそこにありますわ」

バスルームから出かかった私に、葉子が洗濯機の上を指さして言う。私は、ブルーのバスタオルを頭にかけた。葉子が、バスローブを着せかけてくる。

「試合が終ったボクサーみたいだ」

鏡に自分の姿を映し、私は言った。

「子供みたいなこと、おっしゃらないで」

葉子が私の背後に立って言う。左右が反対になるせいか、見馴れない表情に感じられた。

私は、歯を磨いた。口の中の出血は、もう止まっているようだ。しみるような痛みだけが残っている。

「裸でいろ、いつものように」

パジャマを着ようかどうか迷っている葉子が、鏡に映っていた。

私がソファに行くと、葉子は裸のまま薬箱を抱えてきた。消毒液と湿布。覚束《おぼつか》ない手つきだが、真剣な眼をしていた。

「どうして、喧嘩なんかすることになったの？」

丁寧な口調と、親しげなもの言いが、混じり合ってくる。いまの葉子という女の面白さを、象徴しているようでもあった。

「どんな相手だったの？」

「さあな。暗くてよく見えなかったが、俺を殺しそうな剣幕だった」

「そんな。刃物でも持ってたら、どうする気なのよ」

「どうしようもないだろう。喧嘩を売られたわけだから」

「どこで？」

「このマンションの前だ」

「そんな。この辺に、人に喧嘩を売って歩いてる男がいるわけ？」

「近所の人間かどうかは、知らんよ」

「とにかく、あたし許せない、その男。とんでもないやつだよ」

「ほう」

「なに？」

「おまえがそんなもの言いをすると、またかわいいじゃないか」

「ごめんなさい」

「別に、皮肉を言ったわけじゃない」

私は、カーペットに座りこみ、私の腿に手をかけた恰好の葉子の、右の乳房に手をのばした。触れていると、すぐに乳首が固くなってくる。

「駄目、怪我してるのに」

「どうってことはない。打身と擦り傷だけじゃないか」

「じゃ、先生、ベッドに寝て。あたしが上になってやってあげる」

「ここでいい。後ろをむけ」

金で縛っている。そう叫んだ小川の声が聞えてきたような気がした。

葉子の性器はまだあまり濡れていなかったが、なんとか私のものを受け入れた。動くと、すぐに葉子は声をあげはじめた。

ありきたりのオルガスムだろう、と私は予測をつけた。いつもと、変りはない。じっとしていると、性器の奥が動くような感触が、時々伝わってくる。

ありきたりのオルガスムから、葉子を引き出せない。最近では、それが私を多少苛立《いらだ》たせるようになっていた。

私は、次第に激しく動きはじめた。葉子の声が高くなり、ほとんど叫び声に近くなった。それでも、葉子はいつものオルガスムの中にいた。

私は、果てなかった。むしろ、どこか冷静になり、その冷静さの中に多少の残酷さが孕《はら》まれはじめるのを感じていた。

葉子が、肘を折り、カーペットに顔を押しつけた。光の下の、露骨な姿態だったが、私の中ではさらに残酷さが募りつつあった。その残酷さは、静子に対するものとはまるで質が違い、破壊衝動のようなものさえ伴っているような気がした。

葉子は何度か叫び声をあげて躰をふるわせたが、私は果てなかった。その気配が近づいてきた、という感じもない。あと一時間でも二時間でも、続けられそうに思えた。

「駄目、もういって、先生」

喘《あえ》ぎながら、葉子が言う。私の位置からは、カーペットに押しつけた横顔が見えるが、いつものオルガスムの表情でしかなかった。

ひとしきり、私は激しく動いた。葉子の表情が、苦痛を示すものに変りつつあるような気がした。

私は、葉子の化粧品が並べてあるキャビネットの方へ手をのばした。乳液の瓶をつかみ、蓋《ふた》を取った。行為を続けながら、指さきにとった乳液を、剝き出しになった葉子の肛門に塗りつけた。

「いやっ、なに？」

「じっとしてろ、この姿勢で、じっとしてるんだ」

「駄目、こわい、先生」

私は、乳液にまみれた指さきを、徐々に葉子の肛門に差しこんでいった。あげかけた声を、葉子は呑みこむように途中で止めた。私の右手の人差し指は、付け根の近くまで入っていた。

薄い皮膜一枚を隔てて、私自身のものの感触が指さきにあった。

じっとしていた。葉子の性器の奥が動きはじめたからだ。それは、微妙だが私の指さきにも伝わってきた。

葉子が、くぐもった低い呻《うめ》きをあげ、ゆっくりと背中を反らした。

首筋から肩にかけて紅潮してくるのを認めた時、私は果てていた。

カーペットにうつぶせになった葉子の躰に、一度痙攣が走った。首筋から肩のあたりまでの紅潮は、それで蜃気楼《しんきろう》のように消えた。

「なんだか変、あたし」

「どんなふうに、変なんだ?」

「お酒を飲んだみたいな感じかな」

「それだけか?」

「躰の芯《しん》が、疼《うず》くみたい。痛いんじゃないけど」

「芯というのは、どの辺だ」

「わかんない。背中から腰にかけてかな」

私は、煙草をくわえた。

躰をちょっと横にむけ、葉子はぼんやりした視線を私にむけている。

「もうちょっとだな」

「なにが?」

「俺もわからんが、もうちょっとという感じだけがある」

「言われてみると、あたしもそうかな。わけがわからなくなりそうだった。いやだ、先生、あたしにいやらしいことした」

「丁寧な言葉を無理して使うより、そんなもの言いの方が、おまえには似合うな」

「話をそらさないで。いやらしくて、ひどいことした」

「いやだったのか？」

「それが、よくわかんない」

私は裸のままソファに寝そべり、灰皿を引き寄せた。

「ビールをくれよ、葉子」

「ちょっと待って。もうちょっとだけ」

私は頷き、煙草を消した。

3

佐伯は、奥の席で飲んでいた。

仕事場のホテルの、最上階のバーである。テーブルには、私のボトルが二本出ていた。スコッチとコニャックである。

「どうした。めずらしいな、おまえがここへ来るのは」

「実は、部屋をひとつ取って貰いたい」

「なんで、自分で取らない。いまは混んでる時期じゃないし、俺が取っても大して安くならんぜ。法人契約を結んでいるおまえのとこで取った方が、安くなるはずだ」

「ひでえホテルだな、ここは。十年以上自腹で使ってるおまえより、法人契約で部屋を取る方が安いのか？」

「世間ってのは、そんなもんだ。個人はいつも損をする仕組みになってる」

「それにしたって、十年以上だろう、おまえ」

「事実を知った時は、俺もちょっとびっくりはしたが。そんなものだろう、と諦めた」

「抗議だけでもしてやった方がいい、と俺は思うがね」

「それより、部屋はどうする？」

「取ってくれ。ツインのシングルユースかなにかで」

私はカウンターへ行き、内線電話を借りてフロントに話を通した。

席へ戻ると、佐伯はコニャックの水割りを自分で作っていた。

「取れた。俺と同じ階にしたが」

「実はそこに、女の子が泊る。もうすぐ来るはずだ」

すでに、夜中の十二時は回っていた。水商売の、しかも銀座の女だろう、と私は思った。

銀座のクラブは大抵十二時までで、アルバイトの女の子になると、十一時半にあがったりする。新宿や六本木は、もっと遅い。

「その女の子を、明日の昼ごろまで押さえていて貰いたいんだ。はずせない会議があって、明日は午後まで俺にはどうにもならん」

「わかった。俺が同じ部屋にいてもいいんだな？」

「ちょっとした、修羅場でね」

「わかったと言ってるだろう」

「同じ部屋にいてくれたら、俺は安心していられる。済まんな」

「お互いさまだろう」

ボーイが来て、スコッチのソーダ割りを作っていった。私はいつもそれなので、ことさら註文を訊いたりはしない。

「このところ、釣りがまったく駄目でな。どこに錨《いかり》を打っても、キスぐらいしか来ない」

「ヒラメを狙えるところを知ってるぜ」

「ぜひ教えてくれと言いたいところだが、どうせ鰯《いわし》の生き餌だろう？」

「おまえ、どうしてそう擬餌《ルアー》にこだわる？」

「遊びだからさ。ルアーに騙《だま》された魚は、運命だと思って諦めて貰うしかない」

「恰好をつけるな」

佐伯が水割りを飲み干し、また自分で作ろうとした。ボーイが飛んでくる。

「ルアーも生き餌も、釣りは釣りだ」

「ブスも美形も、女は女だ」

「このところ、和子でも立たん」

和子というのは、佐伯が十五年付き合っている、女房以外の女だった。

「そういう年齢だぜ、俺たち。これがあと五年ぐらいすると、また違ってくるらしい」

「ここへ来る女の子とは、立つんだ」

「単なるわがままだな。いくつだ？」

「二十二」

葉子より、ちょっと年長というところだ。

「見ているだけで、立ってくる」

「自慢してるのか？」

「いや、わがままってのは、ほんとだと思って言ってる。和子は、このところ肥ってきてな」

「カモシカのような脚をした娘か」

「どこにでもいそうな娘さ。うちの娘より、ひとつ上なだけだ」

「奥方とは？」

「立つわけがないだろう。和子にも立たないんだ」

「しばらくこっちは休みにして、出世でも狙った方がいい、という気もするがね。まだ、上が狙えるだろう」

「俺は、次の次の社長候補と言われてる。ありがたくもないが」

「次の次というと、七、八年後か」

「まあな。ただそう噂されているだけのことだが」

「子会社の社長なんてのも、気楽でいいような気もするな」

「いずれにしても、組織さ。自由業のおまえより、ずっと楽だよ」

「俺も、このところ楽に仕事をするやり方を身につけた」

三杯ほど飲んだところで、若い女が現われた。印象は地味で、よく見ると美人ということもなかった。頬から顎にかけての吹き出ものを、いくらか濃いファンデーションで隠している。

「田崎律子だ」

ちょっと会釈する仕草は、水商売には見えなかった。

田崎律子は、スコッチの水割りを頼んだ。飲める口だと佐伯は言ったが、この註文だけではわからない。

しばらく、とりとめのない話をした。田崎律子がトイレに立った時、佐伯が紙袋を出してきた。

「なんだ?」

「律子に、飲ませてくれ。半分も飲まないうちに、眠っちまうはずだ」

「ちょっとびっくりした。おまえが俺に手土産というのは、どう考えてもおかしいしな」

「どうってことない、ただの娘だろう。だけど、俺は立っちまうんだ。あっちがすごくいいってわけでもない」

「そんなもんかもしれん」

「おまえ、あの娘には立つのか。三井葉子といったかな。グラマーで、ちょっとそそるような躰をしてるよな。だけど、ああいう体型の女の子を捜してきたとしても、俺は立つとはかぎらんのだ」

何度も、そういう試みをした。そして、田崎律子に会った。そういうことなのだろう。可能になるかどうか、実に細かいフィーリングのようなもので決まり、そうなるとその躰に男は執着しはじめる。私にも、理解できることだった。佐伯より、私の方が遥かにストレスが少ないことは確かだった。公的にも私的にもだ。佐伯には、二つ家庭があるようなもので、つまり二人の女に隠さなければならないかたちで、律子を抱えこんだ。

「昼間は専門学校の学生で、夜は銀座でアルバイトだ」

「なにをやってる?」

「税理士の試験を受けるつもりでいる。ちょっとテストしてみたが、あと一年ぐらいでなんとかいけるかもしれん」

「なるほど、わかった」

佐伯には、女に経済的な援助を続けるというのは負担なのだろう。公的に使える金は相当あっても、私的に使える金は少ないはずだ。十五年続いた女も、小さな洋品店をやっていて、小学生の娘がひとりいる。

「俺みたいに、くわえては捨てるってことが、できないタイプだからな、おまえ」

「正直言って、それだと充実感がない。くわえこんでは捨てるのも、それはそれで大変だろうと思うがね」

「微妙な年齢かね、俺たち」

「いろんな意味でな。俺は、サラリーマンとしては運のいい方だ。子会社へ出向なんてことが、めずらしくない歳なんだが」

「まだ、若い」

「そうかね？」

「小僧と殴り合いをしても、ぶちのめしてやれる」

「無理はしないことだ、岸波。体力的な無理はな。寝こむぐらいならいいが、俺たちじゃもう死に繋がる」

「死、ね」

「死ぬことがこわくなくなるまで、あと二十年はあるだろうが」

「俺は、あと十年ぐらいで、心境だけはそうなると思うが」

「そうかな。それぐらいかもしれんな」

田崎律子が戻ってくるのと入れ替るように、佐伯は立ちあがった。

私もすぐに切りあげ、田崎律子を部屋へ連れていった。大きなショルダーバッグを肩にかけていて、その中には書類やテキストのようなものが入っているようだった。

「やるわけがないのに」

呟くように田崎律子が言う。

「ちょっと意地悪をしてみたくなるのよね。奥さんのところへ行って、話がしたいって言っちゃった」

律子は、椅子《いす》に腰を降ろし、両脚を投げ出すようにした。

「俺は独身でね。佐伯のような苦労はない」

「なんで、結婚しないんです？」

「君みたいな女を、しょっちゅう相手にしているからな。俺を困らせるとしたら、どうするね？」

「小説家でしょう」

「恋愛小説を、よく書いてる」

「知ってます。三冊ぐらい、あたし読んだと思う。あんまり、ドロドロしてないんですよね。セックスも、ほとんど書いてない」

「困ることは、なにもない。佐伯は違う。それだけ、あいつにはハンデがあると思う。それでも、君を好きらしい」

二つの家。つまり二重のハンディキャップだが、私はそれを言わなかった。

「感謝しろ、とおっしゃってるんですか？」

「まさか。俺とはずいぶん違う、と言ってるだけさ。それでも、女を好きになる」

「岸波さんは？」

「多分、佐伯ほどは好きにならない」

「書いてるもの、ロマンチックですものね。意外に、恋なんかには縁のない人かもしれないと思ってました」

「酒は好きでね」

「大丈夫ですよ。あたし、なにもしません。あの人が、余計な心配をしてるだけです」

「今夜、酒を飲む相手が欲しかった。佐伯に電話したら、こういうことになっちまったんだ」

「そうなんですか」

田崎律子が、私が言ったことを信用したかどうかわからなかった。

「いやじゃなかったら、バスを使って浴衣に着替えろよ。その間、俺は自分の部屋に帰ってもいい。とにかく、しばらく酒の相手はしてくれ」

「明日のお昼まで、あたしと一緒にいてくれって言われたんですね、あの人に」

「実は、そうだ」

「いやな女だと思います、あたしを?」

「男と女のことは、当事者同士しかわからんよ」

「こんなこと、もうしません。多分」

「多分ね」

「一年に一回ぐらい、やるかもしれない」

「それぐらいなら、俺も酒を付き合える」

「お風呂、入っちゃいますね。明日は学校がないから、眠くなるまで飲んじゃってもいいんです。岸波さん、いても気になりませんから。先に飲んでてください」

田崎律子は、バスルームに行って湯を出し、浴衣を取りにきた。長い髪をあげている。うなじの線が、意外にきれいだった。

田崎律子が、浴衣を抱えてバスルームに入っていった。

しばらくして、湯を使う音が聞えてきた。

その音を聞きながら、私は佐伯が持ってきたコニャックの封を切った。

4

屋台で、コップ酒を二杯ほど飲んだ。

クラブで飲んだりする酒とは、まるで違う。夾雑物《きょうざつぶつ》もなく、酒とむかい合うという気分になる。好きとか嫌いではなく、時々そういう飲み方をしてみたくなった。

渋谷の、かつては古びた家しかなかった一帯である。そこに、何本かビルが建ち、近代的な街に変った。ビルは、何本と表現するのがぴったりするほど、細長い高層で、私は上の階まで昇りたくはないと思った。

そういう近代的な街なのに、暗くなると屋台が出て、おでんやラーメンを売っている。そして、ちょっと歩くとラブホテル街だ。

三杯目の酒に口をつけた時、直美がやってきた。

このあたりの、街娼である。一度目は、偶然だろう。私が通りかかったから、声をかけてきたのだ。二度目は、私が直美がいそうな場所を歩いた。客がついていたらしく、三十分ほど歩き回っているところで、直美の方が私を見つけた。

その時に、直美という名を訊き出した。携帯電話の番号も教えられた。三度目は、その番号でホテルに呼び、これが四度目だった。

「直美、腹は？」

「少しだけ、食べようかな。卵とハンペンとガンモ。それに、お酒」

しわがれた声だ。はじめに暗がりで声をかけられた時、四十はとうに過ぎているだろうと思った理由のひとつが、この声だった。ほんとうは二十歳になったばかりで、葉子と同じ年頃だった。

葉子と較べると、数段容姿が劣る。醜いと言ってもいいかもしれない。躰は肥っていて、胸板が厚く、乳房は偏平だった。そのくせ骨盤が狭いのか、尻が小さくバランスがとれていなかった。陰毛は硬く直毛で、逆三角形にきれいに密生していた。

夜九時過ぎに、電車で渋谷にやってきて、商売をはじめる。直美について、それ以上のことはなにも知らなかった。

何時に会っても、四万円で朝までだと言うと、できれば携帯に電話をくれと直美は答えた。そんなに客がいるのかと思ったが、その日はほかの男と関係しないということだったようだ。

ホテルへ行っても、私は直美をまだ抱いていなかった。抱けない、と言った方がいいかもしれない。そのくせ呼び出すのはなぜか、という自問はたえずある。高校生の時から娼婦をやっていたというだけあって、はっきりと心が崩れている、と感じる部分があった。魯鈍《ろどん》というのではない。頭はむしろいい方かもしれない。ただ、現実の社会の間尺《ましゃく》に合っていなかった。そういうところに興味を持っている、と思いこむことで私は自分を納得させていた。

私がどういう人間か、直美は穿鑿《せんさく》しようとしなかった。最も大事なことは、私が金を持っているかどうかで、ホテルに入る前に必ずポケットの中身を確かめた。

三杯目の酒を飲み干すと、私は椅子から腰をあげた。

いつものホテルは、歩いてすぐである。

「あたし、今夜はストリッパーになる」

部屋へ入ると、直美が言う。

最初の時に、恋人同士になるという芝居をしてから、私の趣味はそういうものだと直美は思いこんだようだ。会うたびに、違う人間になり、それを演じるのだ。

まず風呂に入る。癖なのか習慣なのか、直美は歯を丁寧に時間をかけて磨く。

ストリップがはじまった。舞台はベッドである。音楽も踊りもなく、ただ性器を拡げて見せるだけのストリップだった。

小陰唇は色素が沈着して黒く、しかも皺《しわ》が多くて、奇妙な虫が二匹、膣《ちつ》の入口に絡みついているという感じだった。膣の入口の色は、逆に白っぽい。

「ねえ、お兄さん、なにか入れてみる？」

「いや、眺めているだけで充分だ」

「こんなにいいんだよ」

直美は、自分の指をそこに入れる。喘ぐような声を出し、身悶《みもだ》えし、最後にオルガスムに達したふりをする。

「こっちの穴だって、お風呂で中まできれいに洗ってきたんだから」

肛門にも、指を入れてみせる。

一時間ほどそれをくり返してから、直美は冷蔵庫のビールを出した。なんとなく、飲みはじめる。

「ねえ、どうしてしないのよ?」

可能にはならないだろう、と私は思っていた。直美と最後までできれば、私も捨てたものではない。

「立たないわけじゃないのよね。触ってると硬くなるんだから」

直美の手がのびてくる。そっと触れられる快感で、私は可能になる。しかし性交に移ろうと躰を動かしかけると、決まって不能なのだった。

そういう自分の変化を、私は面白がって眺めていた。

「ねえ、ずっと手でやってたら、イケるんじゃない?」

「それはいい」

日本語は、奇妙なものだった。私は結構だという意味で言ったのに、直美はやってくれというように解したようだ。手の動きが激しくなる。

「よせよ」

「どうしてよ。じゃ、しゃぶっていい？」

「それもいい」

「じゃ、なんであたしを買うのよ」

「慌てるなよ」

「だって、四度目よ。四度も買われてるのに、一度も男をイカしてないなんて、やっぱりちょっと恥しいじゃない」

「俺の勝手だろう」

「もしかすると、すごい変態？」

私は、直美の偏平な乳房をもみはじめた。肌が黒いせいか、乳暈《にゅううん》も濃い色をしている。しばらくすると、乳首が硬くなった。

「ねえ、してよ、おじさん」

「駄目だ」

「じゃ、しゃぶるだけ」

「それは、いいかな。やってみろ」

直美が笑って頷き、私の股間に顔を埋めた。稚拙ではないが、うまくもなかった。直美の背中の肉が盛りあがっている。それを眺めていると、笑い出したくなってきた。

「ちゃんと立ってるよ、おじさん」

「途中でやめるな、直美。だけど、イクところまでやるな」

「なんでよ？」

「イク時は、おまえの中でイキたいからだ」

言ってから、そういう気分が、わずかだがあることに私は気づいた。

「わかった」

直美が、再び私の股間に顔を埋めた。

私は、海のことを考えはじめた。

燃料ギリギリまでの航海。それでも、しっかりと計算し尽して走った。完全な燃料切れの時にはどうするか、ということも考えていた。

つまりは、どこまでも沖へむかって走る、などということは、自殺したい人間以外にはできはしないのだ。

死ぬのがこわくなくなるまで、あと二十年だ、と佐伯は言っていた。十年ぐらいで、そうなりそうな気が私はしている。だからといって、ただ沖へむかって走る、ということを私は決してやろうとしないだろう。

しばらく、船を出していなかった。

海の上に、島以外のなにか別のものがあれば。ふと、私はそう思った。ないものを、求めている。このところ、私は海に対してもそうなのかもしれない。

「ねえ、おじさん、硬いよ。すごいよ」

「だからって、乗っかってくるなよ。いまは、硬いというのを愉しんでる。それだけでいいんだからな」

直美が、また私のものを口に含む。

私は、海以外の、別のことを考えようとしていた。

第九章　片隅

1

体重が二キロ減った。

毎朝、起き抜けに計っているが、この三年、私の体重には変化がなかった。

スポーツクラブでの運動量を増やしたせいだろう、と私は思った。一日の運動量だけではなく、日数も増えているのだ。

痩《や》せましたね、という人間はあまりいなかった。二キロぐらいなら、見た感じはあまり変らないのかもしれない。自分の躰が軽くなった、という気はしていた。

スパーリングは、相変らずワン・ラウンドだったが、ミット打ちは増やしていた。柔軟体操も増やしていて、私の心肺機能も筋力も、間違いなく上昇しはじめている。

いいとか悪いとかいうのではなく、そこには確かに快感があった。ランニングハイなどという言葉も、実感としてわかるような気がした。

私の変化には、静子も葉子もほとんど同時に気づいた。

私は、静子に会う回数を増やし、葉子にはあまり会わないようにしていた。意図的なことで、自分の欲求を、静子の躰と銀座のクラブなどでたまに拾う女たちの躰で、充足させてしまっていたのだ。

それについて、葉子はことさらなにか言うことはなかった。

葉子の部屋にいくと、私は裸の葉子を眺めながら、結局抱くこともなく眠った。欲求はあったが、それは抑えられる程度のものだった。二度それを続け、三度目には葉子の躰に触れ、局部を舐め回しただけでやめた。

眠っていると、葉子の手が私のものにのびてきて、軽く触れた。反応しかけた自分を抑え、私は寝返りを打った。

「どうしたの、先生？」

「どうもしない。疲れているだけだ」

「ほんとに？」

「ああ」

「あたしを、嫌いになったわけじゃないわよね」

「そうなら、こんなところに来たりはしないさ。自分の部屋で眠っている。葉子と一緒にいたいが、抱くのはしんどい。そういうことなんだ」

「なんだか、おかしい気がする」

「そういう歳なんだよ、おまえにはわからないだろうが。それより、眠らせてくれ」

前の日に、銀座のクラブの知り合いの女を、二度抱いていた。だから、疲れているというのは嘘ではなかった。

それでも、私は可能だった。それを葉子に気づかれまいとしながら、私は再び眠った。長い小説の、山場にさしかかっているところだった。そういう時、性欲はむしろ強くなる。それはすべて、静子やほかの女たちの躰にむけた。

そういうことが六、七回続いた時、私のマンションの部屋に葉子がやってきた。

「どうしたんだ。いきなり訪ねてこられても困る、と言ってあっただろう？」

「なんとなく、気がついたら先生のところへ来ていたの」

リビングのテーブルの上には、読みかけの本が開いたまま置いてある。

「下のベルを押してみて、いなかったら帰ろうと思ってた」

「この部屋かホテルに、俺はいるさ。いまは忙しい時期なんだ」

「それはわかってるわ。でも、なにか冷たくされているような気になって」

「なにを心配しているんだ？」

私は葉子の躰を抱き寄せ、唇を合わせた。舌を絡ませると、すぐに勃起《ぼっき》しかかった。ほとんどひと月、葉子と交わっていないことになる。

「抱かれたいの。この十日、毎日そればかり考えてたわ」

「俺に仕事をさせない気か、葉子」

「抱いたら、仕事ができないの？」

「いまは、疲れる」

「前は、そんなことなかったわ」

「いまは、そうなんだ。長い小説を書いていて、山場にさしかかっている」

「いつ終るの？」

「わからないな。もうしばらくすると、それが見えてくると思う」

「いや」

あまり、反抗的なことを言う女ではなかった。

「帰れ」

「だって」

「仕事の邪魔はするな」

「そんなこと、言わないで。先生が疲れないようにするから」

「射精すると、男は疲れるんだ。女にはわからないだろうが」

「駄目、あたしを抱いて。ひと月以上も放っておくなんて、ひどいと思う」

肉体的な欲求だけで、そう言っているわけではない、と私は判断した。私が離れていくかもしれないと、漠然とした不安感を持っているのだ。

私は部屋の暖房の温度をあげ、葉子を裸にしてソファに横たわらせた。

「抱くのは無理だ。少しだけかわいがってやろう。それ以上は、いまの俺にはつらい」

ソファのそばに腰を降ろし、私は葉子の躰に触れはじめた。触れただけで、いつもよりずっと強い反応を示す。

セックスに到らないという前提で触れていると、どこかで冷静な観察眼が働いてしまう。反応の仕草が、気になってきた。特に、脚を持ちあげては投げ出すようにするのが、ひどく無様な動きに見えた。

「脚を、動かすな、葉子。感じても、脚だけは動かさないようにしてみろ」

耳もとで、私は囁《ささや》いた。葉子が、声をあげる。脚の動きはとまったが、代りに腰のあたりを動かしはじめた。乳首に軽く触れると、脚を持ちあげようとする。私は両手を葉子の躰から離した。

「脚を動かすな、と言っただろう」

それからまた、葉子の躰に触れていく。乳首に触れても、葉子は頭をのけ反らせるようにして声を出しただけで、脚は動かさなかった。

葉子の躰のどこがどう反応するかは、すべて掴んでいるつもりだった。私の指さきは、少しずつ葉子の快感を高めているはずだ。躰の動きが大きくなった。顔の表情にも、顕著にそれが現われてきた。それでも葉子は脚を動かすまいとして、時々唇を嚙んだりしている。腿が、痙攣した。首を激しく振り、短い髪が違うもののように靡《なび》いた。性器に指を這わせると、葉子の脚が大きく動いた。

「動かすなと言ったろう」

両手を離して、私は言った。それから、性器に手をのばした。恥毛が極端に薄いので、性器の変化はつぶさに見てとることができた。薄い恥毛は好みだが、葉子は薄過ぎるという気もする。

唇を嚙んでいた葉子が、頭をのけ反らせて呻《うめ》きをあげ、脚を動かした。

「動かすな」

私が両手を離すと、葉子は嗚咽《おえつ》するような声を洩らした。

「お願い、先生。もう、入れて」

「脚が動かなくなったらだ、葉子。脚を動かさずにいられるようになったら、入れてやろう」

また、触れていく。葉子は、汗をかきはじめていた。首筋から耳にかけて、紅潮している。脚の指さきだけが、なにかを掴むように動き続けていた。そして、脚が持ちあがる。

一時間ほどそれを続けると、葉子はセックスのあとのように、ぐったりして動かなくなった。

私は、自分の欲求を抑えるのを愉しんでいたことに、はじめて気づいた。抱ける女体が前にいて、欲求も募っているのに、それを抑え続けるというのは、私にとってははじめての経験だった。

「ねえ、先生、どうして抱いてくれないの？」

「いいセックスをしたいからだ」

私は煙草に火をつけて言った。葉子は、裸のままで、まだソファに横たわっていた。

「おまえとは、最高のセックスをしたい。いまは、そのための準備段階だと思ってろ」

「いいセックスって？」

「俺も、よくわからんよ、葉子。ひとりでやるものでもないしな。ただ、おまえとの付き合いも長くなった。いいセックスができるかもしれないと、少し前から予感しはじめているんだ」

「だから、抱かないのって」

「いいんだ。俺ぐらいの歳になると、ありきたりのセックスを十度やるより、いいと感じるセックスを一度だけでいいと思えるようになるもんだ」

「よくわからないけど」

葉子が、ソファに身を起こした。

「あたし、おもちゃみたいに扱われている、と思わなくていいの？」

「抱かないとなれば、俺も耐えなくちゃならない。なんだかんだと言っても、結局は耐えているんだ。おもちゃなら、わざわざ耐えたりすると思うか？」

「だけど、ずっとあたしを抱いてない」

「そうだな」

「あたしが、どうなればいいの？」

「それも、よくわからん。言えるのは、これまで付き合ってきた女たちとは、おまえは違うということだ。違うということの中には、惚れたということも入っていると思う」

「ほんとに？」

「結婚もせずに、五十近くまで遊んできた。惚れるなんて感情は、一番警戒してきたものなんだが」

喋りながら、いくらか本音が入っているような気がしていた。欲求は、静子やほかの女の躰で満たしている。その分だけ、私の本音には嘘が混じっているということでもある。

「先生が、あたしを嫌いになって、抱きたくないというんでなければ、いいの。あたし、先生が言う通りにするから」

「いい子だ」

「そんな言い方は、いや。あたし、はじめは父親より歳上の男の人を、好きになれるなんて思ってなかった。でも、なんとなく先生を好きだった。変だなと思ったけど、そうなってたの。だから、抱かれるのもいやじゃなかった。遊ばれてもいいっていう気持も、どこかにあったかもしれないけど」

葉子は、ソファの上で、膝を抱えた恰好で喋っていた。二つの乳房が、押し潰《つぶ》されて横にはみ出している。

「いい子だ、なんて言われると、いまはちょっといや。先生に、かわいい坊やなんてあたしが言わないのと同じように、先生もいい子だなんてあたしに言わないで」

「そうか、わかった」

私は、立ちあがり、葉子のそばに腰を移した。

「別に、他意はなかった」

「わかってる。第一、あたしは先生にいろんなものを買って貰って、エステとかスポーツクラブとか美容院にも通わせて貰って、あんな部屋を借りて貰って。車も家具も、みんな先生が買ってくれたんだもの。先生が、娘みたいにあたしを見ているというのも、わかる気がする」

「だけど、男と女さ」

「ほんとに、そう思っていいのよね？」

「ああ」

「おいしいものも、いっぱい食べさせて貰った。いろんなとこにも、連れていって貰った」

「恋人なら、そうするよ、男は」

「あたし、先生が好き。先生は？」

「言葉で、言わせるな、そんなことを。俺みたいな年齢になると、そんなことは照れて言葉に出せない」

「年齢の問題？」

「性格かもしれん」

「それなら、許してあげる」

葉子が、声をあげて笑った。

「会社は、うまくいってるのか、葉子？」

「そんなこと、訊いてくれたの、はじめてよ」

「そうだったかな。気にしてはいるんだ」

「ほとんど、内勤の事務ばかりね。外に出張ってことは、なくなったわ。定時に来て、定時に帰る。残業なんかは、やりたがらない。会社じゃそう見てるみたい」

「まあいいか、それで」

「だって、残業しなくちゃならない理由、なにもないんだもの。服まで先生が買ってくれるから、こんな生活をしながら、あたしは貯金がいっぱいできるわ」

「それでいい。金なんてものは、あるやつからないやつの方へ流れていくんだ」

「そんなこと、ないと思う。お金持ちは、もっとお金持ちになっていくし、貧乏人はいつまでも貧乏なままよ」

「葉子は、自分がどっちだと思ってる？」

「先生がいるから、貧乏人じゃない。そう思うわ。先生がいるからで、あたしが貧乏人じゃないってことじゃない」

「これ以上のことは、あまりしてやれんよ」

「充分すぎるわ」

「その分、いい女になれ。それなら、充分すぎるということはない」

葉子とこうなって、一年近くになる。最近では、服に着られているということもなくなった。フィアット・ウーノもよく似合うし、肌なども実に肌理《きめ》が細かくなっている。つまり、磨きがかかりはじめた状態だった。

「男が口説いてはこないのか、葉子？」

「気になる？」

「まあな」

「食事でもいかがですかって言われることは、時々あるわ。取引先の社長とか、そんな人が多い。ディスコに行かないかなんて言われなくなっただけ、大人になったのかもしれないって、あたしは思ってる」

「若い男の腰が引けるぐらいには、いい女になったってことだ」

「いまも出張サービスに出てる同僚なんかと会っても、眼をそらされる。そこが、まだあたしの駄目なとこよ」

「わかってるじゃないか」

「それぐらいまでしか、わかってないわ」

私は、腰をあげた。土曜日だった。酒場は休みでも、レストランはやっているところが多い。

「めしでも食いに行こうか、葉子。たまには、フランス料理でワインだ」

「わっ、押しかけてきて叱《しか》られると思ったのに、ごはん一緒に食べてくれるんだ」

「今度だけだ。俺は、読まなきゃならない本がある。めしが終ったら、すぐに帰るんだぞ」

「シャワー、使っていい？」

「化粧も含めて、三十分で済ませろ」

葉子は、ソファから跳び降りると、素裸のままバスルームに駈けこんでいった。

そういう仕草は、まだ子供だ。

2

佐伯に、常務という肩書が加わった。

取締役になってから三年目で、早い昇進なのかどうか私にはよくわからなかった。常務になったことすら、行きつけの酒場のママがシャンパンを抜いたので知ったことだった。

「十二人いる常務の、一番下さ」

「権勢ますます盛んというやつか」

「冗談を言うな。ストレスが倍になるってだけのことだ」

「そんなもんか」

「ああ、常務なんてのは、どんな会社にもいるんだ。何万、何十万の会社に、常務が何人もいる。つまり、サラリーマンってことだ。社長だって、大抵はそうだ」

「責任だけ重くなるってことなのか。俺みたいな自由業は、考えりゃ気楽なものだ」

「自由なだけ大変だろうが、羨しくもあるね」

「まあ、おめでとう」

私と佐伯は、シャンパンのグラスを触れ合わせた。ママの美津代もグラスを出してくる。ハーフボトルだが、悪いシャンパンではなかった。

「偉くなったら偉くなったで、男の人って大変なのよね」

「俺には、そんなところはないな。作家に年功序列みたいなもんはないし、というより関心がない。売れなくなりゃ、それっきり消えていくだけさ」

「売れりゃ、いつまでもいい生活がしていられるじゃないか。俺には、あがりってやつがある。つまり終点だね。そこで死ぬってんならいいが、終点で何年も、あるいは十何年も生きなきゃならんかもしれん。おまえなんか、死んだところが終点じゃないか」

まだ、そんなことを深く考える年齢には達していない、と私は思っていた。私は多分、あと二十年以上は生きるだろう。

「とにかくさ、先生も佐伯さんも、なかなかいいところに行ってるわよ」

「いいところって、どういうところだ?」

シャンパンのグラスを空け、佐伯が言った。

「二人とも、そこそこ若い女の子にもてるでしょう。難しいのよ、その歳でそうしていられるというのは」

佐伯が、ちょっと肩を竦めた。店にひとりだけいる若い女の子は、別の客についている。

「常務になったからって、銀座のクラブばかりってのは駄目よ、佐伯さん」

「岸波に言ってやれ。俺は、あんなところは好きじゃない」

「先生はね、長いこと銀座で飲んでるから、いいところも悪いところも知ってるの。ひどい目にも遭ってるだろうし」

「俺は、初心《うぶ》か」

「そのままで、死んだ方がいいわよ」

「まだ、二十年以上ある。下手をすると、三十数年」

「佐伯は、自分が死ぬこともわからない状態で死ぬことが、理想なんだ」

「まわりに、散々迷惑をかけてね」

「仕方がないだろう。俺たちは、まだ死ぬのがこわい歳なんだからな」

シャンパンが、まだグラスに一杯ずつぐらい残っていた。美津代が注《つ》ぎ分ける。

二度目は、奇妙な乾杯だった。

「結婚したいな、あたし」

空のグラスをカウンターに置きながら、美津代が言う。

「おいおい、おまえさん、男から金を搾《しぼ》り取るのが生き甲斐だったんじゃないのか」

「言うだけは、言ってみたい言葉なのよ、これは」

「岸波が独身だ。結構金も持ってる。女癖が悪いのが、難点だが」

「いいよ、してやるよ」

「ひと晩だけって言うに決まってる、先生」

「本格的に結婚しようと言うと、君も困るじゃないか」

「まあね」

「おまえみたいな女に、金を注ぎこむ男がいるってのが、俺には信じられんよ。そう思わないか、岸波？」

「セックスがうまい。だから、男に抱かせたら勝ちなのさ」

「一度でも寝てれば、説得力もあろうってもんだが、岸波とはどう考えてもやってないな」

「見ただけで、わかる。名器というわけじゃない。うまいんだ。それだけのことで、老いぼれは参っちまう」

「うまいというのが、いまひとつわからんな」

他愛ない会話だった。こういう会話で、時間を潰したい。そういう気分になることが、最近はしばしばあった。それでも、佐伯と会うのはふた月に一度ぐらいだ。

五、六人の客が入ってきたのを潮に、私たちは腰をあげた。

「常務に昇進したんなら、俺が一席設けるべきだな。銀座へ行くか？」

「やめておこう。酒を飲めて、静かに話せるという店でいい。そこを奢《おご》って貰う」

「わかった」

通りに出て、私はタクシーを停めた。酒場などは、私の方がずっとよく知っている。恋愛小説を書くための取材などではなく、独身の私の方が、よく遊んでいるというだけのことだった。

青山の、小さな店に行った。雑居ビルの二階で、七十を過ぎた老婆がひとりでやっている。十時を回ったところだが、客はひとりもいなかった。

「いいな」

呟くように佐伯が言う。こんなところが、嫌いではないはずだった。御託《ごたく》を並べる、偏屈な老バーテンではなく、無口な老婆というところがいい。BGMなど、ラジカセにテープをぶちこむだけだが、意外なほど酒の種類は揃っていた。ショット売りである。

「ブナハーベン、オン・ザ・ロックス」

「ふうん。俺は、グレンファークラスのカスクストレングスにしよう。ストレートで。岸波と同じじゃ、芸がなさすぎる」

店の掃除はどの程度しているかわからないが、グラスはいつもきれいに磨かれている。質もいいグラスで、磨き専用の麻の布も置いてある。

「相変らず、あの娘が相手だと立つのか、佐伯？」

「ああ」

「試したのか、ほかも？」

「五人ばかり。みんな同じ歳で、律子より見た感じじゃ美人だ」

田崎律子を、私はひと晩仕事場のホテルに預かった。律子が、なにかおかしなことをやりそうだ、と佐伯が心配してのことだった。

「そんなもんなのかな」

「俺にとっちゃ、女神だね、大袈裟《おおげさ》な言い方だが」

わかる気もした。五十に手が届きそうになって、不能に悩んでいる時に、絶対に大丈夫だという女を見つけたのだ。

「どれぐらいの頻度で、会ってる？」

「週に二回だな」

「ほう、それは」

「自分でも、不思議だよ」

「あれから、トラブルは？」

「ない」

「それが一番だ。特に、おまえの立場は、公的にも私的にも複雑なんだろうから」

「口では言うが、実際にトラブルを起こすタイプの女じゃない。それもわかってきた」

特に、セックスがいいというわけでもないらしい。佐伯と、肌が合っているとしか言いようがなかった。

カウンターに酒が出された。会話は、老婆に聞えている。それも構わない、と思わせる雰囲気がこの店にはあった。

「実はな、岸波」

言い澱《よど》み、佐伯は口の中の異物でも流すように、グラスを呷《あお》った。

「このボーカル、誰だったかな？」

まったく別のことを、佐伯は老婆に訊いた。

「ヘレン・メリル」

「そうだった。ちょっと甘すぎる感じもするが、俺たちの歳の男にゃ悪くない」

老婆は、ちょっと頷いただけだった。かなり濃い化粧をしていて、しかもそれが浮いてしまっている。皺だけが無残に目立った。

「妊娠させちまったか、佐伯？」

「わかるか？」

おまえの子か、という言葉を私は呑みこんだ。佐伯は、私ほど女に不信感は持っていない。だから苦労はしたが、幸福な人生だと言ってもいいと私は思っていた。

「よせよ、佐伯」

「なにが？」

「産ませてしまおうか、と考えているんじゃないのか？」

「おまえとの付き合いは、実に長い。こんな時に、しみじみとそう感じるね」

「やめるんだろうな？」

「迷ってる」

「家庭が三つなんて、あまりに酷《むご》すぎて俺は見てられんよ」

「そりゃ、とんでもないことになるのは、わかってる。しかしな」

「おまえ、俺の意見を聞きたいだけなんだろう。自分の考えは、口にするな」

「わかった」

「家庭を持つという恰好にすると、遠からずあの娘に対しても立たなくなるね。残酷な言い方になるかもしれんが、多分そうなる」

「やっぱり、そうだろうか?」

「家庭を持たなかったとしても、同じだと思うが」

「いまだけを大事にしろってことか。おまえらしい言い方だよ」

佐伯の不能は、やがて解決するのではないか、と私は思っていた。多分、深刻なものではない。いずれ、可能な相手がまた現われるはずだ。同業の友人で、四十四から四十七まで、ずっと不能だったという男がいる。四十八になり、もうすぐ五十だと考えたら、なぜか可能になったという。

「もう一杯」

佐伯が、グラスの底で軽くカウンターを叩いた。

「やめとけよ」

「おまえの奢りだ。飲みたいだけ飲むさ」

「酒のことを、言ってるわけじゃない」

「なるほど、そうか。そっちは、やめるだろうと自分じゃ思ってる」

「半分だけな」

「長い付き合いだ、やっぱり」

「ほかのことはきちんとしていて、仕事もできるってのに、そこだけがおまえはなぜだらしがないんだろう」

「おまえよりもか、おい？」

「俺よりずっとさ。おまえの悪質さに較べると、俺などかわいいものだ」

酒が出された。佐伯は、それをまたひと息で飲み干した。

「もう一杯」

グレンファークラスでも、カスクストレングスは樽出《たるだ》しという意味で、アルコール度が調整されていない。樽によって違うが、強いものは六十二、三度ある。

「やめろ、佐伯。ガキみたいだぞ」

「ガキさ、俺は」

老婆は黙ってグラスに酒を満たし、表情ひとつ動かさなかった。ただ、顔の割りには意外に若々しい手で、チェイサーをちょっと佐伯の方へ押しやっただけである。

佐伯は、またウイスキーを呷り、グラスを老婆の方に突き出した。

「佐伯、ちょっと手帳を貸せ」

「なに、手帳だと」

「田崎律子の電話番号を調べるのさ」

「よせ」

「誰かに迎えに来て貰う。教えてくれないなら、奥方か第二夫人を呼ぶぞ」

老婆が、カウンターに置かれた、佐伯の携帯電話をとった。黙って私に手渡してくる。佐伯は新しく注がれたウイスキーを呷っているところで、老婆の動きには気づかなかったようだ。

私は、それを持ってドアの外に出た。電波は届いている。メモリーの一番のところに、名前のない番号が入っていた。それは、私の知っている佐伯の自宅のものではなかった。通話を押すと、すぐにコール音がし、相手が出た。

「田崎さん？」

「はい」

私は田崎律子に、佐伯の状態を簡単に伝えた。迎えに行きます、と律子は答えた。三十分ぐらいはかかるという。

店内に戻ると、佐伯はまだ酒を呷っていた。

私は、ようやく一杯目のオン・ザ・ロックスを飲み干した。

「いくらなんでも、もうよせよな。佐伯。少なくとも、ピッチは落とせ」

「ふん、友だちみたいなことを言ってくれるじゃないか」

「一応、そういうつもりじゃある」

携帯電話は、老婆が受け取り、元のところに戻した。老婆の顔が、ちょっと笑ったように見えた。

「なあ、おばさん。らしいことを言うだけが、友だちじゃねえだろう？」

「この男、ひどいやつよ」

老婆が言う。私は、この店に三度ほど来ているが、酒を註文する以外のことで、言葉を交わしたことがなかった。

「あんたを、誰かほかの人間に押しつけようとしてる」

「誰に？」

「さあ。あんたは、いま誰かに会いたがっていて、それをこの男は察したのかもしれないし、ただ面倒になっただけかもしれない」

「友だちだぞ」

「友だちとは、そんなことを考えるものよ。ほんとに困ってたら、助けもするだろうけど、あんたは困ってるわけじゃないし」

「俺は、困ってるよ、おばさん」

「じゃ、もっと飲む？」

「ああ」

それでも、佐伯はひと息でグラスを呷りはしなかった。三度ぐらいに分け、途中で一度チェイサーを挟んだ。もともと、それほど酒が強い方ではない。

BGMが、もっと野太い声に代っていた。ビリー・ホリデーである。この店は、こんな曲ばかりをかけている。

「似合ってる。おばさんとビリー・ホリデーの唄は、なぜか似合ってるな」

「そうかな。あたしの、一番好きな歌手じゃあるけど」

「おばさん、妊娠の経験は？」

「ありますよ。孫がいるってことは、子供もいるってことでしょうが」

「男は、妊娠できねえんだよ」

「したら、ニュースだろうねえ」

老婆が、私のオン・ザ・ロックスを作りはじめた。

田崎律子が現われた時、佐伯はほとんど正体をなくしかけていた。化粧気がなく、顔色が悪いという印象だが、それ以外に変ったところはなかった。私が仕事場のホテルに預かったのは、ひと月ほど前のことだ。

「君も、一杯やっていくか？」

「秀ちゃんを、連れて帰ります」

私は頷き、うつむいてなにか呟いている佐伯を立たせた。

タクシーが拾えるところまで、連れていった。律子は、私に一度頭を下げると、佐伯を車に押しこんだ。

「子供、堕《おろ》したいんです。知ってる病院があったら、教えてください」

「そういうことか」

「電話番号、ここに書いてあります」

メモを手渡された。

妊娠は、ほんとうのことらしい。そして、佐伯の方が産ませようとしている。

タクシーのドアが閉り、走り去っていった。

私は、店へ戻った。

佐伯がいたという痕跡は、もうなにもなかった。私のオン・ザ・ロックスだけが、新しくなっている。

「一杯やるかね？」

「いえ、結構よ」

「俺も、この一杯を飲んだら、退散することにする」

老婆は、表情を動かさなかった。

3

直美を、昼間呼び出した。

ホテルに入ってしまうと、夜も昼もほとんどわからない。外の光は、遮られているからだ。

「びっくりした。昼間来いだもんね。おじさん、会社大丈夫なの？」

「休んだ」

「そう。でも、おじさんお金あるね。今月呼んでくれたの、四回目だもん」

週に一度ぐらい、仕事を終えた深夜に直美を呼び出していた。私は、相変らず葉子を抱かずにいたが、やはり直美も抱けはしなかった。

「今日も、朝までなの？」

「いや、夕方まででいい」

「しゃぶる？」

「それもいい。しばらく、眠りたいだけなんだ」

「わかった。あたし、なにやればいい？」

「躰を見せてろ、直美。おまえは、妊娠した女だ。つまり、子供を産もうとしてるのさ」

佐伯と飲んだのは、昨夜だった。佐伯は、律子の部屋から、会社に出かけていったのだろうか。

一万円札を四枚渡すと、直美はすぐに服を脱ぎはじめた。やはり、醜い躰としか感じなかった。肥《ふと》っているくせに胸が偏平で、それがひどく無様な感じを与える。

「ねえ、子供を産むって、どうやるのよ？」

「おまえが思ってる通りにやってみろ。腹の中にいる赤ん坊が、ここから出てくるんだ」

直美は、すでにベッドで両脚を開いていた。やはり小陰唇は、見馴れぬ黒っぽい芋虫のようだった。

「開かないよ、赤ちゃんが出てくる時って、大きく開くんだから。なにかある、入れるもの？」

「なにもない」

「じゃ、赤ちゃんは次にしてくれない。中に入れられるぐらいのお人形を持ってくるから」

「いや、いいんだ。中が開かなくったっていい」

私は、直美の両腿の間に躰を入れた。性器が開き、膣の入口が収縮をくり返している。直美は、律儀に出産を想定して、それらしい動きをしているようだ。

やはり、この女とはまだできない、と私は思った。これほど、動物の口を連想させるような性器を、私はあまり見たことがなかった。

小一時間、それを続けさせてから、私は直美のそばに横たわった。

「ねえ、あたしのってよく締るでしょう」

「入れてたわけじゃないから、よくわからないな」

「バナナを切ってみせたこと、何度もあるじゃないの」

ストリッパーの真似をすると言って、そんなことを何度かやっていた。バイブレーターをバッグの中に入れてきて、私にそれを使わせたこともある。男根のかたちをしたバイブレーターで、十分ほど入れて動かし続けると、直美は小さな声をあげ、一度だけ躰を硬直させた。不感症というわけではないのだ。

女の性器など、みな同じだ。そう考えることは、たやすかった。しかし、みんな違う。そう思うことも、またたやすい。女にとっての男も、同じなのかもしれない。

「直美は、男と暮したことはあるか？」

「いや、ないよ」

「暮したいと思ったことは？」

「好きな人、いたの。高校のころ。あたし、その人に誘われてついていったら、五人待ってて、輪姦《まわ》されてさ」

「ふうん」

「でも、その人もしてくれたから、いいかなって思った」

「その男とは、暮したい、と思ったのか？」

「うん」

「一度でも、そんなことを言ってみたことはあるか？」

「ないよ。学校も違ったもん。話しかけられたの、その時がはじめてで、ドキドキした」

「寝たのも、それ一度きりか？」

「あと、五回ぐらい。いつもその人が誘いに来て、二人か三人は待ってた」

私は、煙草に火をつけた。まだズボンを穿《は》いたままだったが、靴下から直美は脱がせはじめた。四万円分と、自分で決めただけのことは、しなければならないと考えているのだ。いつも、そうだった。

「輪姦《まわ》す時って、ほかの連中は見てるのか？」

「最初の時は、あたしの躰を押さえてた。でもあたしが抵抗しなかったから、みんな外で待ってるようになった」

下半身を裸にすると、直美は私のものに触れはじめる。それは単調で、職業的で、いかなる感情も混じることはなく、だから不快ということもなかった。

「今日は、しゃぶる？」

「ちゃんと立ったらな」

「入れようよ」

「駄目だ」

金だけ払わせて申し訳ながっている、と私ははじめ考えていたが、直接の性交が直美にとっては一番楽な仕事なのだろうと、ある時から気づいた。

暗闇で、立ちん坊をする以外に、客のつきようのないような女だ。自分の醜さも、よく知っているのかもしれない。

「あんまり元気ないね、おじさん。昼間だからかな」

「そのうち、元気になるさ」

「そんな感じじゃないよ」

「いいから触ってろ。あとは、喋ってりゃいい」

「はいはい」

私は、灰皿で煙草を消した。時々、母親のような口調になる。それが、別に滑稽でもなかった。

「出身はどこなんだ、直美?」

「言いたくない」

「なるほど。おまえが高校生の時に好きだった男は、まだそこにいるわけだ」

「おじさん、意地が悪いね、今日は」

「いつものことだ」

「今日は、ひどいよ。昼間に呼び出すしさ」

「寝てたのか、まだ」

「当たり前じゃない」

「そいつは、悪かった。時間外手当てってのがいるな。帰りに、あと二万払う」

「いいよ、たまにはサービスしなきゃ」

「おまえも、こんな商売にゃむかない女だな」

はじめて会った時、高いホテルを避けようとした。お人好しというやつだろう。

「ねえ、おじさん、車、持ってる？」

「ああ」

「一度、乗せてよ。お金払うから」

「金を払うなら、タクシーでもいいだろう」

「助手席に乗って、走りたいの。タクシーって、後ろの席のドアが開くじゃない」

「なるほど。それで、どこへ行く？」

「それは、どこでもいいの」

「どこか、あるだろう。海とか高原とか」

「そんなに遠くまで、行ってくれる？」

「気が向いたらだ」

「お金がいくらか、決めておかなくっちゃね」

「そんなのは、いい」

「だって」

「俺が払ってやる。つまり、どこかまで行って、ラブホテルに入るわけだ」

「ほんとに。じゃ、安くしとく。でも、会社のライトバンかなにか？」

「似たようなものかな」

「いいよ、どんなんでも」

「ベンツやＢＭＷでなくていいのか？」

「そんなの、やくざさんが乗ってる車でしょう」

「ベンツやＢＭＷでなくてよければ、安心した。普通の乗用車だ」

ジャガーは右ハンドルだし、助手席の位置は日本車と変りない、というようなことを私はぼんやり考えていた。

「おじさん、立ってきたよ」

「当たり前だ」

「もう、硬くなってる」

「丁寧にしゃぶれ。それで、今日の仕事は終りだ」

私は、もう一本煙草に火をつけた。

長い小説を、まだ書き終えていなかった。最後のところで、難渋してしまっているのだ。

夜も、仕事場に行こうという気にはなれなかった。

静子を呼び出すか、葉子のところへ行くか、束の間考えた。苦しい時は、女の躰に逃げこもうとする癖が、私にはある。

「おい、夜も一緒にいろよ、直美。もう一回分、払ってやるぞ」

「先に、払ってよ」

顔をあげ、口のまわりの唾液《だえき》を手の甲で拭《ぬぐ》いながら、直美が言った。

第十章　錨泊《びょうはく》

1

葉子が、眠っていた。

横になり、枕を抱くような恰好である。腰骨のところまで、毛布がかかっていた。さっき覗きこんだ時は、肩まで毛布に入っていたが、寝返りを打つたびに下がったのだろう。私が気づいただけで、三度寝返りを打っていた。

午前四時を回ったところだった。葉子が眠ったのは、多分昨夜の十一時ごろだ。二時間ほど、私は葉子の躰に触れ続けていた。葉子は声をあげ、肩をふるわせたりしたが、無様に見える動きは一切しなくなっていた。

二ヵ月、私は葉子に会うたびに躰に触れ続け、それでも抱かないでいたのだ。躰の動き、特に足の動きが、なまめかしいものに変っていくまでに、それだけの時を要した。足を無様に動かすと、手を離す。えんえんとそれをくり返したので、いまでは葉子の足の動きといえば、指だけになった。その代りに、躰の芯に力が入っているのがよくわかる。無意識に、そうやって脚の動きを抑えるようになったようだ。

はじめのころは、激しく首を振りながら叫んだり、腰だけをいつまでも動かし続けていたりした。それから、全身に汗をかくようになり、次には肌が紅潮するようになった。

熱い湯に長時間浸った時のように、全身が紅潮するようになったのは、最近のことだ。そういう時は、ほとんど声もあげない。躰の中でなにかが暴れて紅潮していくという感じなのだが、それは暴れるだけでなく、葉子を金縛りの状態にしているようにも思えた。あるいは、内側で暴れるものに、神経が集中してしまっているのか。

昨夜の二時間というのは、触れている時間としては異様に長かった。これまでは、一時間程度でやめてきたのだ。終ったあとも紅潮が顔にだけ残り、それでも喋ったりトイレに立ったりする余裕はあった。

昨夜は気を失ったように、そのまま動かなくなった。二十分ほどして、眠りに落ちたと私は思った。顔に残っていた紅潮が、拭ったように消えていったからだ。

それから、私は仕事をはじめたのだった。

シャワーを使い、バスローブを羽織ると、私はコニャックを飲みはじめた。仕事場のホテルは、ホテルの部屋という雰囲気は保っているが、よく見ると違っているところがいくつもあった。たとえば冷蔵庫は、もともとあるものを全部出して、豆乳やチーズなどが入れてある。衣装簞笥《いしようだんす》がひとつ多いし、小さな食器ケースやコーヒーメーカーなどがある。テレビはなく、代りに使いもしないパソコンが置いてあるし、高速ファックスもあった。大きなライティングデスクの脇は、書類戸棚だった。

それでも私は、できるだけホテルの部屋という雰囲気を、毀《こわ》さない努力はしてきたのだ。余分なものは、いわば何年もかけて溜った垢《あか》のようなものなのだった。

煙草を二本喫い、コニャックを三杯ほど呷《あお》っている間に、私はようやく眠くなってきた。最後の煙草に、火をつけた。

ホテルの掃除は、ある部分では非常にいい加減である。吸殻がたくさん入る灰皿を二つ持ちこんで私は使っているが、それが便器に漬けられているのを、見たことがある。それ以来、私はグラス類だけは自分で洗うようにしていた。

煙草を消すと、私はパジャマに着替えて、葉子のそばに潜りこんだ。葉子が来ようが、静子が来ようが、仕事中の私の生活のペースに変りはない。午前五時前後にベッドに入る。起床は、十一時半である。正午には、ブランチを摂《と》りに下のレストランへ降りていく。

キングサイズのベッドは、二人で寝るのには充分だった。

私のマンションの部屋のベッドは別として、このホテルのベッドでは、数十人という女が寝ている。

そんなことを、しばしば考える。つまりは、その程度の生き方でしかない、と自虐的な気分になることはあっても、やめようとしたことなどはない。

眠っていた。

眼醒《めざ》めた時、葉子はもういなかった。平日だから、会社に行っているのだ、となんとなく思った。

私はシャワーを使い、スポーツクラブへ行ってスパーリングとミット打ちをやり、午後三時にはデスクにむかっていた。

六十枚の原稿をファックスにセットし、送る。

電話。葉子からだった。このところ、三日続けて葉子を呼び出している。

「今日は、どうすればいい？」

「来い。二、三日有給休暇でも取って」

「そんな。休暇なんて、すぐには貰えないわ」

「事件を起こすんだよ。山形の親が倒れたとかな。海へ行こう」

「船？」

「なんとなく、乗りたくなった」

「じゃ、一度部屋へ戻って、用意してから行くわ。夕ごはんは？」

私は、馴染みの寿司屋の名前を言った。

しばらく、ぼんやりしていた。葉子と会うのが気が重い、という感じになっている。おかしな関係を二ヵ月も続けたせいで、私のバランスが崩れはじめているのかもしれない。性欲の処理はしてきた。それはただ性欲の処理であり、葉子に対する性欲を満たしたというわけではなかった。

以前から関心をもっていた本を、開いた。

老眼鏡をかける。読みはじめるが、あまり面白くなかった。我慢して、活字を追った。仕事をしたあとの読書というのは、大抵そうだ。三十分ほどで、活字に引きこまれるはずだった。一時間半を過ぎても、私は本の中に入ることができず、ついに諦めた。

夕食に、ちょうどいい時間になっている。

セーターを着こんで、私はホテルを出た。それぐらいの服装でちょうどいい季節になっている。夜明け前ぐらいになると、ちょっと寒いかもしれない。

葉子は、先に来ていた。

「巻きもの」

私は、カウンターの中にそう声をかけた。好みがわかっていて、頼む前からつまみなどは出てくる。

「めずらしいのね、はじめに巻きものなんて」

「いいんだ。日本酒を飲む」

巻きものは、日本酒の当てである。刺身となると、味が強すぎて酒を殺す。巻きもののしゃりと日本酒が、不思議に合うのだ。

私流のやり方だと思っていたが、もともと寿司が発生したころは、それが当たり前だったらしい。江戸時代の文献を読んでいて、それを発見した。はじめに巻きものを頼むと、いやな顔をする寿司屋もいる。

「遠出するの？」

「ああ」

燃料は満タンのはずだ。岩井に、それは指示してあった。食料は、多分なにもない。

「寒いね、きっと。でも、寒い船の上というのも、あたしは好き」

「ずっと遠くまで、行ってみるぞ」

「どれぐらい」

「八丈島かな。ゆっくり行けば、二日だ」

「すごく、気紛れよね、先生。時々、そうなるんだ。そして、あたしを振り回す」

「我慢しろ。おまえとは、二十八も歳が違う」

「なんだか、反対みたいな気もするけど」

巻きものが、出されてきた。ぱりぱりに焼いたあなごと沢庵《たくあん》の細切りを一緒に巻いたものだ。日本酒はもう出ている。

　ここでひとりで食っていた時、葉子の話題になったことがあった。あんなにいい娘を、おかしくしちまって。六十を二つ超えた親方は、そんなふうな言い方をした。はじめに持ってたいいもんを、みんな捨てさせたね、あんた。

　この店には、何十人という女を連れてきている。半年とか一年とか付き合うことになった女は、親方とも親しくなる。いままで、そんな言い方をされたことはなかった。

　はじめに持っていた、いいもの。私は、葉子のそれに惹《ひ》かれたのだろうか。いつもの私なら、決して眼をくれることがない出会いの状況だったのだ。

「親方、大トロを薄く炙《あぶ》ってください。大根おろしで食べたいの」

　ちょっと笑って、親方が頷く。はじめは註文などもできない娘だった、とでも言っているような気がした。

「俺も」

「あんたは、巻きものではじめたんだろう。酒を飲みたい日じゃないのかね？」

「まあそうだが、二本ぐらいでやめておく」

「じゃ、それからにしな」

　大トロなど、日本酒の当てには強すぎるというのが私の持論で、それを逆手に取られたような恰好だった。多少の意地悪をされている。そういうところのある、老人だった。

「岸波さん、あんた、歯は？」

数年通っていても、そんなことを訊かれたのは、はじめてだった。

「治療したやつが、三本ぐらいかな。この歳じゃ、きわめて良好だね」

「じゃ、これ」

鮑《あわび》の、縁のところだった。ぎざぎざになっていて、黒っぽい色をしている。普通は、捨ててしまうところだろう。

「それを齧《かじ》ってから、酒を飲む。そして当ての巻きものだ」

「ふうん」

縁側という言葉が鮑にあるのかどうか知らないが、私はブツに切られたそれを口に入れ、音を立てて嚙《か》み砕いた。硬いが、微妙な腰がある。酒を飲んだ。それから、巻きものを口に入れた。巻きものの味が、ちょっと変ったような気がした。

「合うね」

「味が合う。匂いが合う。見た眼が合う。歯触りが合う。合うってのにも、いろいろあってね。合うものを組み合わせながら、少しずつ進んでいく。そういう寿司の食い方をしてみなよ。食通ぶっちゃいるんだから」

「なるほどな」

「寿司だけじゃねえさ」

どういう意味か、よくわからなかった。

葉子のことを言われたのかもしれない、となんとなく思った。

「親方、駄目。先生は見栄を張ってるけど、やっぱり五十歳の歯なんだから」

「惜しいね。俺はもう、歯が駄目でこんな食い方はできねえ。それで岸波さんに教えたんだが、葉子ちゃんが禁止するか」

黙って、私は酒を口に運んだ。

2

ベッドに横たわっている葉子を、私はしばらく見つめていた。それから、触れる。明りの下である。躰つきから、幼さは消えていた。肌も、なまめかしさを感じさせるような、微妙な光の吸いこみ方をしていた。

やや濃い色だった乳暈《にゅううん》も、薄い色になっている。褪《あ》せたという感じではなく、淡く色づいたというように見えた。薄い恥毛だけが相変らずで、触れた感触もあるかなきかだった。

私は、見つめ、触れ続けた。撥ね返すような力が、葉子の躰の中に湧《わ》き起こってくるのがわかった。しかし葉子は、ほとんど躰を動かさない。

しばらく、静止したまま反撥してくる力を、掌に感じ続けた。葉子の全身に、汗が噴き出してくる。躰を横にした。首筋から背中を触れていく。乳房は押しつけたように、重なって変形し、さらに脹《ふく》れあがったように見えた。乳房と乳房の間に指を這わせると、水に浸したように指さきが濡れた。やはり躰は動かさず、声もあげない。

私は、かがみこんで背中に舌を這わせながら、シャツとズボンを脱ぎ、全裸になった。葉子の躰を元に戻し、乳房の間に溜った汗を舐め、唇を合わせて舌を入れた。

顔を離した時、葉子は眼を開けた。

「できるの、先生？」

「どうかな」

葉子の手が、私の股間《こかん》にのびてきた。こういうことは、ためらいなくできるようになっている。私の怒張したものに触れた指が、一瞬動きを止め、それからそっと力をこめてくる。

「うそっ」

葉子が首をあげようとする。私は、葉子の唇を塞いだ。そのまま首筋から脇の下に舌を這わせ、汗を舐めとっていく。

葉子の様子が、明らかにいつもと違ってきた。躰の表面が、小刻みにふるえていた。出そうになる声を、押し殺す気配もある。

ひとしきり舌を這わせたあと、私は交合の態勢に入った。膝を立てさせる。それだけで、葉子の腿のあたりが勝手に痙攣をはじめていた。

久しぶりの、交合だった。

葉子の膣壁が、私のものをやわらかく包みこみ、動いた。それは、はじめから別の動物のように動いていた。ありきたりのオルガスムには、すでに達している。さらにもうひとつ、葉子はなにかを越えようとしていた。

荒っぽい動きを、私は一切しなかった。時にはじっと静止して、葉子の膣の動きに神経を集中した。髪を撫でる。唇を軽く触れ合わせる。それから、ゆっくりと動く。息遣いが、乱れてきた。

予感のようなものが、私にはあった。ありきたりのオルガスムの、その先にあるもの。葉子を引っ張り出せる。

葉子の躰が、束の間硬直したようになった。私は腕を突っ張り、上体をいくらか持ちあげて葉子の顔を見た。目蓋《まぶた》がふるえていた。それが薄く開き、白眼が剝き出しになっている。再び閉じた時、葉子はなにかをふり払うように首を振り、熱い息を吐いた。

膣壁は、動きはじめていた。強く収縮し、そのまま静止したようになっていたのが、どれほどの時間だったのか。動きは、前より顕著で活発になっている。

ゆっくりと、私は行為を続けた。体位を変えることもなく、激しく動くこともなかった。呼応するように葉子の躰も動きはじめたので、私の動きは少しずつ小さくなった。

躰から、汗が流れはじめている。それが、葉子の汗と混じり合った。はじめてから、かなり時間が経っている。

まだ、葉子はありきたりのオルガスムの中に留まっていた。何度か躰を硬直させ、強く収縮した膣を静止させたが、それ以上の変化はない。多分、肌は紅潮しているだろう。全身が、紅潮しているかもしれない。

私は、葉子の髪を撫でた。しばらく動きを止めて、髪だけを撫で続けた。

葉子の小さな声が聞えたのは、それからかなり経ってからだ。あっ、だったのか、いやっ、だったのか、はっきり聞き取れなかった。ただ、私の肩にあった葉子の手が、腰のあたりに降りてきた。そして力がこめられた。

葉子の全身から、緊張の気配が漂ってくる。私は、その緊張が弾けるのを、やさしくゆっくりと動きながら待っていた。

また、声だった。

不意に、空気に亀裂が入った。

葉子の声。小さく、波打つような声。すでに、緊張は弾け飛んでいる。

声。葉子のものなのか、疑うような気分で私は顔を覗きこんでいた。薄く開いた葉子の眼は、白く反転してはいなかった。瞳が濡れたように見えた。視線というものは、感じられない。

声が、高くなった。澄んでいるのである。長い、澄んだ叫び声だった。かつて、こういう声を葉子はあげたことはなかった。どこかに、呻《うめ》きか喘《あえ》ぎという感じがあったものだ。濁りがあった。濁りに、葉子はいつも自分を紛れこませようとしていた。その濁りが、声からきれいに消えている。

不思議な叫び声に包まれている。私は、そう感じた。動き続けた。叫び声は、熄《や》むことがなかった。

私の、快感が高まってきた。

女の快感ほど、男の快感は深くないというのが通説だが、私は、多分女の快感と同等か、さらに深いと思えるものを、与えられたことが何度かあった。躰が、宙に放り出される。背中に、ほとんど衝撃に似た快感が走る。そんな感じになったのだ。

それが、近づいてきている。

感じていた予感は、葉子が新しいオルガスムの荒野に立つというものではなく、私に嵐が襲ってくる、というものだったのかもしれない。

観察することも、考えることも無理な状態になってきた。声を出さないために、私は歯を食いしばっていた。

気づいた時、私は自分の呻き声を聞いていた。どういう状態で射精したのかは、よくわからない。私が自分の呻きを聞いたのは、射精してかなり経ってからだろう。

私は、葉子の中から自分のものを引き抜こうとして、また快感に襲われ、呻きをあげて全身を痙攣させた。

それから、急速に自分を取り戻した。

こういう快感は、何度目だったのか、ぼんやり考えた。ひとつだけ確かなのは、いままではそれは与えられたもので、今度は獲得したということだった。

「いいセックスだった」

だいぶ経ってから、私は言った。葉子は、私の方にちょっと顔をむけた。

「そういうことなの？」

「よくはなかったのか？」

「わからない。なんだか、全身の皮を剝がれたような気分」

「つまり、脱皮したってことだ」

私は煙草に手をのばし、火をつけた。

葉子と会う時、この二ヵ月付きまとっていた、鬱々とした気分が、きれいに消えていた。他愛ないものだと、私は自分のことをかすかに嗤《わら》った。

なにかに熱中していて、不意にそれが醒める。私の人生には、しばしばそれがあった。葉子のこともそうだろうか、と私は煙を吐きながら考えた。

これから、ほんとうの男と女になれるのではないのか。どこか、深いところで、しっかりと結びついたのではないのか。

「海に行こうぜ」

「明日でしょう？」

「そうだ、明日だ。早起きをして、出かけるぞ」

「シャワー使ってくる。そして、もう寝る。先生は？」

「俺も行く」

私は躰を起こし、煙草を消すと、葉子と二人でバスルームへ行った。葉子が、ノズルを持って私の全身に湯を浴びせる。葉子の手がのびてきて、股間にだけ石鹸《せっけん》をまぶされた。馴れた仕草だった。

こんなことだけ馴れさせたのか。ふと思ったが、それ以上は考えなかった。

私はバスローブを着て、鏡の前に立った。

顔に手をやってみる。皺が多い。やけに目立った。立派な中年男だ。初老と言っていいかもしれない。

「赤ワインを一本抜くぞ。おまえ、飲めるだろう？」

「睡眠薬代りというわけ？」

バスタブを打つ湯の音が、気配を消してしまっている。

「飲まなくても、あたしは眠れる。なんだか、まだ頭がぼおっとしているもの」

「薬だが、睡眠薬じゃない」

である。

「皮が一枚剝けちまったんだろう。そいつを治す薬だ」

「なんの薬？」

私は、バスルームを出て、ワインセラーから一本出した。六本入れられる、小型のやつである。

栓抜きが、すぐには見つからなかった。私はバスローブのまま、方々を捜し回った。

3

食料を買いこんだ。

非常用の缶詰などは、ギャレーの棚にかなりあった。

陸電を取り、冷蔵庫を作動させてから買物に行ったので、かなり冷えていた。まず冷蔵庫を満たし、食料戸棚も一杯にした。

それから、エンジンルームに入り、主機関のオイルと冷却水を点検した。岩井は、実によく船の手入れをしていて、エンジンルームに汚れはまったくなかった。

燃料はあったが、清水タンクが空っぽだった。水道の水を入れる。およそ、二百リットルは入った。温水機があるので、熱いシャワーを使うことができるのだ。

海図にコースラインなどを引いている間に、正午近くになった。陸電で冷蔵庫とバッテリーチャージャーを作動させたまま、葉子の運転で近くのホテルへ昼食に行った。

「はじめてだな、船で泊るの」

「いいもんさ。俺は好きで、昔はよくやった。ホテルのある湾に入っても、めしだけ食いに行って、船に泊ったもんだよ」

船のベッドはバースと呼ぶが、ちょうどダブルベッドの大きさのものが、船首《バウ》にある。天井にあたるところにハッチがあり、光が入ってくる。開ければ、風も入れられた。

「忘れもの、ないだろうな」

「釣りはするの？」

「気がむけば。道具や仕掛けは、船にあるやつでいい」

マリーナから、車で十分ほどのところにあるホテルだった。

「いっぱい食べておこう。船じゃ、缶詰ばかりかもしれないから」

「料理は、ちゃんとやる」

「揺れてたら？」

「よほどのことがないかぎり、静かな湾はいつも静かさ」

スパゲティで、簡単に食事を済ませた。

食後のコーヒーを頼んだ時、コーヒーを買い忘れていたことに気づいた。

「みろ、忘れものってのは、大抵あるんだ」

葉子が持っているメモに、はじめから書き忘れていたものだった。

ホテルでのんびり昼食をとっている、父娘。そんなふうに見えるだろう。

ホテルを出ると、途中のスーパーでコーヒーを買い、ついでにシャンプーなども買い揃えた。まだ長袖の季節だが、髪が潮気を吸うのだ。

出航準備は整っていた。私はエンジンをかけ、陸電ケーブルをはずして収納し、舫《もや》いを解いた。それから、フライブリッジに駈け昇る。

クラッチの操作だけで、船を浮桟橋《ポンツーン》から離した。

マリーナを出ると、微速のまま私は操縦を葉子に任せ、フェンダーとロープの始末をした。これで、全速航行もできる。

「行こうか」

操縦を代り、少しずつ回転をあげていく。いくらか波立っていて、二千回転で走ることにした。気象情報は、しっかりと頭に入れてある。風の方向さえわかれば、島かげの静かな海域を選べるのだ。

漁に出た漁船が、戻ってきている。

「寒かったら、キャビンにいろ。エアコンはかけてある」

発電機も作動させているので、船の電気のすべてが使える。

「大丈夫。気持がいいわ」

葉子は、セーターの上に、羽毛入りのウインドブレイカーを着こんでいた。もうそんなものが必要な季節ではないが、フライブリッジは風が当たる。

「三時間ってとこだ。代るか？」

葉子が頷き、操縦を代った。海の上は、少しぐらい曲がったところで、航路からはみ出すことはない。コンパスとGPS。それでほぼ目的地に着ける。視界が悪ければ、レーダーを作動させればいい。

「大型船だぞ」

「わかってる」

葉子は右に変針し、しばらくして元に戻した。東京湾へむかう、船の通り道だった。ここを過ぎると、出会う船は少なくなる。

一時間ずつ、交代で操縦した。葉子は船舶免許を持っていないが、コンパスを見て船を走らせることぐらいはできる。

島をひとつかわした。海流がぶつかっていて、いつも荒れている海域がある。そこを通り過ぎると、逆に静かだった。

目指している島が近づいてきた。計算通り、ぴったり三時間だった。岸に寄り、リモコンのスイッチでアンカーを入れた。下は砂地である。そんなことは海図に書いてあるし、魚探で海底の形状を見てもわかる。

二基の主機を止めた。発電機の、小さな唸《うな》りだけになった。水深十五メートルで、近づいてくるとしたら、漁船ぐらいだろう。

「遠くへ来たって感じがするわ」

「飛行機で三時間なら、かなり遠いが」

「ううん、船で三時間だから、遠くだって感じがするんだと思う」

私は、念のため船尾《スターン》からアンカーを打った。小さなアンカーで、ロープものばしたりしないが、そうやってとめておくと、風によるふれも少ない。

音楽をかけた。シャンソンで、あまり葉子の好みではない。車の中の音楽も、私は自分の好みを押し通していたが、葉子のフィアット・ウーノのグローブボックスには、ロックのミュージックテープが何本も入っている。

ギャレーで、食事の仕度をした。一年前に電子レンジを入れたので、船での料理のバリエーションは増えている。

ステーキと缶詰のアスパラガスと、クリームコーンスープ。それに焼いたパン。酒は、船でははじめから終りまでラム酒だった。

キャビンではなく、後部甲板《アフトデッキ》にテーブルを出して、夕方の海を眺めながらゆっくりと食事をした。穏やかな日で、島かげの海域はほとんど揺れもない。

「贅沢よね、先生。こんなところで食事なんて」

「いいのさ、時には」

喋らなければならないことが、特にあるわけではなかった。葉子は、いまの私との生活を愉しんでいる。それで充分なのだと思った。

食事を終えしばらくすると、海は闇に包まれた。

外は寒いので、暖房を入れてキャビンにいた。さしあたって、酒を飲むことと、音楽を聴くことしかない。シャンソンに飽きると、ファドにした。

「シャワー、使えよ。八丈島で、給油する時に水も補給する。思いきって使っていいぞ」

シャワールームとトイレは同じで、窮屈な恰好をしなければならないが、ないよりはましだった。

時計を見て、私は音楽を止め、短波放送のスイッチを入れた。天気予報をやっている。晴れとか曇りとか、そんなものではなく、気圧を細かく並べるのだ。聴いていると、なんとなく気圧配置がわかってくる。大学のヨット部の学生など、その数字を拾って天気図を作ることを、まず覚えさせられる。

バスタオルを頭にかけて、葉子が出てきた。

全裸である。ソファに座り、髪の水気を取り、顔に乳液をつける。

「この船で、ドライヤーは使えるの？」

「使えるが、ない。掃除機ならあるが」

葉子が肩を竦めた。

二人きりの時は、裸でいるのが当たり前と思うようになった。それも、私が馴れさせたことだった。

私がシャワーから出た時、葉子はもうバウバースにいた。新しいシーツで、羽毛の蒲団《ふとん》がかけてある。そんなものがなくても、暖房で暖かすぎるほどだった。

私は一度外へ出て、全周灯が点《つ》いているかどうか確認した。錨泊《びょうはくちゅう》中はそれを点け、夜間航行中はまた別のライトを点ける。

ラムの壜《びん》とグラスを持って、バウバースへ行った。

葉子は、裸で横になり、置いてあった雑誌をめくっていた。

「朝まで、静かだろうと思う」

「波が、ぴちゃぴちゃ船に当たる音が聞える。ね、聞いてみて」

発電機の軽い唸り。それから波の音。

私は葉子の脇に潜りこみ、しばらく乳房に触れていた。

「先生が、できなくなったんだと思った。二ヵ月も、あたしを抱かなかったから」

「できなかったんだ」

そういうことにしておこう、と私は思った。

「ほんとに?」

「多分。きのうできた。それで戻ったような気がする。俺ぐらいの歳になると、めずらしいことでもない」

「あたしの躰に、飽きたのかもしれないって思ってた」

女の躰を、二ヵ月いじり回していた男。あまり想像したくはなかった。

「葉子の躰は、少しずつ変りはじめている。大人の躰になろうとしてるんだな。ひと皮ずつ剝けて、大人になる」

「まだ剝けるの？」

「わからんな。女の躰ってのも、なにが起きるかわからんもんだ」

「あたし、きのうはびっくりした。いや、そんなんじゃないわ。死ぬんだなあって、ほんとに思った。それなのに、こわくはなかったわ」

「死んだんだよ」

「だって、生きてるもの」

「ああいうのを、小さな死、とか言うそうだ。やっぱり、ほんのちょっとの間、死んだんだろう」

「そして、生き返ったのかな」

「また、死にたいか？」

仰むけになり、私は目を閉じた。かすかな船の揺れ。昔から、これは好きだった。想念をゆるやかに攪拌《かくはん》し、すべてを曖昧《あいまい》なものにしてしまう。

不意に、葉子が唇を合わせてきた。私の口の中に、少しずつラム酒が入ってきた。

「いっぱい、唾《つば》を混ぜといたげた」

「ふん、ラム酒の唾液《だえき》割りね」

「もう一杯、いかが？」

「一度死んで、生き返った女の唾がいい。その方がうまそうだ」

私は葉子の腰に手を回し、乳房に顔を埋めると、舌で乳首を愛撫しはじめた。舌を、首筋の方へ這わせていく。

昨夜のような緊張が、葉子の躰のどこにもなかった。

交合をはじめる。膣の奥の動き。昨夜より活発で、生き生きとしていた。いくらか時間が経ってから、葉子は澄んだ声で叫び声をあげはじめた。昨夜と同じだが、いくらか長く尾を曳《ひ》いている。

昨夜のような快感がないまま、私は終っていた。

私は、しばらくじっとしていた。それからラム酒を一杯呷り、スイッチに手をのばして船内の明りを消した。葉子が、寝息をたてていたからだ。

月が出ているのか、ハッチから光が射しこんでいた。発電機の唸り。波の音。葉子は、いかにも気持よさそうに眠っている。

これから先がまだあるのだろうか、と私はぼんやり考えていた。

第十一章　カクテル

1

おでん屋の親父とは、すっかり顔馴染みになっていた。

醜いという部類に入る容姿の売春婦と、しばしば待ち合わせている中年の男。恰好のいいものではなかったが、私はそれを愉しんでもいた。

「もの好きだな、あんたも。また、待ち合わせてんだろう？」

親父の頭は、きれいに禿《は》げあがっている。太く短い眉は黒々としているので、年齢は測りにくかった。

「お茶挽《ひ》いてたぜ、きのうの晩も。このあたりじゃ、一番売れねえ女だな」

お茶を挽くという言葉が、妙に親父に合っていた。売れ残った遊女が、あまり高級ではない客に出すために、臼《うす》で茶を挽き、粉のようにしたという。そのあたりが語源らしかった。江戸期の遊郭のことを調べていて、そんな記述にぶつかったのだ。

「三日に一度は、お茶挽いてるね」

「二日は、客がつくわけだ」

「かなり遅くなってからな。大抵は、酔っ払いだ」

「俺も、酔っ払いさ」

「酔っ払いは、待ち合わせて女を買ったりゃしねえさ。大していいわけでもねえよな」

「どうして、わかる？」

「二度目の客は、みんな断ってる」

私は肩を竦め、コップの冷酒を飲み干した。この屋台で直美と待ち合わせたのが何度目になるのか、はっきり憶えていない。

「あんな女でも、いいところはあるんだろうね」

「あるよ、そりゃ」

「あっちの方かい、やっぱり？」

「いや。真面目《まじめ》なところかな」

「真面目か。そりゃいいや」

親父が、禿げあがった頭に手をやった。

「あんたも、真面目なんだな、こりゃ」

笑い声をあげている。確かに、私の言い方は奇異に聞えただろう、と思った。娼婦を真面目と言ったのである。

しかし、直美はやはり自分の職業に対しては真面目だった。払った金の分の満足を私が得ているかどうか、いつも気にしていた。私に娼婦を買う習慣はないが、そんな娼婦が数多くいるとは思えない。

「いいんだよ、親父さん。世の中にゃ、変った人間がいるんだ。娼婦が真面目と思ったっていいじゃないか」

「いくつだ、あんた？」

「五十の、ひとつ手前」

「俺より、五つも下か。俺みてえに女で店までなくして屋台引いてる男と較べると、馬鹿じゃねえのかもしれねえ。特に多く金をやるってわけじゃねえんだろう？」

「あいつと俺とで決めた額を、渡すだけだ」

「いいね。普通の女とそう付き合えりゃ、もっといいんだが」

親父が、皿の上に卵を載せた。前に一度ほめたことがあり、それから卵は註文しなくても載るようになった。

「俺は、独身でよ。店をなくした時、女房にも逃げられた。それからは、月二回、ソープに通うだけだ。若くてかわいい娘だと、ついつい入れこんじまう」

「それもいいさ。独身なんだから」

「喜ばせることはできても、返ってくるものはねえよ」

私は、葉子のことを思い浮かべていた。私は、葉子に入れこんでいるのだろうか。入れこんでいる分を、しっかりと取り戻そうとしていたのだろうか。

「いくつになっても、男は変らねえな。ソープに勤めてるってわかってても、ほかの男ともやってる、と考えちまう。それで、頭ん中がカリカリしちまう」

「それもいいさ」

「いや、あんたの方が賢いね。暗くしてやりゃ、女なんてみんな同じだ。美人だなあ、なんて思うから、面倒になるんだ。その点、あの女はいいさ」

「そんなもんかな」

私は卵を箸《はし》で二つに割った。

直美が現われたのは、卵を半分口に入れた時だった。

親父は新しい皿と、ビールを出した。私は卵の残りを平らげ、煙草に火をつけて、直美がおでんを食う姿を眺めていた。

葉子とも静子とも、まるで違う。動物が餌を食っている、という感じがするほどだった。たえず口は動き、ほとんどのネタは、箸で挟むのではなく、突き刺して食っている。箸を握る指は、根元が太く、先へいくと細かった。小さな爪は、毒々しい赤い色に染められている。化粧は濃いが、雑だった。

「行こうか」

直美が、二皿おでんを平らげたところで、私は勘定を払った。親父は笑い、ちょっと頷くと、釣銭を数えはじめた。

歩いて二、三分でホテル街だった。

部屋へ入ると、直美はすぐに歯を磨いた。

「今日は、なにになればいいの？」

「直美のままでいい」

私は服を脱ぎ、シャワーを使った。出てきた時、直美はまだソファに腰を降ろしたまま、煙草を喫っていた。

「どうした？」

「お金、まだ貰ってない」

「忘れてた」

苦笑して、私は一万円札を数枚直美に渡した。直美は札を二度数えてバッグに収《しま》い、ようやく腰をあげて服を脱いだ。

私は、裸のままベッドに横たわった。葉子、静子と続けざまに会っていたので、躰の底に疲労が澱《よど》んでいる。

酔いも手伝ってうとうととしていると、不意に股間に濡れた感触を感じた。私のものを、直美が口に含んでいる。ぼんやりと、私は直美の顔を眺めはじめた。醜さと無様さが入り混じった表情だった。

「立ってきたよ、おじさん」

「もういい。おまえのを、見せてみろ」

頷き、ベッドに仰むけになると、直美は脚を大きく開いた。見知らぬけものが、口を開いたような錯覚に私は襲われた。

私は顔を寄せ、直美の性器に見入った。

葉子も静子も、性器はきれいだった。色素の沈着がほとんどなく、小陰唇も左右対称でいかたちをしている。恥毛は、葉子のものは淡く、煙り立つような感じで、静子のものは濃く燃えあがっている。

直美の恥毛は、野放図に生え拡がったという感じだった。肛門の周囲にも、短い毛が密生している。

小陰唇を眺めながら、なにかに似ていると私は思い続けた。

しばらく記憶を探り、私は馴染みの寿司屋に行き着いた。そこで、鮑《あわび》の身の、端のところを勧められたことがある。直美の小陰唇は、それに似ていると思った。しかも、見つめ続けていると、時々動く。生きている鮑だった。以前は、黒い芋虫のようなものに似ている、と思ったこともある。

これを、美しいと思えるのか。

私は、自分に問いかけた。この性器さえ美しいと思えるようでなければ、好色と言えないのではないのか。そういう気がした。あらゆる女陰が美しいと思えてこそ、ほんとうに好色な男と言えるのではないのか。

私は、直美の女陰が美しいとは、どうしても思うことができなかった。むしろ、グロテスクで醜悪である、と感じてしまう。

「いつまで見てても、仕方ないでしょう、おじさん。次になにやればいいか、言ってよ」

「俺は、いつまでおまえを拘束できる金を払っているんだ？」

「明日の朝まで。言ってくれれば、なんでもやるわよ」

「なんでもか？」

「ただ、ロウソクとか浣腸とかはないの。はじめから言っててくれれば、買ってきたんだけど」

「そういう趣味は、俺にはない」

「そんな気もしたけど、ずいぶん熱心に見つめてるからさ」

「同じなんだよな」

「なにが？」

「女のここがさ。解剖学的に言えばだ。みんな、同じ構造をしているはずだ」

「なに、ガキみたいなことを言ってんのよ。違うから、いろんな女とやりたいんじゃないの、男は？」

「そういう気もする」

「なにするか、早く決めてよ。オナニーだっていいよ」

「おまえが、俺にオナニーをしてみせるってことか？」

「悪い？」

「いや」

「バイブとか、そんなものが欲しかったら、フロントに電話すると、多分持ってきてくれるわよ。浣腸までは、あるかどうかわかんないけど」

「おまえがよく使うホテルには、そんなのがあるのか？」

「鞭《むち》までね。鞭で、五百円だったかな。浣腸は、もっと高いかもしれない」

股《また》を大きく開いたままの恰好で、直美は喋っていた。

私は、そういう変質的な行為は、静子で食傷していると言ってもよかった。私は静子と会うたびに、やることをエスカレートさせていた。静子が望むがままに動く。それが加虐の側のやり方なのだと、教えられていると言ってもいいだろう。加虐に、私はすでに倦《う》みはじめていた。

縛られたまま放っておかれる。それが、静子には最も刺激的なことで、逆に私にとってはつまらないことだった。

自分を、物だと思う。物だ、物だ、人間ではなく、生物ですらない。そう言い聞かせていると快感がある、と言った静子の孤独なオルガスムが、どうしても私には理解できなかったのだった。

「なにもいらん。もう一度、俺を勃起させてみろ」

「わかった」

直美が躰を起こし、私の股間に顔を埋めた。駄目だろうと思ったが、意外に私はすぐに可能になった。

直美の躰を、仰むけにした。

いわゆる、メリハリというものがあまりない躰である。偏平な乳房も、ほとんどかたちを失い、全体として丸い肉塊の盛りあがりに手脚がついているという感じだ。

萎《な》える前に、私は直美の中に入れた。

大きな呻きを、直美はあげた。私が動くたびに、大袈裟な喘ぎもあげる。膣は広く、静止しても膣壁の反応はほとんどなかった。大味すぎるほどの躰である。それを、表情や呻き声でなんとか誤魔化している。

二度、三度と、オルガスムに達した素ぶりも見せた。なかなかの演技だった。直美と躰を入れ替え、騎乗位でひとしきり腰を動かさせた。浅黒い直美の肌が、汗ばんでくる。直美は何度ものけ反ってみせたが、私はしばらくは果てるつもりがなかった。直美が叫ぶ。首を激しく振る。偏平な自分の胸を摑む。

ひとしきり続けさせると、直美の息があがってくるのがわかった。

「そろそろ終って、おじさん」

汗まみれの躰で私に抱きついて、直美が言う。私はぼんやりと、葉子の白い躰を思い浮かべていた。紅潮してくる、上半身。細い、澄んだ声。活発な、まるで別の動物のもののように感じられる、膣の奥の動き。

「ねえ、おじさん。もう終るでしょう？」

「金は、朝までの分が払ってあるはずだ」

「でも」

「いいから、動け。言葉でイッてくれと言われても、イケるわけがないだろう」

「しんどいの、ちょっと」

「殺してやるよ。一度、おまえはそうやって死んでみるといい」

「いやだよ。これ以上、やりたくないよ」

私に跨《また》がっている直美の腰に手をかけ、少しずつ揺さぶっていった。胸だけではなく、腹も肩もたるんだ肉が揺れた。

次第に、直美は自分で腰を動かしはじめた。喘ぎ方が、さっきとはかなり違ってきている。演技が、本物に変化してきたという感じが、確かにあった。それでも、私は三十分ほど直美に同じ動きをさせた。私の感触では、ほとんど不感症に近い躰だった。ただ、まったく感じない、というのではない。オルガスムの数歩手前で、立ち止まってしまうという感じなのだ。なにかショックがひとつあれば、オルガスムに入っていく。なんとなく、私にはそれがわかった。

躰を入れ替え、私が上になった。

ベッドサイドに手をのばし、私はコンドームをひとつとって、素早く装着した。正常位で結合する。十分ほど、私は腰を動かし続けた。直美は、もう娼婦特有の過剰な反応の演技など忘れている。オルガスムの一歩か二歩手前で、足踏みをくり返しているのがはっきりとわかった。

私は、直美のいくらかダブついた足首を摑んだ。そのまま、開きながら持ちあげる。尻が持ちあがるところまで、思い切り持ちあげた。一度抜き、光に晒《さら》された肛門に私のものをあてがい、一気に挿入した。途切れ途切れに、直美が高い声をあげた。躰に痙攣が二度、三度と走った。

果てることなく、私は行為をやめた。

直美の、かすかな嗚咽が聞えた。部屋の照明を落とし、私はシャワーを使ってベッドに戻ってきた。

「ねえ、終ったの、おじさん？」

呟くような声で、直美が言った。

「いや」

「もう一度？」

「やりたいのか？」

「疲れたの。それに、ちょっとこわい」

「じゃ、朝まで眠れ」

「帰っちゃ駄目？」

「金を返すんならいいぜ」

「しないよね、もう」

そんな元気は、私にもなかった。

醜い躰と、醜い性器を持っている、この女ともできた。不感症の娼婦を、オルガスムの中に引きこむこともできた。

だからといって、自分は好色なのだろうか、と私は思った。好色などとは縁のない動機で、女を抱き続けているのだ、という気もしてくる。

直美の寝息を、しばらく聞いていた。そのうち、私も眠くなった。

2

佐伯は、めずらしくスーツ姿ではなかった。

白いポロシャツの上に、ブルゾンを着こんでいる。ゴルフ帰りとでもいった恰好だ。

スツールに腰を降ろすと、オン・ザ・ロックスを註文した。

「佐伯さん、ゴルフ?」

カウンターの中から、女の子が言う。

「まあな」

ゴルフではないだろう、と私はなんとなく思った。躰を動かしてきた男が発する、開放的な気配がどこにもない。

「礼を言うのが、ずいぶんと遅くなっちまった」

ちびりと酒を含み、佐伯が言った。

「経済的なことで、迷惑はかけなかったか?」

「俺は、電話を一本しただけだよ」

田崎律子に、産婦人科の病院を紹介した。院長が、飲み仲間である。その病院で、律子は佐伯の子を堕《おろ》した。

「産ませようなんて考えちまったのが、まるで嘘みたいだ」

「つまりは、やめておいて正解だったというわけさ」

「自分が、こわくなった」

「もういいよ、佐伯」

「いや、俺のために言ってることさ。子供のいる家庭が三つになったら、それこそ地獄だった。その地獄も受け入れようと思った自分が、こわい」

「独身の俺にゃ、わからんが」

「いや、おまえは地獄から巧妙に逃れてる。責めてるんじゃないぜ。感心してる。女に執着しないで済むんだからな。小説なんか書いていると、そんなものか」

「俺とおまえは違う。それだけのことだと思うがね」

「まったくだ。違いすぎる。しかし、同じところもある」

お互いに、老いることに抵抗しようとしている。それは、口に出さなかった。

「なんていったかな、あの娘？」

「葉子か？」

「そう。執着はないのか、おまえ。なにかで、繋ぎとめておこうとは思わんのか？」

「どうでもいい、という気分が先に立つ」

ているだろう。

葉子とは、会う回数が少なくなった。私の仕事が忙しい時期に入っていると、葉子は考えているだろう。

葉子は、まるで違う女になった。身につけている、高級なブランド品が、似合うようになった。羞恥心《しゅうちしん》も、表面に出さなくなった。会って二人きりになると、なんのためらいもなく全裸になり、時には葉子の方からベッドに誘う。

新しいオルガスムの荒野に立ったと思ったが、そこは荒野ではなく、もっと居心地のいい場所だったらしい。荒野だと、私が勝手に決めこんでいただけだった。

葉子のオルガスムは、さらにいくらか深くなっていく気配だったが、私にはもう背筋を貫かれるような快感はなくなっていた。

「やっぱり、新しい女がいいのか、岸波？」

「どうかな。抱くだけなら、そうは言えないという気もする。助平だから、新しい女を漁《あさ》るというのとは、ちょっと違うという気がしているんだ」

「おまえは、そんなふうにしてもがいてるんだ」

「当たってるかもしれん」

「ひとりになるのは、こわいだろう、岸波。この歳で、ひとりきりになっちまうというのは？」

「家庭を持ったことはない。だから、ずっとひとりきりさ」

「女が途切れたことは？」

「それは、なかった」

「いつか、途切れると考えたら？」

「ない、そんなことは」

「断定する分だけ、こわがっている。考えるのも、こわいんだ」

かもしれない、と私は思った。

だとしても、それはその時のことだ。いまから考えてどうなるのだ、という思いはある。

私は、水割りを口に入れた。ブナハーベンなどと凝ったシングルモルトのスコッチを飲んでいるが、ほかのウイスキーとの味の区別はあまりつかなかった。

女の区別も、同じようについていない。

葉子でも静子でもない女を、抱くことが多くなっていた。直美とは、あれ以来会っていない。

「なあ、岸波。今度の土曜に、船を出さないか？」

「そりゃいいが、なにを釣りたい？」

「トローリングだ」

「ほう、おまえが」

「底釣りばかりが、釣りじゃない。突然、そう思えてきた」

「田崎律子で、立つんだろう、おまえ？」

「そういうふうに結びつけたのか。心配はいらんよ。そっちの心配は、しないことにした」

私は、水割りを口に流しこんだ。もっと派手な場所で、派手に飲みたい。そんな気分になっている。

「銀座へ行こう、佐伯」

「いや、青山がいい。あの、婆さんがいる店だ」

ちょっと変っているだけで、派手でもなんでもない店だった。佐伯は、そこで泥酔し、律子に迎えに来て貰った。

「まあいいか、あそこも」

私たちは店を出て、タクシーを拾い、青山の店に行った。雑居ビルの二階で、カウンターの端に若いカップルの客がいた。この店で、客を見たのは、はじめてのような気がする。

「この間の、酔っ払いだ。憶えてるかね、おばさん？」

佐伯が言っても、老婆は表情を動かさなかった。

「ここには、いろんな酒が揃ってたんだよな。なにか、お勧めはあるかい？」

「人に勧められて飲むのが、酒じゃない」

男のような口調で、老婆が言った。

「なるほど、自分で選べってことか」

私は、ブナハーベンのオン・ザ・ロックスを註文した。私の酒が出されても、佐伯はまだ酒瓶を眺めていた。

若いカップルが、腰をあげ、勘定を払った。女の方は、ちょうど葉子ぐらいの年頃だろう。ジーンズに薄いセーターという恰好だった。小さな胸の隆起が、私の眼を惹《ひ》いた。葉子の乳房は、掌に余るほど大きく、いいかたちをしている。ただ、その大きさにも私は馴れはじめていた。

「音楽、ジャズにするよ」

老婆が言い、ラジカセからテープを取り出した。かかったのは、スタンダード・ナンバーのボーカルだった。いままで、若い客に合わせた音楽を流していたようだ。

「会社は、どうしたんだ、佐伯？」

「この服か。律子のところへ寄って、着替えてきた」

「ふうん」

「なんだ。俺は、おまえと違って、生活の基盤を女のところに置く。子供ができようとできまいとだ」

「御苦労なことだ。一番面倒なことを、選んでやりたがる」

そういう私も、下着などを葉子の部屋に置いている。それまでは、女の部屋に行くことがあまりなかった。

「なにか、頭の中が濁りきってるな」

「女の部屋に生活の基盤を置くと、もう堕落しているってことか、岸波？」

「いまは、俺自身のことを言った。おまえのことじゃない」

「作家っての、そういう時があるのか？」

「俺がそうだってだけで、あとはわからん。とにかく、混濁している。そう思うことが多いんだ。原稿用紙にむかっていても、そうなんだ」

「せめぎ合いの年齢ってことだ。片方から、人生の終末が近づいてくる。もう片方から、まだだという思いが突きあげてくる」

「それがぶつかって、混濁するのか？」

「川の流れだって、ぶつかりゃ濁る」

佐伯は、まだ註文もしていなかったが、老婆は根気よく待っていた。

「シェイカーがあるが、ありゃ飾りかね、おばさん？」

佐伯が、突然気づいたように、指さして言った。

「この店に、飾りなんてないよ」

「なら、カクテルが作れるってことか。カクテルなら、お勧めのやつ、と頼んだっていいんだろう？」

老婆は、黙って棚のシェイカーに手をのばした。それから、何本かの酒瓶をカウンターに並べた。不意に、佐伯と老婆の間に、張りつめた空気が流れ、それは私にも伝わってきた。氷。アイスピックの柄で叩いて、角を丸く削るように落とした。おや、と思うほどの鮮やかさだった。氷だけシェイカーに入れ、何度か荒っぽく振って、水を切った。酒を注ぎはじめる。その手並も、鮮やかなものだった。

振りはじめる。顔の横で、氷の音に耳を傾けているような、静かな振り方だった。

カクテルグラスに注がれたのは、ミルクコーヒーのような色をした酒だった。

「名前はないのよ。混濁とか、混沌とか、好きな名前をつけるといい。それが、いまの気分に合っているんだろうからさ」

佐伯はなにも言わず、カクテルグラスに手をのばすと、無造作に三口で飲み干した。

「参ったな」

私の方を見て、佐伯が言う。

「ひどく、うまい」

「ほう」

「気分に合ってるから、うまい。それだけのことよ」

「シェイカーの振り方も、粗雑な若いやつとは違った。どこで覚えたんだ、おばさん？」

「亭主が、残したもんよ」

「御主人が、バーテンだったってことかい？」

「この店も、このビルも、亭主のものだったのよ。だから、いまはあたしのものだ。だけど、亭主がほんとうに残したのは、このシェイカーの振り方だけだね」

「たまげた。水っぽさなんて、まるでないカクテルだった。そのくせ、適度に冷えてる。ちょっとした芸当だね」

「あんたも、飲み方を心得てる。冷めたいうちに、飲んでくれた」

私は、老婆の手を見ていた。手だけが、異様にきれいなのだ。水仕事もしているはずなのに、そんな感じがない。

「御主人は？」

「六年前にね」

かすかに、老婆が笑ったようだった。

シェイカーの振り方を老いた女房に仕込んで、死んだのか。このビルの所有者なら、別に生活の心配をする必要はなかっただろう。

「あたしの中の自分までは、決して死なせないと思ってた人でね。頼むから、振り方を覚えてくれって言われた」

シェイカーを手にしてから、老婆はいくらか饒舌《じょうぜつ》になったようだった。

「どうやって、練習したんだい？」

佐伯も、執拗《しつよう》だった。

「シェイカーに米を入れて、毎日振ったのよ。八ヵ月間、亭主の枕もとでね。八ヵ月経って、やっと酒を入れていいって言われた。最初の一杯は、亭主。結局、一杯しか飲まなかったけどね」

「米か」

佐伯が呟いた。

私は、オン・ザ・ロックスをもう一杯頼んだ。

3

マリーナを出ると、二百十度と私は岩井に指示を出した。すでに、巡航回転数である。船は少し右に針路を変え、快調に走った。

佐伯は、アフトデッキのファイティングチェアに腰を降ろし、片手にシェイカーを持っていた。

新しいものを、買ったのだという。どういうつもりか、わからなかった。

私は、海図に見入っていた。出航前に、コースラインは引いている。目的地まで、およそ四時間。大物が集まる、と言われている棚があった。遠いので、滅多にそこまでは行かない。行けば、オーバーナイトのクルージングにならざるを得ないからだ。

「明日も流すんですか、船長？」

「明日が、勝負さ。朝まずめだな」

「カジキは、陽が高くなってから、海面にあがってくる、と言われてますよ」

「狙うのは、カジキだけじゃない」

「どうなるんでしょうね。まあ、天気だけは心配ありませんが」

すべての計器が、正常に作動していた。燃料も水も、たっぷりある。あとは、磁針方位に気を配っていればいいだけだ。

私は、アフトデッキに降りていった。

「どういうんだ、それは？」

言うと、佐伯が顔をあげて笑った。

「おかしいか？」

「当たり前だ。シェイカーじゃ、ルアーにもならんぜ」

「酒は、ラムしかない船だしな」

佐伯は、耳の脇で軽くシェイカーを振りはじめた。音は、なにも聞えない。巡航回転の二基のエンジンは、かなりの音をたてる。話すのも、大声でなければ通じないほどだ。

「混濁って言ったよな、おまえ」

「それが、どうかしたか？」

「俺は、シェイカーを振れるようになろうと思う。あの婆さんみたいにだ。若造のバーテンが、腰まで使って振るのとは、まるで違う振り方だぜ」

確かに、腕はいいように見えた。ただ、私はあまりカクテルが好きではなかった。せいぜい、ドライマティーニを時々飲むぐらいだった。

「混濁から、抜け出す方法さ」

「うまいカクテルが作れたら」

「つまり、そういうことだ」

「やはり、どういう心境かよく理解できないな。会社をやめて、酒場を開こうってわけじゃないんだろう？」

「自分で作って、自分で飲む。おまえが頼むなら、飲ませてやってもいいが」

「頼むか、そんなもの。第一、カクテルは俺の趣味じゃない」

「ワインやウイスキーに凝っていながら、画龍点睛《がりようてんせい》を欠くってやつだぜ。俺は、シェイカーから、なにか聞えてくるような気がした。少なくともあの婆さんは、なにか聞いていたな」

「氷の音さ」

「氷を通して、死んだ亭主が喋る。そんな感じもあった」

「たとえそうだったとしても、婆さんだけのことだろう」

佐伯は、まだシェイカーを振り続けている。

貨物船と行き合い、しばらくして引き波で船が一度大きく揺れた。

「ルアーを見るか、佐伯?」

「いや、おまえに任せよう。どうせ、自作の凝ったルアーなんだろうが」

「カジキ用から、鮪《まぐろ》用のものまで揃っている。自作したのはヘッドだけで、ビニール製のスカートなんかは、市販のものさ」

「聞えるか?」

佐伯は、まだシェイカーを耳もとで軽く振っていた。

「米でも入れてあるのか?」

「米は入れてあるが」

「まさか、堕した水子の泣き声が聞える、というんじゃないだろうな」

「それも、あるかもしれん」

「よしてくれ」

「ほとんどは、自分の声だよ。混濁しきった俺が、シェイカーの中から話しかけてくる」

「それも、やめてくれ」

佐伯が、にやりと笑った。

私は、キャビンのもの入れから、ルアーの籠《かご》を出してきてデッキに置いた。

フックは、鉄製である。それだと、たとえ魚がラインを切って逃げたとしても、一週間で錆《さ》びてポロリと落ちる。ステンレスのフックをひっかけたままだと、魚はやがて死ぬのだ。

私は、フックの先端を、工業用ダイヤモンドの粉末が混じったヤスリで、ゆっくりと研《と》ぎはじめた。爪に触れただけでも、ひっかかる感じになる。それぐらい鋭利にすると、魚を逃がす確率が低くなる。

「五十か」

佐伯の声が聞えた。

「五十年も生きてきたって感じが、まるでしないな。ガキだったのが、ついこの間のような気がする」

「俺も、時々そう思う。童貞で、いつ女を抱けるのか、焦っていた」

「おまえ、大学に入ってきた時は、女を知っていたろう」

「十七だったからな、最初は」

「早いよな、俺たちの世代にしちゃ。俺は、二十一の時だ。四年も損をしている」

「損と言うのか、そんなのを」

「いま思い返すと、明らかに損だね」

「いまは、女房のような女を、三人も抱えているじゃないか」

「それだけは、自慢だね。おまえみたいに、数さえこなせばいい、と俺は思っちゃいないし。深さだよ、女とどれぐらい深く付き合ってるかだ」

私は、葉子や静子と、深く付き合っているのだろうか。すべてがセックスにつながる。それが、深いと言えるのか。

深いような気もするし、たかがセックスという思いもある。

「五十までの十年ってのは、ひどく短かった。七十まで、あと二十年だぜ。短いのが、ツー・クールだけだ。それで終りだ」

「二十年か」

呟いた瞬間、私はフックではなく自分の爪をヤスリで擦《こす》った。かすかな痛みがあったが、出血はしていなかった。

佐伯が、またシェイカーを振りはじめる。

「こうやっていると、自分の昔の声が聞えてくるような気がするんだ。あと十年経つと、ますます大きな声になり、二十年経つと、耳を塞ぎたくなるような大声になる」

「逆って気もするぞ、佐伯」

「逆なら、逆でいい。岸波、おまえ七十を過ぎても、生きていたいか？」

「余生って感じで、生きていたいね」

「若い女が、そばにいるんだろうな、七十のお前にゃ。それぐらい、助平だよ、おまえ。八十を超えたおまえは、ちょっと想像できないが、七十なら充分に想像できるね」

八十という年齢は、私も想像ができなかった。

五十ぐらいで死ぬだろう、と思っていた。二十代のころだ。六十まで生きると考えたのが三十代で、四十代になると七十だった。

三十年と考えれば、人間はなんとなく安心できるのかもしれない。

「七十で、まだ若い女がそばにいたら、俺はおまえと絶交だね」

「どっちかは、死んでる気がするよ、佐伯」

「そうだな。多分、俺だろうが」

「そう言うやつにかぎって、長く生きる。まあ、決まってることだが」

「決まってない。決まってるもんか」

それだけ言うと、佐伯はまた米の入ったシェイカーを振りはじめた。

私は、ヤスリでフックの先を研いだ。佐伯の振るシェイカーから、かすかな音が聞えてくるような気がした。

終章　明日の夜

1

なにもかもが、ひどく単純だった。

仕事さえ、複雑だとは思わなくなった。連載小説の仕事が、月刊誌と週刊誌を合わせて七本になっていて、ストーリーや登場人物が頭の中で交錯してしまっていた。しかしそれは、面倒というだけであり、決して複雑なことではないのだった。

仕事場のホテルと、自宅のマンションの半々の生活は、すっかり馴れきってしまっていた。時には、船を出す。凝った自作のルアーで、カジキマグロを狙う。まだ日本の沿海で釣ったことはないが、海外では何本かあげている。日本の近海にいないわけではないのだということは、現実に釣りあげている船とまれに出会うことでわかる。つまり、私の船は運というやつを待っている状態だった。

スポーツクラブにも、平均すると週に三日は通っている。同世代の人間がやる水泳などは敬遠し、ずっとボクシングを続けている。ワン・ラウンドのスパーリングもやるが、それは遊びに近いものになった。ミット打ちを三ラウンドやり、そのあとの調整のようなものだ。ジャブからストレート。接近してのフックとアッパー。ひと通り、こなせる。しかし防御はできないし、パンチ力をつけようという気もなくなった。

五十歳に手が届いた。葉子と出会ってからも、一年と数ヵ月が経っている。

これからは、なくす一方なのだろうか。それとも、収穫の季節があるのか。生きてみなければわからないことだが、私はしばしばそれを考えた。

静子と葉子という、二人の女が私のそばにいた。二人との結びつきは、肉体関係というだけではなく、さりとて恋愛感情が介在しているというのでもなかった。

五十歳近くになって、なんとなく女が固定する傾向になったのだ、と私は思っていた。つまり、二人の躰から、充分に性の快楽が得られる。女がそばにいる、という気持も失わないでいられる。

時々、つまみ食い、というやつをやった。相手は、銀座のホステスが多かった。そこそこの情事にはなるが、静子や葉子とのセックスほどの快感はなかった。

直美という、醜い娼婦とかなり長い時間を付き合った。醜いだけでなく、不感症でもあった。直美の躰で、私はなにを試そうとしていたのか。

いま思い出しても、判然としない。容姿が醜く、性器も崩れたような女とも交わることができる。それが好色というものだ、と自分に思いこませようとしていた。ほんとうは、なにかしらもっと惨めで、どこかに悲しみに似たものを抱いた自分を、見てみたいと思っていたのかもしれない。五十歳の、人生に疲れた中年男を、やってみようとしたのかもしれない。空隙《くうげき》を満たしたいような、切実なものがあったあの時の感情も、いまは思い出せない。

静子と葉子とは、それぞれ週に一度ずつ会うようになっていた。

葉子が、勤めていた会社をやめた。

そのころ、葉子の躰に変化が起きた。淡い陰毛が、いくらか濃くなってきたのだ。新しく発毛をはじめた、と言っていいだろう。それでも、普通と比較するとまだ薄かったが、葉子という女は確かに変った。もの怖《お》じするところがなくなり、どこか堂々とした感じになった。銀座のホステスにでもスカウトされたのかと思ったが、葉子の新しい勤務先は、中堅の会社の、オーナー社長の秘書だった。どういう経緯かは知らないが、直接スカウトされたようだ。

「コンピュータがどうのと言ってたけど、半分はあたしの躰が目的なんだと思う。そういう眼をしている時があるもの」

私にとっては興味深い変化で、その男にいつ抱かれるのか観察していたが、数ヵ月経ってもその気配はなかった。

「抱かれたら、言うわ。そう簡単には抱かれないと思うし、その時は仕事をやめる時だけど」

「別にやめることたあないだろう」

「一回だけよ、抱かれてやるにしても」

そんな会話は、葉子と出会ったころには考えられないことだった。

「お金をいっぱい貰って抱かれて、半分は先生にあげるから」

「ほう」

「だって、お金のことしか言わないのよ。勤めてるだけにしても、一年だな」

「勿体《もったい》ない話だ」

「お給料を沢山貰ってるし、先生に部屋代を出していただいてたら、なにも使うことがないの。結婚したいとも思わないし」

「好きにするさ」

「あたしが、いろんな男に抱かれるのを、先生はいやがってるようじゃないものね。だけど、あたしは先生を中心にしたの。ほかの男に抱かれても、週に一度は先生に抱いて貰う。そう決めたわ」

「無理に、決める必要はないぜ」

「帰巣本能というのが、あるのを知ってる？」

「女はそれが特に強い。しかし、俺の躰を巣にしたわけじゃないだろうな」

「ところが、そうなのね。多分、間違ってないと思う。先生みたいな男が、お金がなければヒモになるのよ。小説の才能があってよかったね、先生」

私は、苦笑しただけだった。不思議に、葉子を失うことについての、不安や恐怖はない。いなくなれば、それだけのことだった。

静子については、いくらか感情が変化してきた。

静子がやってくるのは、私のマンションだけになった。ロープを置いておかなければならないからだ。それも、船の繋留《けいりゅう》に使うような、荒々しいロープではなかった。柔らかな、手触りもいいロープだ。

静子は、部屋へやってくると、まずシャワーを使う。極端なぐらい執拗《しつよう》に、局部を洗っているようだった。そのくせ、顔の化粧はいつもより濃い。

静子を縛りあげる。手馴れたもので、しかも静子が協力的だから、見事に全身にくまなくロープが巻きついた状態になる。身動きができない静子の顔に、私はコールドクリームを塗って、念入りに化粧を落とす。それが静子にとってたまらない快感であることは、触れているだけでわかった。

私のやることは、それだけだった。

化粧をきれいに落とした静子を、カーペットの上に二時間ほど放り出しておくのだ。静子は声もあげず、身動きもしないから、時として放り出していることさえ忘れた。私は、旅行用の時計のアラームをセットするようになった。

自分が物になっている、と思いながら過す二時間の間、静子がどういう世界に入っているのか、私にはわからない。興味を持って訊いてみたことはあるが、説明などできないと言った。

すさまじい快感があるらしいことは、ロープを解く時にわかった。全身は汗にまみれ、しのびやかだが呼吸は速く、白眼を剝いた上の目蓋が激しく痙攣している。その状態が、ロープを解いてから三十分は続くのだ。

ある日、私はふとした情欲に襲われて、そういう状態になった静子と交合した。

その瞬間、私はなにか別の世界に入ったような気分になった。汗にまみれた静子の躰は、じっとしたまま動かないが、膣は微妙で力強い収縮をくり返していたのだ。しかも、私が入ったことによって、その収縮に抵抗が生じるようで、動きは非常に多様なものになった。こんなことがあるのか、と思ったほどだ。そのくせ、静子は声もあげず、身動《みじろ》ぎもしない。汗の分泌が多くなり、目蓋のふるえがさらに激しくなるだけだ。眼球は、白眼だけしか見えないが、めまぐるしく動いているようだった。

そういう観察の余裕も、私にはすぐなくなった。自分の性器が受ける快感に、ただ集中していた。昇りつめそうになる。不思議に、その時は根本だけが締って、私は頂上からわずかに引き離される。それからまた、絡みついて動く膣壁が与える快感の中に、放り出される。何度か、それをくり返している間に、私は呻きはじめ、最後には叫ぶ。それでも私は昇りつめず、ただ躰を硬直させている。

やがて、膣壁の動きが、強く収縮したまま束の間静止し、緩むという、規則的な動きに変ってくる。その動きの中で、私は射精に導かれるのだった。

私の射精を受けることによって、静子はようやく意識を取り戻す、という感じに見えた。孤独な性の中で、二人とも動けずに抱き合っている。

「おかしなところに、入りこんじゃったね、あたしたち」

ようやく躰が動くようになった時、静子がそう言ったことがあった。

「いやなのか？」

「いいよ、すごく。あなたもすごくいいと思ってくれるのなら、最高だな」

「俺は、俺でいい。おまえは、おまえでいい。どうもそういうことらしいな、これは」

「死ぬかな、こんなこと続けてたら？」

「死んでもいい、と思える瞬間が、あったような気がする」

「あたしにはね、ほとんど記憶がないのよ。恥しがって言ってるんじゃなく、ロープを解かれるあたりから、記憶が消えたみたいになっちゃうの。完全に消えちゃいないんだけど」

「深い、沼みたいなもんだな、セックスも」

いでいる。

「溺《おぼ》れようよ、週に一回なんだしさ」

「俺は、そのつもりだ」

静子と交わっている、という感じもなくなる。お互いに、それぞれの快楽の中で溺れ、喘いでいる。

セックスはもともとそんなものではないか、と私は時々考えるようになっていた。

2

青山のバーの、常連になった。

ほかに常連といえば、近所の商店主らしい男たちが三、四人だった。場所が悪くないので、通りがかりに入ってくる客はいる。

老婆は、いつも変らなかった。若いころがなかったのではないか、という感じでカウンターの中に立っていて、無愛想に註文を受けた。

最近では、佐伯と一緒に行くことは少ない。ひとりで飲んでいると、ふらりと佐伯が入ってきたりするのだ。

佐伯は、また田崎律子を妊娠させるつもりのようだった。止めようがないだろう。この間も、産んでくれとじたばたしたのが佐伯の方で、田崎律子は私が紹介した病院であっさりと堕《おろ》してきたのだ。

今度は、律子にも産むことを納得させたのだという。佐伯には佐伯の性の世界があり、横からつべこべ言うことではないのかもしれなかった。

子供がいる家庭が三つ。大会社の常務というのは、どの程度の待遇を受けているのか、などと通俗的なことしか私は考えなかった。

「孕《はら》ませようと思うと、異常に興奮しちまうんだ」

酔って、ぽつりとそう言ったことがある。

雄の本能のようなものが、そうさせるのだとは考えなかった。やはり、佐伯は佐伯なのだ。ひとりで飲んでいる時、私はオン・ザ・ロックスが四、五杯というところで、いつも切りあげた。カウンターの中の老婆と、特に話をするわけではない。

女がひとり近づいてきて、気に入ったので私はよくこの店で待合わせた。悠子《ゆうこ》という名で、女優だった。卵というには経歴が長すぎたし、女優と呼ぶには無名に近かった。小柄で色が白く華奢《きゃしゃ》な感じしか受けないが、裸になると胸と尻が豊かで、ちょっと驚くような躰をしていた。二十六歳である。それは運転免許証を見てわかったことだが、二十三歳だと人には言っているらしい。

私が書いた作品で、テレビのドラマになる予定のものが二つあり、そこで小さな役でも欲しがっているのかと思ったが、そんな気配も見せなかった。売れない女優を相手にする時、そんなことを勘ぐるのも、ほとんど習性のようなものになっているらしい。

悠子は、性格のいい女だった。女だから最後はどうなるかわからない、という気持を私は持っているが、適当に付き合うには手頃な相手だった。五年前だったら、私は悠子を愛人にして、一年は付き合っただろう。三ヵ月足らずで会わなくなったのは、セックスになにか深さが感じられなかったからだ。セックスで、変化をするような女ではなかった。私と別れて傷ついた、というようなことで、いくらか変化する女なのだろう。

悠子と別れてから、私はつまみ食いがひどくなった。週に二日は、静子と葉子で塞がっている。残りの五日のうちの二日は、いつも違う女をホテルへ連れてきた。二人の女に対しては、浮気をしているという気分になる。それも、悪くなかった。

「疲れてるね」

カウンターの中から、老婆がめずらしく声をかけてきた。私の職業を知っているかどうかわからないが、服装などを見ても、まともな勤め人とは思われていないだろう。

「仕事、このところ忙しくてね」

それは、嘘ではなかった。忙しければ、女も、ほかの遊びも慎しむ、ということはなかった。忙しければ忙しいほど、私のつまみ食いはお盛んになり、トローリングにも、オーバーナイトで出かけようと計画したりする。しかも、仕事はこなしているのだ。

「疲れてる男っての、悪くないわよ。若い女なら、そんなのに魅《ひ》かれたりするね」

「不精髭《ぶしょうひげ》なんか生えててもか？」

「疲れてると、なにかおかしな雰囲気を出すんだよね、男って。いつもは隠してる、けものの匂いみたいなのを出してさ」

「なるほど。そんなふうなのか」

「次々に、女をくわえこんじゃ、放り出す。そんなふうなとこだね」

「罰《ばち》が当たるかな？」

「高が女ぐらいで、罰が当たるわけもないだろう。それに、罰が当たってもこわくないって顔してるよ、あんた」

「確かに、こわがっちゃいない。そのうち罰が当たるだろう、とも思ってる」

「そこが、男だよね。女は、なにやってもそんなこと思わないもんな」

老婆の顔は、そんなことは思わない、とは言っていないような気がした。

私がくわえた煙草に、老婆が火を出してくる。女ものの、高級品のデュポンだった。蓋を開けた時に、澄んだいい音がする。

「その、キャメルを喫ってた男がさ」

次の言葉を待ったが、老婆はなにも言わなかった。私は、黙って煙を吐き続けた。

「一杯、やるかね」

「あんたが奢《おご》るの、はじめてじゃないかね」

「そんなことはない」

実のところ、私は憶えてはいなかった。ショットバーでは、大抵バーテンに一杯ぐらい奢るが、ここではそんなことはしなかったような気もする。

「カクテルでもいいんだが、あれは客に出すものか。俺には、なにかシェイクしたやつを作ってくれよ」

「スコッチを貰うよ、あたしは」

ボトルに眼がいった。老婆が、どんな酒を飲むのか、関心がある。ジョニーウォーカーの、赤ラベルだった。ショットグラスに、なみなみと注いでいる。それに、炭酸のチェイサー。老婆はちょっと口に含んだが、チェイサーには手を出さなかった。

「俺のは?」

「黙んな。いま、レシピを考えてる」

私は、肩を竦めた。

老婆が、シェイカーを用意し、ふりむいて酒棚に手をのばした。ボトルが三本、私の前に置かれた。シェイカーは、すでに氷が入れられて冷やされている。

鮮やかな手つきだった。

「坊やにゃ、ちょうどいい」

呟いて、冷蔵庫から出したミルクも入れている。シェイカーを振る音が、BGMと入り混じった。カーメン・マクレーだ。雨の日にでも、聴きたい曲だった。

カクテルグラスが、白い光を放った。三口で、私はそれをあけた。

「ミルク入りのカクテルか」

しかし、強烈だった。老婆の表情は、変らない。

「佐伯が、なぜだかシェイカーを振るのに凝ってる」

「らしいね」

「やつの作るカクテルは、甘すぎてね」

一度、船に何種類かの酒を持ってきて、ラムベースのカクテルを作った。どんな船にも、大抵ラムだけは置いてある。船乗りの酒と信じている者が多いのだ。

「ミルク入りのカクテルにしちゃ、ママのやさしさがないな」

「ママが強烈なことがあるだろう、男にゃ。あんたにゃ、まだそれがないか」

「そのうち、ありそうな気もする」

「この味を、思い出しなよ。強烈でも、ママの味ってのは悪くないって。そう思ってりゃ、女で傷つくことも、傷つけることもない」

「なにしろ、ママだからな」

私が言うと、老婆ははじめてかすかに笑った。

3

大学生が、私のところに現われた。

私が緊急に必要としていた資料を、持ってきたのだ。最近では、バイク便などというものが流行《はや》っていて、大抵は頼めば数時間で到着する。ただ、私が欲しいものは、古本屋で見つけなければならなかった。頼んでいた編集者は、古本屋回りをアルバイトの大学生にやらせたのだろう。少年のような、女の子だった。

「助かった」

「それで、いいんですね」

「君が、自分で捜したのか?」

「はい」

白い歯が印象的で、ジーンズにセーターなどという恰好でなかったら、なかなかかわいい女の子だ。

ホテルの、フロントの前だった。

「ちょっと、お茶を飲んでいきなさい」

私は、一階のティーラウンジの隅に、その女の子を連れていった。

本を開いてみる。すべて中国語だ。私は中国の漢代を舞台にした恋愛小説を週刊誌で試みていて、資料もかなり集めてあった。しかし、あまり必要だと想定していなかった、服飾の資料が必要になったのだ。

「よろしいんでしょうか？」

「これでいい。しかし、よく見つかったものだ」

「あたし、中国語学科ですし、それに先生の連載も読んでました」

「中国ものの資料についちゃ、ほかより鼻が利くわけだな」

「よかったです、これで間に合って」

「ずいぶんと、歩き回ったのか？」

「三時間ぐらいです」

「屋島じゃ、一日歩き回っても見つからなかっただろうな」

屋島というのが、私の担当編集者だった。

都会的な、洒落《しゃれ》た恋愛小説の作家と言われているが、五十代にはその作風を拡げようと、ひそかに準備はしてきた。そしてようやく、作品にしはじめた段階だった。

「ひとつ、問題があるな。この中国語は、俺には読解が難しそうだ」

「全部、訳が必要なんでしょうか。これの日本語版は、ないと思うんですが」

「絵の下のキャプションだけでもいい」

「それぐらいなら、あたしでもなんとかできると思いますが」

「何年生だ、君は？」

「一年です。でも、高校のころから、中国語は勉強してたんです」

「じゃ、やってみてくれるか。俺は、原稿をあげなきゃならん」

私は、本の頁《ページ》を繰って、必要だと思われるところに、テーブルの紙ナプキンを何枚か挟んだ。

「原稿を書いてる。終り次第、部屋に持ってきてくれ。急いでるんで、お礼のことはあとで相談しよう」

「お礼だなんて」

「仕事をして貰うんだ。問題があるなら、屋島には電話をしておく」

「それは、いいんです。今日一日、本を捜してもいいと言われてますから」

「じゃ、頼む」

私はレジで伝票にサインして、部屋へ戻った。必ずしも、着物の名など書かなくてもいい。ただ、書けば、それなりに調べているということが、読者にわかる。多少の、リアリティにもなる。

部屋のデスクにむかうと、私は着物の名前のところだけ空白にして、小説を書き進めた。週刊誌は、一回が十五、六枚である。すでに、十枚は書いていた。

チャイムが鳴ったのは、十三枚目を書いている時だった。

「ドアは開けておいて、中に入ってくれ。男の着物の名前も、調べて貰いたい。ここでやってくれ」

「わかりました」

私は本を受け取り、頁に挟まれたメモを読んだ。小さな字で、老眼鏡をかけざるを得ない。ほぼ、間違いなく訳されているようだった。

三つ、着物の名前を原稿用紙に書き入れ、それから男ものの着物の絵があるところに、二ヵ所付箋《ふせん》をつけた。

「ええと、君の名前は？」

「秋本です」

「フルネームだ」

「秋本順子」

「よし、秋本、この二つだ。すぐに訳してくれ」

秋本順子が立ちあがり、私から本を受け取った。私は、指に眼をくれた。華奢な全身を感じさせるような細い指で、しかし決して骨々しくはなかった。切りこんであるが、爪のかたちはいい。

残りの二枚を書きあげた時、順子はまだメモ用紙に鉛筆を走らせていた。

髪の質は、見た感じでは、やや硬いようだ。手を入れていない眉は、いくらか濃い恥毛を連想させる。脚は長くジーンズがよく似合い、そして靴が思いのほか小さい。

肌の質は、申し分なかった。白いだけでなく、肌理《きめ》が細かい。ショートヘアだから、耳のかたちもじっくり観察できた。耳で性感を測るというのは俗説だとは思っているが、ぽってりした肉厚の耳は好きではない。ピアスもなにもしていなかった。

「済みません、お待たせしてしまって」

「いや、いいんだ」

順子からメモを受け取り、原稿用紙の空白の升目を埋めた。

そのまま、部屋のファックスにセットし、送った。

「ほっとした」

私は煙草に火をつけ、順子とむき合って腰を降ろした。

「悪かったな、こんなことに付き合わせて」

「作家が、書いてる姿を見ちゃいました」

「作文を書く、小学生みたいだったか」

「とんでもない。速いんで、びっくりしました」

口もとがいい。やや肉厚の唇も悪くない。全体に、処女の固さがあった。それも、悪くはなかった。処女かどうかにこだわったことはないが、男を知らないところから女を育ててみたい、という気持が湧いてくる。

「秋本君は、ひとり暮しか？」

「はい。家は青森の下北半島で、大間崎《おおまざき》というところです」

「北海道が、一番近いあたりだな。太平洋側の方が、尻屋崎《しりやざき》だ」

「御存知なんですか？」

「昔、行ったことがある。大間崎から南の方へは、車が通れる道がなかった」

「いまは、国道が通ってます」

「だろうな。それで、大間崎の高校じゃ、中国語なんかを教えてるのか？」

「独学でした。香港《ホンコン》映画の科白《せりふ》を、ちゃんと聴きたかったというのが、きっかけです」

「喋れるのか？」

「なんとなく、北京語《ペキンご》と広東語《カントンご》を聞き分けられるという程度です。どうしても、読む方から入ってしまって」

「中国語を勉強して、なにをやるんだ？」

「そこまでは、まだ。漠然と、貿易関係の職種なんて考えてましたけど、そんなに甘くはないみたいです」

商社にでも就職しよう、と考えているのかもしれない。

「俺は、しばらく初歩的な中国語を必要としている。手伝う気はないか？」

「でも、あたしなんか」

「あの資料を見つけてきてくれただけでも、資格はあるさ。時間が惜しい。だから迅速《じんそく》に頼んだことをやって貰わなくちゃならないが、いまの君のアルバイトより、ずっと時給は払えると思う」

「ほんとにいいんですか、あたしで?」

「わからないことは、勉強して貰うことになる」

ほとんど承諾の返事だろう、と私は思った。私は、ホテルの封筒に、一万円札を入れて差し出した。

「本代は、編集部が出してくれたろう?」

「はい。でも、多分いまの時給も出ると思うんですが」

「それはそれさ。とにかく、これはお礼だ。取っておきなさい」

曖昧《あいまい》に、順子が頷いた。

六時を回ったところだった。

「腹が減ったな。めしを付き合っていけよ。孤食が嫌いでね」

「なにが、お嫌いなんですか?」

「孤食。ひとりでめしを食うこと」

順子が、白い歯を見せて笑った。

いつもの寿司屋に行った。親父が、またかというように、呆《あき》れた表情をした。

「酒は飲めるのか。気取らないで、正直に言えよ」

「飲めます、少しなら」

「少しなら、というのが気取ってるんだ。まあ、ビールでも飲もうか」

ビールが出される。私はひと息で飲んだが、順子はちょっと口をつけただけだった。グラスに、口紅の痕《あと》などはない。

「なんにする？」

「普通の、お寿司で」

「松、竹、梅か。そんなのが、この店にあったかな。ビールを飲んでるんだ。まず、刺身かなにか、作って貰おう」

親父が、黙って鯛を切りはじめた。湯引きをした皮の付いたやつだ。

「三時間も歩き回って、腹が減っただろう。しゃりを食いたきゃ、頼んでもいいんだぞ」

九時に、葉子が部屋に来ることになっている。九時ということは、それまで社長と食事でもしているということだ。値の張るワインは、いくらでも知っている。それから、多分車でホテルまで送らせる。なんの悪意もなく、無意識に女はそんなことをする。

ついこの間まで、葉子もこの店でなにを頼めばいいのか、戸惑っていたのだ。

「下宿だな。部屋に電話はあるのか？」

「はい。あとでメモをお渡しします」

「俺はまだ仕事が残っていて、だらだらと飲んじゃいられない。八時過ぎには部屋へ戻りたいんだ。早く頼んじまえよ」

「お嬢さん、別に急ぐこたあないよ。この先生はせっかちでね。お任せなら、適当なものから握っていくけど」

「そうしてください」

寿司屋の雰囲気に、順子はいくらか気押《けお》されているようだった。

これから先、自分がなにをやるか、私には見え過ぎるほど見えていた。タクシー代だと言って、千円札を数枚渡す。順子が固辞しても、酒を飲ませた責任がある、と私は言い張る。次に会った時は、いくらか難しいことを頼み、結果次第で、叱《しか》り飛ばすか、高級レストランの食事になるかするだろう。

わかりきったことを、くり返す。これが生きることだと、言えなくもない。

乳房がどれぐらいかは、セーターの上からほぼ見当はついた。ブラジャーにすると、Cカップというやつだ。多少毛深いということを除いて、さしあたっての欠点はない。

当分、愉しめるおもちゃになりそうだった。

親父が、中トロを握って出していた。私には、なにも出てこない。註文をしていないからではなく、ちょっとばかり意地悪な気分になっているからだろう。

私は、ウイスキーのように、チビチビとビールを飲んだ。

「あ、屋島さんに、電話をするのを忘れました」

「心配するな。原稿が届いたんだ。それを見りゃ、君がきちんと仕事をしたことはわかるはずだから」

「でも、報告は報告です」

「もう、デスクにはいないよ。俺の原稿を待って、座ってたはずだから」

「そうなんですか？」

「そうなのさ」

この娘を、どんな女に仕あげるか。

私は、それを考えていた。今夜は、葉子がやってくる。この店から、ほかへ行くということはできない。

自分という船の舫《もや》い綱が、三本になりつつあるのだ、と私は思った。

解説

香山二三郎

優れた作家というのは、デビュー後一〇年辺りをめどに、作風をさらに拡大していこうとするものらしい。一九八〇年前後に相次いでデビューした冒険ハードボイルド系の作家たちも例外ではなかった。一九八九年、北方謙三が『武王の門』（新潮文庫）を皮切りに時代小説に進出したのを始め、多くの盟友たちが様々なジャンルに挑むようになる。

そんな中、ミステリー界に衝撃を与えたのが、一九九七年、『情事』（新潮社）で「初の情痴小説」に挑んだ「抒情の王者」志水辰夫である。硬派のハードボイルド世界から軟派な愛欲官能世界へ。一部の冒険ハードボイルドファンにとって、それはパラダイムの大転換を迫られるにも等しい事件だったろう。志水に対して賛否両論渦巻いたことも想像に難くない。むろん同業者への反響も少なくなく、冒険ハードボイルド系にも恋愛・官能描写の濃厚な作品が次第に増えていく。

だが、実は志水小説に先駆けて恋愛・官能系に着手していた盟友がいた。ほかならぬ北方謙三である。北方は時代小説に進出後も自らの作風を拡げていくことに果敢で、九六年からは『三国志』（角川春樹事務所）という一大サガにも取り組み始めるが、それと並行して「情事小説」にも手を染めていたのだ。

本書『夜の眼』である。

本の帯にも「ハードボイルドの雄・北方謙三　恐るべき情事小説！」というコピーが付されており、馴染みの作家の相次ぐ官能系への進出に筆者もため息をついた覚えがある。何しろ「〝小さな死〟という名のオーガズムを求め二人の女との情事に溺れ、翻弄される中年男」の話だというのだ。思わず、ブルータスよ、おまえもか、と呟いたりしたものだが、幸いなことに!?　中身は宣伝文句とはいささか趣向を異にしていた。

本書は「小説すばる」（集英社）九六年二月増刊号掲載の第一章「侵入者」に、「小説現代」（講談社）九六年八月号から翌九七年六月号まで連載された分が加えられ、九八年三月、講談社から刊行された。

主人公の岸波は四八歳の売れっ子恋愛小説家で自他ともに認める漁色家。彼にはデザイン事務所を営む静子という三四歳の愛人がいるほか、クラブのホステスを始め、多くの女と不定期に関係を持っていた。物語は彼が仕事場にパソコンを導入することになり、三井葉子という二〇歳のインストラクターに操作を教わるところから動き出していく。彼は葉子と親密になったところで関係を持ち、やがて自分好みの女に仕立てていこうとするのだが……。出だしからするといかにもありがちな情事小説のようだけど、たとえば岸波が葉子と初めて関係する描写からして、意外に淡白だったりする。彼は機が熟したところで葉子を口説き、唇を奪い、ベッドに押し倒して全裸に剝く。だが「お願い、明り、消してください」といわれ、スイッチに手をのばした瞬間、場面転換。「情事小説」に読者が期待するのはその先の展開にあろうが、本書はその点、必ずしもサービス満点というわけにはいかない。

といっても、もちろんハードコアな演出がないという意味ではない。後半には静子とのSMプレイも登場するし、醜悪な娼婦との奇妙な交渉も出てくるのだが、それを第一の読ませどころにはしていないということだ。というのも、岸波という男、手当たり次第に女を押し倒しはするが、溺れることがない。それどころか行為中にも相手の反応をじっくり観察するなど、至ってクールなのだ。してみると、妻子ある中高年が若い女に溺れて破滅していくようなタイプの情痴小説とはこれほど対照的な作品もないだろう。

北上次郎『情痴小説の研究』（マガジンハウス）によれば、情痴小説とは要するにダメ男小説である。つまり「分別あるべき中年男が色気に迷うのだから、家庭人としても社会人としても、ダメ男としか言いようがない」。そのダメ男主人公の特徴として、北上は次の五つの条件を上げている。①主体性に欠けること。②優柔不断であること。③反省癖があること。④自己弁護がうまいこと。⑤何事にも熱中しないこと。筆者など、いやなるほどと、思わず胸に手を当ててしまいますが、岸波をこの五条件に当てはめてみると、ことごとく外れていることに気づく。そう、彼はどんな女と懇《ねんご》ろになってもある程度距離を置き、エゴイスティックに振る舞おうとする。またドライブシーンでも明らかなように決断力に優れ、反省したり自分をごまかすような真似はせず、しかも凝り性なのだ！

岸波とて老いへの自覚がないわけではない。ボクシングのインストラクターに倒され、気落ちしたりもする。だいいち好色を気取るのも、元はといえば、その反動といえなくもないのだ。が、そのいっぽうでどこか自分を他人事のように見ており、年を取ることにも達観しているフシがある。むろんそれは自分の若さに自信があるからでもあろう。

当然ながら、著者自身、五〇代を迎えますます意気軒昂だ。

五〇歳を過ぎたのだから、もうちょっと枯れてもいいのではなどと言われるかもしれないが、後ろを向くのは六〇歳を過ぎてからでいい。体力と集中力があるのに、年齢を言い訳に、わざわざ欲望を殺すようなことをするのはムダなことだと思う。

女のことだって同じ。近ごろは、五〇歳を超えると、たしかにオジサンと呼ばれる領域に属することになるのだが、どっこい、若いヤツと女を張り合っても負ける年齢ではけっしてな

い。(「五〇歳」/集英社刊『風待ちの港で』所収)

　この自信が岸波の心身のタフネスぶりにも反映されているのはいうまでもない。彼が同世代の友人・佐伯と決定的に違うのもそこである。冒頭、若い娘を見ると自分の好きなように調教してみたくなるといっていた佐伯は、ラストで新たに出来た若い愛人に何とか子供を生ませようとする。そうした若さへの執着ぶりは老いへの抵抗としてはもっともポピュラーなパターンかと思われる。岸波はだが、そうした抵抗とは無縁の存在だ。

　ただ彼には、ボクシングやトローリングと同様、女もしょせん快楽性の異なるゲームの相手としか見ることが出来ない虚無的な一面がある。セックスのプレイに溺れても、女には溺れないいのもそれ故である。本当のところ、そうではない人間的な弱みも抱えているのかもしれないけど、終始一貫、強気の姿勢を崩そうとはしない。本書で描かれるのは、女に溺れる中年男ではなく、そういう固い殻をかぶって人生の変革期を凌ごうとしているハードボイルドな中年男(悪漢ともいう)の姿なのである。

　ちなみに筆者が初めて本書を読んだとき、ふと浮かんだのは〝四十八歳の抵抗〟という言葉だった。一九五五年に新聞連載され、翌年刊行された石川達三のベストセラー小説のタイトルだが、この小説、真面目ひと筋の妻子ある中年会社員が冴えない人生に焦りを覚え酒場のホステスに熱くなるものの、結局無駄な抵抗に終わるという何とも救いのない話だった。

岸波のような悪漢も、実際に傍にいたらちょいと鬱陶しいだろうけど、石川小説の主人公のように情欲を断念するようなところまで落ちたいとは誰しも思うまい。半世紀後の四八歳はやはりそれなりに進化して、死ぬまで前向きに生きていく術を覚えたいものだが、さて岸波のようにうまくいくかどうか。

●本書は一九九八年三月、小社より単行本刊行されました。
初出　「小説現代」'96年8月号〜'97年6月号連載
（第一章「侵入者」のみ「小説すばる」'96年2月増刊号掲載）

夜《よる》の眼《め》

北方謙三《きたかたけんぞう》

© Kenzo Kitakata 2000

2000年5月15日第1刷発行

発行者——野間佐和子

発行所——株式会社 講談社

東京都文京区音羽2-12-21 〒112-8001

電話 出版部 (03) 5395-3510

販売部 (03) 5395-3626

製作部 (03) 5395-3615

Printed in Japan

講談社文庫

定価はカバーに表示してあります

デザイン—菊地信義

製版——大日本印刷株式会社

印刷——豊国印刷株式会社

製本——株式会社国宝社

落丁本・乱丁本は小社書籍製作部あてにお送りください。送料は小社負担にてお取替えします。なお、この本の内容についてのお問い合わせは文庫出版部あてにお願いいたします。 (庫)

ISBN4-06-264867-9

本書の無断複写(コピー)は著作権法上での例外を除き、禁じられています。

講談社文庫刊行の辞

二十一世紀の到来を目睫に望みながら、われわれはいま、人類史上かつて例を見ない巨大な転換期をむかえようとしている。

世界も、日本も、激動の予兆に対する期待とおののきを内に蔵して、未知の時代に歩み入ろうとしている。このときにあたり、創業の人野間清治の「ナショナル・エデュケイター」への志を現代に甦らせようと意図して、われわれはここに古今の文芸作品はいうまでもなく、ひろく人文・社会・自然の諸科学から東西の名著を網羅する、新しい綜合文庫の発刊を決意した。

激動の転換期はまた断絶の時代である。われわれは戦後二十五年間の出版文化のありかたへの深い反省をこめて、この断絶の時代にあえて人間的な持続を求めようとする。いたずらに浮薄な商業主義のあだ花を追い求めることなく、長期にわたって良書に生命をあたえようとつとめるところにしか、今後の出版文化の真の繁栄はあり得ないと信じるからである。

同時にわれわれはこの綜合文庫の刊行を通じて、人文・社会・自然の諸科学が、結局人間の学にほかならないことを立証しようと願っている。かつて知識とは、「汝自身を知る」ことにつきていた。現代社会の瑣末な情報の氾濫のなかから、力強い知識の源泉を掘り起し、技術文明のただなかに、生きた人間の姿を復活させること。それこそわれわれの切なる希求である。

われわれは権威に盲従せず、俗流に媚びることなく、渾然一体となって日本の「草の根」をかたちづくる若く新しい世代の人々に、心をこめてこの新しい綜合文庫をおくり届けたい。それは知識の泉であるとともに感受性のふるさとであり、もっとも有機的に組織され、社会に開かれた万人のための大学をめざしている。大方の支援と協力を衷心より切望してやまない。

一九七一年七月

野間省一